ヴァージニア・ウルフの「パーティ空間」

太　田　素　子

英宝社

目　　次

序 …………………………………………………………………………… 3

第 1 章　『船出』における昏睡 ……………………………………… 15

第 2 章　『夜と昼』のアフタヌーンティーパーティ ……………… 27

第 3 章　『ジェイコブの部屋』の闇と光のイメージ ……………… 39

第 4 章　「瞬間」の啓示と"Here it is."の型の文 ………………… 53

第 5 章　クリストファー・エイムズのパーティ論：
　　　　　　　　　　　祝祭・パーティ・小説 ………… 75

第 6 章　四つのパーティ：『ダロウェイ夫人』『灯台へ』『波』 ………… 87

第 7 章　ヴァージニア・ウルフの「パーティ空間」 ……………… 97

第 8 章　『ダロウェイ夫人』の部屋のイメージ ……………………111

第 9 章　個我と死：『波』の世界 ……………………………………127

第10章　空、陸、海：ヴァージニア・ウルフのイメジャリ ………141

第11章　『オーランドー』『歳月』における昏睡と覚醒 ……………169

第12章　『幕間』における固有性喪失の儀式 ………………………195

結語 …………………………………………………………………………207

注 ……………………………………………………………………………213

　　あとがき ……………………………………………………………227
　　初出一覧 ……………………………………………………………228
　　参考文献 ……………………………………………………………229

ヴァージニア・ウルフの「パーティ空間」

序

　20世紀イギリスの女性小説家ヴァージニア・ウルフ (Virginia Woolf, 1882-1941) は、8編の小説を書いている。本書では、この8編の小説と、彼女の小説世界の一端を担う1編の伝記を取り上げて、彼女が特有の意味を付与して用いた「瞬間」と「パーティ空間」をキーワードに、彼女の代表作でもある中期の三小説『ダロウェイ夫人』(*Mrs. Dalloway*,1925)『灯台へ』(*To the Lighthouse,* 1927)、『波』(*The Waves,* 1931) を中心に、彼女の作品世界を考察していく。

1. 批評史の中のヴァージニア・ウルフ

　まず、ウルフの文学の、より一般的なヨーロッパ精神史、文化史、文学史の中での大まかな位置づけの試み、先行研究を概略する

　ウルフの、イギリス小説史、あるいは欧米文学史における一般的位置づけについて考えると、ウルフ自らが、アーノルド・ベネット (Arnold Bennett)、ジョン・ゴールズワージ (John Galsworthy)、H.G. ウェルズ (H.G. Wells) を一括して「物質主義者 (materialists)」と呼び、作中人物の描写が、外から見える範囲内に留まっていると述べている[1]が、彼女は、また、「1910年12月、あるいはその辺を境にして人間性は変わった」とも述べている。このウルフの言葉から、一つは、ウルフの小説の小説史での位置づけの最初の試みをなしうるし、もう一つは、より広く文化史、あるいは精神史の視点から大きな転換期にウルフが位置していたことを予想できるのである。1910年12月にロンドンでフランス印象主義の絵画展がはじめて開催された。それは、先行する古典主義、自然主義を共に打破して、新しい物の見方、新しい世界のヴィジョンを作りだそうとしたものであった。

さらにウルフを離れて 1910 年を前後幅を持たせてヨーロッパの当時の出来事を概観すれば、1912-13 年の第一次大戦直前にはフランスでは、フォーヴに対抗しキュビスムが勃興し、オランダやドイツでは抽象絵画、表現主義が出現しつつあった。これらの運動も、場合によってはウルフをも超える新しい物の見方、新しい人間の出現に沿ったものに他ならない。物理学では、アインシュタインの相対性理論が提唱され、自然科学分野における宇宙観にも大きな変化が生じていた。哲学ではフッサールの現象学の著作が 1913 年に「イデーン I」として出版されている。芸術各ジャンル、そして文化の諸領域において並行的に、19 世紀中頃までの合理主義、理性に信頼を置いた物の見方、人間、社会への大きな変動が生じつつあったといえる。

　この中にドイツの社会学者ジョージ・ジンメルの『社会学の根本問題』(1917) を加えてもいいだろう。ジンメルは「社交」概念の本質がどこにあるのかを問う中で、一般に考えられている社交の意味をより深く考察している。これも社会の変遷の一つの結果だと言うことが出来よう。これらに共通して言えることは、19 世紀後半から 20 世紀前半にかけて、人間文化の諸領域において前の時代と比べて、抽象化、形式主義化、主観主義化の傾向を強めていることを確認しておきたい。（ジンメルの社交に対する考えについては、ウルフのパーティと関連づけて述べる）

　ウルフは、ジェイムズ・ジョイス (James Joyce, 1882-1941) と共に、意識の流れの作家と呼ばれている。周知のように、アメリカの心理学者ウイリアム・ジェイムズ (William James) は『心理学の原理』(1890) のなかで、人間の意識は、断片的な塊をつなぎ合わせたものではなくて、いつも切れ目無しに流れているのだから、「思考、意識、または主観的生命の流れ」と呼ぶのがいいと述べた。そして作家メイ・シンクレア (May Sinclair, 1863-1946) が、ドロシー・リチャードソン (Dorothy Richardson, 1882-1957) の連作『遍歴』(*Pilgrimage*)(1915-38) からこの言葉を用いたのである。この言葉は、作中人物の独白体を用いる点では内的独白 (internal mon ologue) の一種であるが、思考を劇的に、あるいは論理的に整理して時間軸に沿って説明するのではなく、知覚、印象、感情、記憶、連想、知的思考など、さまざまな意識の働き一切を生成消滅のままに、表現・描写

している。同時期の哲学者ベルクソンの「純粋持続」の概念、あるいは現象学者のフッサールのいう「内的時間意識」も、「意識の流れ」の概念と類似した考えであったといえる。

「意識の流れ」「人間の内的意識」の表現は、文学においては、言葉のいわば自律化、形式主義というものと対応して展開していったといえる。人間の心理描写を写実的に表現しようとする点では、伝統的な小説手法であるリアリズム小説が到達した一つの帰結であるといえる。しかし、言葉による判断以前の意識の状態を提示しようとする点では、リアリズムを超えるものが目指されたといえる。言葉そのものへの注目から、文頭の大文字、句読点などの表記上の約束事や統語法は、しばしば無視されることになる。言葉が客観的な事実を意味づけ、客観的に伝達する手段から、言葉の持つ固有の形式的特性、あるいはメタファーを最大限、手法として重視するようになる。簡単に言えば、何を、内容を描写するよりも、いかに、形式を描写することに力が注がれるようになる。言葉は、それまでの対象の意味伝達の役割から解き放たれ、独自の働きを示すようになる。ウルフも、このような視覚形象として、作品にさまざまなイメージを用いている。

次にウルフの小説に関する主な先行研究の歴史を概観しておきたい。まず、ウルフ存命中の評価としては、エドウィン・ミュアが『転換期』(Edwin Muir, *Transition*, 1926) で、E.M. フォースターが『アビンジャー・ハーヴェスト』(E.M.Forster, *Abinger Harvest*, 1936) で、それぞれ章をもうけて、ウルフの新しい小説手法を好意的に評価している。しかし、F.R. リーヴィスやスクルーティニー派のブラッドブルックやエンプソンは手厳しい批評をしている。1930年代には、ウルフに関する最初のモノグラフとして、ウィニフレッド・ホルトビーの『ヴァージニア・ウルフ』(Winifred Holtby, *Virginia Woolf*, 1932) が出版されている。

その後、様々な側面から研究されてきたウルフであるが、その研究方法は大まかに言って三つの流れを見ることが出来る。まず主にウルフの審美主義的あるいは文体論的な側面からウルフを論じる研究方法がある。特に初期のウルフ研究はこの方法が主流であった。ウルフがめざした新しい表

現方法について、またそれと関連するものとして、意識の流れの手法やイメージやシンボルの研究、時間意識、死生観などが主要なテーマとしてこの時期に多く研究されていった。1960年代までには、精密な作品解釈を試みた、アウエルバッハ (Erich Auerbach)、ディビッド・デイシズ (David Daiches)、ジョーン・ベネット (Joan Bennett)、R. L. チェインバース (R.L. Chambers)、バーナード・ブラックストーン (Bernard Blackstone)、ジャン・ギゲ (Jean Guiguet) などがいる。1970年代には、ポストモダンの風潮の強まりを背景に、精神分析の立場からのアプローチも加わる。アリス・ケリーの『事実とヴィジョン』(Alice van Buren Kelly, *The Novels of Virginia Woolf: Fact and Vision*, 1973) や杉山洋子の『花崗岩と虹』(*Rainbow and Granite—A Study of Virginia Woolf*) は、現実 (fact) とヴィジョンを対比することで、ウルフの小説の本質を解明しようとしている。ジェイムズ・ネアモア (James Naremore) やハーヴィナ・リヒター (Harvena Richter) の精神分析の立場からの詳細な文体論的研究もある。

次に挙げられるのは、フェミニズム的アプローチである。特に1970年代後半以降は、フェミニズム思想を導入した研究方法が盛んになる。ウルフの評論『私ひとりの部屋』(*A Room of One's Own*, 1929) や『三ギニー』(*Three Guineas*, 1938) といったフェミニズムをテーマにしたものが再評価され、ウルフはフェミニストの草分けの一人とされる。ウルフの小説も、フェミニズム批評の視点から数多く研究された。トリル・モイ (Toril Moi)、ジェーン・マーカス (Jane Marcus)、レイチェル・ボールビー (Rachel Bolby) など多くの研究者がウルフ研究のフェミニズム的アプローチを進めていった。

第三の流れとして、ウルフの作品をその時代や文化、社会との関わりの中で見ていこうとする文化研究的アプローチがあげられる。1986年のズワードリングの『ヴァージニア・ウルフと現実世界』(Alex Zwerdling, *Virginia Woolf and the Real World*) においては、ウルフの社会に対する見方を研究の土台に据え、ウルフが生きた時代の社会や文化において、ウルフの文学がどのような意味を持つのかという点を考察している。さらに、1990年代には、脱構築の視点から、ヒリス・ミラーの『ダロウェイ夫人』論が注目される。そして最近では、ニュー・ヒストリシズムやカルチュラ

ル・スタディーズの立場から、ウルフの小説を大戦間の社会のコンテクストにおいて読む試みが進んでいる。そのため、モノグラフは減っている。80年代後半からはこのようなアプローチが主流となっている。本論第5章で取り上げるクリストファー・エイムズのパーティ論 (Christopher Ames, *The Life of the Party: Festive Vision in Modern Fiction,* 1991) もこの流れの中にある。

　また、1970年代には、全5巻からなるウルフの日記および書簡、さらには必ずしも出版を意識していなかったと思われる草稿などが相次いで出版され、これらの資料を基に、いくつかのウルフの伝記が出版されている。

　日本においては、大澤実『時間と死の芸術』、野島秀勝『美神と宿命』、また、特に吉田安雄の『ヴァージニア・ウルフ論集—主題と文体』はテクストを何よりも尊重して、作品の視覚形象・比喩を精緻に読み解き、「瞬間」、集会、パーティへの言及もあり、本論にはきわめて示唆的な研究である。最近では、土井悠子『ヴァージニア・ウルフ——変貌する意識と部屋』（渓水社、2008）が、ウルフの生涯と生きた時代背景をめぐりながら、ユングの夢に出てきた部屋を物差しとし、ウルフの各作品に描かれる「部屋」についての主要人物の意識描写を考察した。日本ヴァージニア・ウルフ協会出版の『転回するモダン——イギリス戦間期の文化と文学』『終わらないフェミニズム：「働く」女たちの言葉と欲望』は日本におけるウルフ研究の最前線と言える。

2.　ヴァージニア・ウルフの小説における「瞬間」と「パーティ空間」

　本論では、ウルフの全小説とその作品世界を視野に入れながら、特に、『ダロウェイ夫人』とそれに続く『灯台へ』、『波』を、彼女の作品世界が最も優れた形で定着された作品として、中期円熟期の三小説と位置づけていく。そして、これらの三小説において、特に明らかになってくる、個我の内部意識から見た生（せい）に対するウルフの基本的な考え方をまず確認しておきたい。

　ウルフは時計の時間を、決して逆行することなく、容赦なく老いと死へと等間隔に運行する時間と考え、この時計の時間にさらされつつ、人はそ

れぞれに自我を持ち、孤立し、互いにコミュニケーションを欠き、個人間の深い溝を意識しつつ、時としては傷つけあい、また、時としては孤独に在るという現実認識を持っていた。疾走する時計の時間は、ビッグ・ベンの鐘の音となって『ダロウェイ夫人』で何度も繰り返されている。疾走する時計の時間にさらされて、孤独に在る個我の状況を本論では、厳しい現実と呼んでいきたい。これは、伝統的なリアリズムの小説における社会的現実の厳しさという意味ではなく、内的意識を通して見、時間軸、空間軸を合わせた、ウルフ特有の外を表現する言葉として用いていく。ウルフは現実が過酷な故に、その対極をリアリティと呼んで、一貫してそのヴィジョンを求め続けていた。この二つの世界は、現実とヴィジョン、また、彼女のエッセイのタイトルからとって、「花崗岩と虹」とも呼ばれて論じられてきた。さらに、生の中に得られる最高の形のヴィジョンは、瞬間的ヴィジョンであると考え、これを彼女は「瞬間」と呼んだ。

　素晴らしい「瞬間」は本来突然訪れるものであったが、中期三小説において、ウルフは積極的に「瞬間」を捉えるための儀式を設定している。それが、彼女が特有の意味を付与して催す「パーティ」である。本論では、中期円熟期の作品において、疾走する時計の時間の一瞬の停止空間である「瞬間」を捉えるための重要な儀式として何度も描かれているパーティを取り上げて考察する。本論では、ウルフの中期円熟期の三小説から、四つのパーティをとりあげ、ウルフ特有の、「瞬間」を捉える儀式として、考えていく。ダロウェイ夫人のパーティ、ラムゼイ夫人のディナーパーティ、パーシヴァルの送別会、ハンプトンコートでの集いである。前二者で、パーティは最高の形で達成され、後二者ではパーティのもろさの側面が露呈していく。ウルフ文学においては、時計の時間が一時停止し至福の時が訪れるとき、あるいはヴィジョンが啓示されるときが特別な意味をこめられて「瞬間」と呼ばれるが、この「瞬間」というテーマは小説作品中の様々な場面で描かれるパーティと密接な関係をもっており、この「パーティ空間」こそウルフの特権的「瞬間」が示される重要な場であることを検証していきたい。

　パーティは「瞬間」を捉える儀式として中期三小説において特に効果的に設定されているが、『ダロウェイ夫人』のクラリサは、パーティの意味

を問われて、「私がパーティを開くのは人生のためだ。人生とは、ある場所にある人がおり、別の場所には別の誰か、さらに別の場所に他の誰かがいる、これらの人の存在をたえず私は意識しているというものだ。私はなんと無駄なこと、なんと惜しいことと思う。彼らを一堂に集めることさえ出来たらと思う。そこでそうするのだ。パーティとは結合し創造する努力、一つの供物 (offering) である」[(2)] という風に言っている。ウルフ研究において、個々のパーティへの言及はあるが、特にパーティを評価している研究としては、ジーン・O・ラヴ (Jean O. Love、*Worlds in Consciousness*, 1970) とクリストファー・エイムズ (Christopher Ames, *The Life of the Party*, 1991) くらいであろう。ラヴは "The party is a grand spiritual reunion"(147) とパーティの意味を祭祀として高く評価し、クラリサを "great earth mother" ととらえている。エイムズは、現代作家のジョイス、ウルフ、フィッツジェラルド、ピンチョン等をとりあげて、バフチンの理論を敷衍して、古代、中世の祭のヴィジョンが近代の社交・パーティへ、さらに20世紀の小説へと継承される系譜を論じている。尚、エイムズについては、ウルフのパーティにパースペクティヴな展望をあたえるため、本論の第5章で考証する。この二つの研究は共にパーティの祝祭性を根底においている。

　先に述べた四つのパーティを中心に考えるとき、ウルフは、より広いヨーロッパの文化史、精神史の文脈から見ると、よき伝統の一つである社交文化を求めていたと言える。社交文化の中では、ウルフの理想とした個の自由な確立と平等な人間関係が、また人生を圧縮した洗練の享受が可能であったと思われる。ウルフも述べていたように、1910年頃までは、新しいモダニズムの台頭と共に、なお、19世紀のよき伝統（これは、悪しき実証主義、リアリズム、商業主義とは区別すべきである）が生きながらえていたと言えるからである。

　それ故に、ウルフは「パーティ」を、「瞬間」を求める儀式として用いたのであった。文字通りパーティを取り上げた『ダロウェイ夫人』だけでなく、ウルフの小説には、特に中期の小説には一貫してパーティあるいはパーティ的社交が、通奏低音のように流れている。

　ヴァージニア・ウルフのパーティ空間を考察していくにあたり、社交に対する考え方を、ウルフと同時代の社会学者G・ジンメルにたどってみ

る。ドイツの社会学者、哲学者のG・ジンメルは1917年『社会学の根本問題』[3]を著しその第3章で社交について述べた。ウルフとは、直接的関係はないが、ウルフと同時代に、すなわちロシア革命の年であり、第一次大戦中の1917年に、ジンメルが、社交について興味ある論を展開したことは、ウルフ自身のパーティ、社交との関わり、またウルフの小説内部でのパーティ空間の問題を考える上でも、注目に値すると思われる。

　ジンメルの社交論の原理的な意味について考えると、彼は、次のようなことを述べている。人間は社会的動物である。だが、家族や村落共同体が無意識に感情を共有している状態は、社交とは呼ばない。人が集まって何かをする時、多くの場合そこには共通の目的がある。例えば仕事（＝利潤）とか宗教（＝救済、普及）、学校（＝教育）など。こういう集団で為される行為は目的があってそれを達成するための秩序が保たれている。ジンメルはこの目的を「内容」、それによって形成された一定の秩序を「形式」と呼ぶ。目的があってなされる集団の行為は、現実に何らかの影響を持つ。こういう目的論的視点では捉えることが出来ない一連の行為（学問、芸術、遊び）がある。その中に「社交」というものも含まれる。社交は、「内容」なしに「形式」だけで成立する行為のひとつなのである。言い換えれば社交は、現実社会から切り離され、それだけでいわば成立している世界である。人が集まる活動の内容が、さまざまな欲望や衝動、目的達成のための手段だとすれば、そういうものなしに人が集まるために集まった姿が社交なのである。その精神は遊戯である。それは社会にとっては余剰であり、純粋に楽しむためにのみ為される自己目的的性格が強い行いである。個の自由と互いの平等の立場を認め合う、そうした独自な形式によってひととき楽しい状況を演出しあう、真摯に戯れる。だからこそ、社交の中の人々は、「本当の自分が今ここにいる」という実感を味わうのである。純粋な個人として社交に入っていくのである。そうしてはじめて社交は、その魅力を人々に与えるのである。社交に現実社会の功利的なものやイデオロギーを持ち込むと社交は壊れてしまう。

　ジンメルは「即興劇」に近い典型的な社交のかたちとして会話の交歓やゲームの勝負を挙げている。比喩や言葉遊びが好まれ、男女の心理の駆け引きが楽しまれる。こうした社交で人々は幸福を感じる。なぜなら功利的

な目的や信条に基づく衝動から解放され、おだやかな感情に包まれるからである。

　ジンメルがこれを書いた時期は第一次大戦中であった。伝統文化は無惨に破壊されており、社交を美徳とする価値観は危機に瀕していた。実用主義、効率主義、勤勉、戦闘の精神などが時代の主流であった。山崎正和が指摘するように、ジンメルは、おそらく18世紀フランス、ルイ王朝の宮廷生活を思い浮かべていたのかも知れない。ワトーの絵画、モリエールの喜劇と共に、そこに才女たちによる社交の文化の最後の理想の姿を見ていたのかも知れない。

　さらに、社交のヨーロッパ文化史を、山崎正和の『社交する人間』[4]に見ていくと、ヨーロッパにおける社交の歴史は、古代ギリシャの「シンポジウム」（饗宴）から15世紀のイタリア・ルネサンス、フィレンツェのアルベルティらによるサロン、そして17世紀パリの女主人公によるサロンといった具合に連綿として野蛮から文化が成立する時期に社交が繰り返し隆盛してきた。サロンでの会話の楽しみから学問や文芸が誕生し、さらに人間の心理を読むことから感情の自己コントロールがなされ、自分の誠実さを絶対視し、自我の存在を確信する思想は、近代の個性や自我の誕生の母胎にもなり得たという。

　都市化、工業化が進む近代において、小説家は、性格の一貫性を持った個性的自我の主人公を描くことが出来なくなる。人々は孤独となり自己の同一性を保証してくれる共同体の無力を痛感し、孤独、純粋自我の領域に「ほんものの自我」を見出そうとするのである。ジンメルは、大戦中に社交について論じながら、社交の歴史の最後に位置していると感じていたと思われる。そして、ウルフにとってのパーティ空間は、ヨーロッパのよき伝統としての社交につながるものであると考えられる。

　パーティの社交は、『失われた時を求めて』におけるような個室の寝室とも、家の今とも異なる。またそれは、町の戸外や海や山の大自然とも異なる。一定の階級の、しかしいろいろな人々が集まるのがパーティであり、小説の主人公は、パーティを演出し、パーティに出かける。パーティ空間における「瞬間」の経験がウルフの小説では、とりわけ重要であったと言える。ウルフの全小説を取り上げ、その小説世界において描かれるさ

まざまな「パーティ」の表象のありようを綿密に分析し、この「パーティ空間」においてウルフ文学のきわめて重要なテーマであった至福の瞬間の啓示という問題が捉えられていることを検証していきたい。従来の研究では、個別の小説作品でこの関係について言及されていたものはいくつかある。しかし、ウルフの全体の作品の中で、とりわけ中期の三小説におけるパーティ空間の特色と意義を、多くの視覚形象の読解によって本論では解明していきたい。ウルフ文学の従来からの重要なテーマである「瞬間」を検証するにあたっては、作品テクストを綿密に読解するというクロース・リーディングをみずからの立場とする

　ヴァージニア・ウルフは時間を描く作家であるとも言われている。彼女が中期三小説で捉えようとした特有の「瞬間」という言葉も、本来時間を表現する言葉である。しかし、「瞬間」はまた、疾走する時計の時間の停止空間ともとらえることが出来る。その意味では、きわめて空間的な要素を有しているとも言える。またウルフは人物描写や劇的時間を外面的に描く代わりに、内部意識を浮かび上がらせる方法として、イメージを効果的に用いている。これは、先に述べた、言葉がこれまでのように、客観的な事実を意味づけ、客観的に伝達する手段から、言葉の持つ固有の形式的特性を重視するようになったこととも深い関わりがある。個我の部屋とパーティ空間、部屋に属する扉、窓、壁、さらに部屋を取り巻く、空、陸、海のイメージを連関させていくことで、ウルフの作品世界を空間的に捉えつつ、彼女の作品世界の基本構造の視覚的表現に注目していきたい。従来、「瞬間」の諸相を空間的メタファーと相関的にしかも、各小説を貫くかたちで探究した論考は少ない。特に「パーティ空間」をキーワードにそこにおける「瞬間」の特色、意義などを明らかにした研究はほとんどないといってもよい。

　中期円熟期の代表作三作の最後に位置する『波』の結末においては、生の中に束の間に輝く「瞬間」の、輝きより束の間性、もろさに傾いた結果、生より死を選択することになる。『波』は、個が、自らの内部意識に沈潜して、ついにはアイデンティティ喪失と死への身の委ねへと傾き、ヴァージニア・ウルフの作品世界が頂点と限界まで描き尽くされた、そういう意味で最もウルフらしい作品と言える。しかし、『波』で個の内部意

識への沈潜の、ある意味行き着く果てまでを描いたウルフは、この後、次作『歳月』(*The Years,* 1937) 以降の後期小説において、『波』の枠をこわす必要性を感じ、外の世界へ目を向けようとする。だが、それは今まで彼女自らが否定してきた、伝統的なスタイルによる社会背景、心理描写、プロットへの回帰ではない。『歳月』は年代記仕立てで描かれているが、登場人物とその日常生活に、移りゆく季節を挿入し、風、雨、落ち葉、雪などを重ね合わせて、作者特有の一種抽象的な外が形成されている。

　『歳月』では、ウルフのヴィジョンを捉える手段として「昏睡」が用いられている。処女小説『船出』では、女主人公の熱病による昏睡状態から死にいたる状況が、「完全な一体感(union)」を感じ得るヴィジョンの世界ととらえられ、『オーランドー』において、主人公は、時計の鐘を聞きながら、死の一時達成でもある昏睡状態を何度か経験する。『歳月』では、一瞬の眠りといった軽い昏睡状態とその覚醒を何度か描くことで、個のライフサイクルの生を越えて広がる「巨大な網目模様(gigantic pattern)」[5]への組み込みが行われる。ウルフはヴィジョンを捉える儀式として、まず昏睡を試み、中期円熟期にパーティを通して「瞬間」を求め、死による袋小路からの脱出を、再び昏睡に求めたと言えよう。遺作『幕間』(*Between the Acts,* 1941) も、外への方向性は同じである。

　この論文の章は次のように構成した。まず第1－3章では初期の三小説を順に考察し、後の小説に至る出発点を探る。第4－10章は、この論文の中心で、中期三小説を「瞬間」、「パーティ」、イメージを通して考察する。時間の作家ウルフを空間的に捉える試みでもある。第11、12章は、後期小説の世界を考察する。ウルフの全小説を視野に入れて、その初期から中期そして後期の小説において、様々な瞬間の様相が、どのような視覚形象（イメージ）および場で表されているかを考える。その中で、特に「瞬間」を捉える場としてのパーティに着目し、最もウルフらしい世界がみごとに定着している作品として、中期三小説を評価していきたい。

第1章　『船出』における昏睡

はじめに

　『船出』(*The Voyage Out*, 1915) は、ヴァージニア・ウルフの最初の小説である。世間から隔絶して育てられた若い女性が、旅に出て自己に目覚め、恋を知り、恋を知ることで人生の孤独な姿に突きあたり、そして死んでいくという話は概ね伝統的な小説の枠組みを踏襲している。モダニズムと意識の流れの作家ヴァージニア・ウルフの実験的小説と評価されるのは、第三作『ジェイコブの部屋』(*Jacob's Room*, 1922) からで、それ以前の作品は伝統小説の枠組みで書かれていると言われてきた。しかし、『船出』が典型的な伝統小説と少し異なることは、出版当初、批評家リットン・ストレッチーが「ヴィクトリア朝的ではない (unvictorian)」[1]と評し、その後も「一風変わったビルドゥングスロマン」[2]などとも評されてきたことでも明らかである。特に結婚プロットの流れを踏襲しながら、女主人公の結婚ではなく死に終わる結末部分は、伝統小説とは異なっている。[3]むしろ、結末における女主人公の熱病による昏睡と死は、ウルフのその後の作品世界につながる重要な要素であると考える。本論では、熱病で死ぬ女主人公レイチェル (Rachel Vinrace) の昏睡状態とそれに連なる幾つかの眠りを「昏睡」と呼び、その特色を考察することで、『船出』をヴァージニア・ウルフの小説世界全体の流れの中に位置づけていきたい。

1. ウルフの作品と昏睡

　ジェイムズ・ネアモア (James Naremore) は『船出』の結末におけるレイチェルの熱病による昏睡を "deathlike trance"（昏睡）[4]と呼んでいる。これと、後にウルフの後期小説、特に『オーランドー』(*Orlando: A Biography*, 1928) や『歳月』(*The Years*, 1937) で、ヴィジョンを捉えるため

に繰り返し効果的に取り上げられる昏睡との共通点をまず考えたい。『オーランドー』では、恋人が駆け落ちの場所に来なかったショックで、主人公オーランドーは7日間眠り込む。オーランドーのこの眠りは「昏睡状態に陥ったかのように深い眠り」(fast asleep... as in a trance) と描かれる。[5] さらにこの眠りについては、以下のように語られている。

> But if sleep it was, of what nature, we can scarcely refrain from asking, are such sleeps as these? Are they remedial measures—trances in which the most galling memories, events that seem likely to cripple life for ever, are brushed with a dark wing which rubs their harshness off and gilds them, even the ugliest and basest, with a lustre, an incandescence? Has the finger of death to be laid on the tumult of life from time to time lest it rend us asunder? Are we so made that we have to take death in small doses daily or we could not got on with the business of living?
>
> (*Orlando*, 64)

恋人の裏切りという厳しい現実にうちひしがれたオーランドーは、眠り込むことで、安息としての死の一時達成である昏睡を経験し、現実の「厳しさをこすり落とされ」て目覚めるのである。昏睡は眠りの一種でありながら、何らかの意味で過酷な現実に耐えきれなくなった際の「治療の手だて」なのである。『歳月』においても、昏睡は重要な役割を果たしている。[6]

　治療が必要なほどの現実の厳しさというのは、ウルフの全作品に一貫する考え方である。ヴァージニア・ウルフは、決して逆行することなく、容赦なく老いと死へと等間隔に運行する時計の時間にさらされつつ、それぞれに自我をもち、孤立し、互いにコミュニケーションを欠き、他者との間に深淵 (abyss, gulf) を感じつつ、時としては傷つけあい、また、時としては孤独に在るという過酷な現実認識を、基本に持っていた。そして、終始一貫その対極として、ヴィジョンの世界を求め続けてきた。中期円熟期の小説では、それは、パーティの中で得られる至福の「瞬間」として、定着された。しかし、死への傾斜でこのパーティの「瞬間」が崩壊した『波』

第 1 章　『船出』における昏睡

以後の後期小説、特に『オーランドー』と『歳月』の中で、パーティの代わりに、昏睡がその役割を果たすことになる。ウルフは昏睡という、過酷な現実の厳しさを治療する手段により、再びその対極としてヴィジョンを、今度は個人の 1 ライフサイクルをこえた「一瞬かいま見られる生の巨大な網目模様 (gigantic pattern momentarily perceptible)」(『歳月』398)の中に個を捉え直すことで、求めていくのである。

中期円熟期以降に描かれる昏睡は必ず目覚めをともなっており、「治療の手だて」を経て目覚めたときには、過酷な現実世界は「厳しさをこすり落とされ」ている。これに対し、『船出』の結末のレイチェルの熱病による昏睡は死へと導かれていく。『船出』の昏睡には、後期小説に描かれる昏睡と、『波』の死の抱擁が二つながらに示唆されているが、本論では、後期小説につながるものとして、『船出』の昏睡を位置づけていきたいのである。

まず、『船出』の冒頭場面近く、女主人公レイチェルが他者との間の深淵を意識し、眠りにいやされていく場面を考察する。レイチェルは、現在 24 歳であり、11 歳で母親に死に別れて以来、ロンドン郊外リッチモンドの屋敷で、父方の未婚の叔母二人と暮らしていた。彼女が、南米貿易に従事する父の持ち船である貨物船ユーフロジーヌ号で、父親と、父の義理の弟夫妻、彼らの知人のギリシャ語学者とともに、南米の避寒地サンタ・マリーナへ向けて船出するところから小説は始まる。「修道院の中で育てられた」(191) ような隔離された生活の中で、育ててくれた叔母たちと理解し合いたいと思っても相手から理解されずに、友人もなく孤独に育ったレイチェルは、他者との間に「深淵 (abyss)」を感じ、好きなピアノと音楽に慰めを見いだしていた。船出当初、レイチェルは、周囲の人々との間にも「深淵」を感じざるを得ない。

> To feel anything strongly was to create an abyss between oneself and others who feel strongly perhaps but differently. It was far better to play the piano and forget all the rest. The conclusion was very welcome.... that was what music was for. Reality dwelling in what one saw and felt, but did not talk about.... Absorbed by her music she accepted her lot very complacently,

blazing into indignation perhaps once a fortnight, and subsiding as she subsided now. Inextricably mixed in dreamy confusion, her mind seemed to enter into communion, to be delightfully expanded.... she was asleep.

(34-35)

　ここで注目すべきは、一つには、彼女が持っている「他者との間の深淵」の意識であろう。彼女はのちに婚約するテレンスにも「私は（人の間を仕切っている）仕切り (division) が大嫌いよ…人はなぜたった一人で個室の中に閉じこめられていなければならないのかしら」(369-70) と言っている。テレンスとの婚約後も、「二人はこの障壁 (barrier) に打ち克つほどにお互いを愛し合うことは不可能なのだ」(371) と考えている。人間同士の、そして男女の間の深い「心の交流 (communion)」の困難さは、ウルフの基本的なテーマの一つである。『船出』でレイチェルの感じる過酷な現実とは、この人間関係の「深淵」(abyss)「仕切り」(division)「障壁」(barrier) であった。この意識は、『ダロウェイ夫人』の女主人公クラリサ・ダロウェイに引き継がれ、彼女は「でも威厳ということがある。孤独というものがある。夫と妻のあいだにさえ、深淵 (gulf) がある。それを尊重しなければならないんだわ。…それを放棄しようとは思わないし、また夫の意に反して、夫からそれを取り上げたくもない、そんなことをすればかえって失うことになる、自分の独立心を、自尊心を——とてもお金では買えない何かを」(『ダロウェイ夫人』132) と考える。孤独の尊厳に関しては、レイチェルよりクラリサに考えの成熟が見られるが、現実認識として、他者との間の「深淵」に気づかざるを得ないところは、二人に共通している。

　先の引用文で注目すべきもう一つの点は、「ピアノを弾いて、他のことは全て忘れてしまう」「一体感」「眠り」と述べられている点である。イギリス船出当時、レイチェルは音楽によって他者との間に「深淵」が横たわる過酷な現実を忘れることで、他者や外界との「心の交流 (communion)」の可能性をさぐっている。そして、その最終到達点として、眠りが設定されているのである。眠りは、ウルフの作品で昏睡と同じ意味で用いられることが多い。しかし「治療の手だて」にならない悪夢はここには含めな

い。⁽⁷⁾ 本論で「昏睡」として取り上げるのは、『オーランドー』や『歳月』の昏睡に連なる、作者の認識する現実の「厳しさをこすり落とす」「治療のてだて」の意味を持つ昏睡である。他者との間に深淵しか感じられず、音楽と眠りに安らぎを感じる、孤独なレイチェルが、テレンス (Terence Hewett) と出会い、恋愛によって深淵をこえ、他者との間の「心の交流 (communion)」を一瞬手に入れ、再び二人の間の障壁を意識する過程を辿りながら、昏睡の役割を考えていく。

2. レイチェルとテレンス——「心の交流 (communion)」を求めて

　まず、レイチェルが一人の青年と出会い恋をする過程の中で、彼女が抱いている他者との間の深淵という意識が変化するのかどうかを考えていきたい。テレンスとレイチェルの 1. 初対面、2. 2度目の出会い（ホテルのダンスパーティ）3. 海を見下ろす丘での二人きりの語らい　4. 熱帯雨林への六人の小旅行　の四つの場面に分けて段階的に考えていきたい。南米のサンタ・マリーナに到着したレイチェルは、海を見下ろす丘の上の白い別荘に滞在する。そして、この避寒地を訪れる人々のために、丘の下に建つホテルにいた青年テレンスと出会う。彼は気ままに旅する、小説家志望の青年である。彼と知り合うことで、他者との間に深淵しか感じられなかったレイチェルは、「他者との間の心の交流」(communion) の可能性について、考えるようになるのである。

　まず、初対面の場面を考える。レイチェルがテレンスとはじめて話をするのは、テレンスが計画し、別荘とホテルの人々が山へピクニックに出かけた際である。昼食時、寝そべるレイチェルを見てテレンスは、まだ話したことのない相手であるのに「（彼女が）自分とまさに同じことを考えているかもしれない」という思いを抱き、「何を見ているんです」とレイチェルにはじめて話しかける。ここでは、他者との深淵ではなく、同じことを考えているかもしれない他者の可能性が描かれている。

　さらに、二人の二度目の出会いであるダンスパーティで、テレンスに話しかけられたレイチェルは、「人間は離ればなれに生きるべきです。お互いに理解することは出来ません。最悪をもたらしてしまうのです」(182) と、社交的会話ではなく、彼女の日頃の思いを率直に口に出すことが出来

ている。そのため、一緒にダンスをするとき「いつもよりくつろいだ気分になる」(184)と描かれている。ダンスの翌日、レイチェルは丘の上で思いを巡らせながら、はじめて、「恋をするというのはどういうことだろうか」(207)と思い至る。恋愛を通して、男女の間の「心の交流 (communion)」が求められている。

数日後、友人と二人で別荘を訪れたテレンスは、レイチェルと二人で散歩に出て、太古の姿をとどめる南米の海を見下ろす丘の上で、「イギリスとは全く違う景色」(249)の中で、彼女とさまざまなことを語り合う。リッチモンドでレイチェルが何をしていたか、ピアノのこと、テレンスはなぜ小説を書くのかなど、これまで他者に語りたいと思わなかったことが話題に上る。そこから、二人は自分が本当に望んでいることを相手に伝えたいと思うに至る。レイチェルは彼にキスしたいという思いにもかられるが、今まで人に話したいと思わなかったことを聞いてほしいという思いの方が彼女にとっては切実であった。レイチェルはテレンスに、「自由」についての思いを以下のように語る。

> "A girl is more lonely than a boy. No one cares in the least what she does. Nothing's expected of her. Unless one's very pretty people don't listen to what you say.... And that is what I like,... I like walking in Richmond Park and singing to myself and knowing it doesn't matter a damn to anybody. I like seeing things go on—as we saw you that night when you didn't see us—I love the freedom of it—it's like being the wind or the sea." (261)

他者との間の深淵を感じながら、孤独にすごした少女時代の結果として、レイチェルにとって大切なのは「風や海のような自由さ」、他者に束縛されない魂の自由 (privacy of the soul) であった。彼女は前日のパーティでも、テレンスに話しかけられる前には「一人で山の中を馬に乗っていきたい」と一人でいる自由さを空想していた。このように他者との間に深淵しか感じられなかったレイチェルが、テレンスにその思いを打ち明けたのは、彼との間に communion の可能性を見いだしたからである。テレンスもレイチェルに打ち明け話をする。彼にとって大切なのは小説を書くこと

で「僕は沈黙の小説を書きたい、人々が口に出して言わないことを。」(252) と打ち明ける。二人とも他の人には言えなかった、そしてそれぞれにとって大切なことを打ち明けあい、そのことでさらに、相手に対する今の自分の思いも伝えようとする。「あなたを好きです (I like you)、あなたは？」とレイチェルが言い、「あなたをとても好きです (I like you immensely)」と、自分が言いたいと望んでいたことを言う機会を思いがけなく与えられた者の解放感（安堵感）をもって、テレンスは答えている (265)。ここではまだ love ではなく like であり、また、互いに相手の気持ちを必ずしも全て理解していたとは言い難く、二人の気持ちにやや温度差はあるが、二人きりで海を見下ろす丘の上で、二人は「心の交流 (communion)」を果たすのである。

　その後、川をさかのぼる六人の小旅行に参加したレイチェルとテレンスは、今度は愛 (love) という言葉で、相手との心の交流 (communion) を確認する。自由時間に二人きりで熱帯の密林を歩きながらの会話の中で、「僕たちは愛し合っている (We love each other)」(332) とテレンスが言い、同じ言葉をレイチェルが繰り返す。この瞬間、他者との障壁は消え、communion が成立する。この一瞬、過酷な現実は消え、この時点では、昏睡は必要とはされていない。

　しかし、communion は持続しない。二人はその後すぐに「二人の間の障壁 (barrier)」を再び感じるようになる。この障壁の意識は、愛の確認の翌日の密林にはじまり、サンタ・マリーナに戻ってからも続いていく。互いの愛を確認した翌日には、一行とは少し離れて歩きながら二人は以下のように感じざるを得ない。

> Now that they were alone it seemed necessary to bring themselves still more near, and to surmount a barrier which had grown up since they had last spoken. It was difficult, frightening even oddly embarrassing. At one moment he was clear-sighted, and at the next, confused. (343)

他者との深淵をなくする試みとして、はじめて自分のめざすところを語り合い、海を見下ろす丘や熱帯密林で二人きりという特別な状況で愛を確認

し合い、「安堵感」「喜び」を感じることが出来た二人の間にさえ、まだ障壁が存在することが明らかになる。「私は恋をしています」とレイチェルが言うと、「二人の間には何の仕切り壁 (division) もないように思われたが、次の瞬間、互いに遠く離れているように感じた」(345) のである。それでもテレンスは「彼女は僕のものだ。障壁はのりこえられた」と語りレイチェルも「これが幸せだわ」と言う。「二人はいかに自分たちが違うかを話し始めた、なぜなら二人はとても違っていたからだ」(345) と違いを認めて語り合うことで二人は障壁をのりこえようとする。以前レイチェルが他者との間に感じていた乗り越えがたい「深淵」ではなくて、テレンスとの間にあるのは乗り越えることが可能な、「障壁」であり「仕切り壁」であると描かれていることは指摘しておきたい。

　しかし、熱帯の密林という人間社会から隔絶した場所から現実の世界に戻ってくると、再び二人の一体感よりそれぞれの違いがもたらす障壁の方が、二人の心を占めるようになる。サンタ・マリーナに帰り、二人の婚約が明らかになったあと、テレンスが小説を書くかたわらで、友人からの祝いの手紙に返事を書くレイチェルは、外界との「深い渕 (gulf)」に気づいて愕然とする。「世界が分かちがたい一体となる時が来るだろうか」(362) と思う。テレンスは「あなたはいつも何か他のものを求めているようだ。…男と女は違いすぎる。あなたには理解できないのです」(370) と言い、二人は「この障壁 (barriers) に打ちかつ程にお互いを愛し合うことは不可能なのだ」(371) と感じる。レイチェルはついに、「それでは婚約を破棄しましょう」(371) と言う。ここまで他者との障壁を意識した結果、以下の状況が生まれる。

> The words did more to unite them than any amount of argument. As if they stood on the edge of a precipice they clung together. They knew that they could not separate; painful and terrible it might be, but they were joined for ever.... sitting side by side the divisions disappeared, and it seemed as if the world were once more solid and entire,... (371)

ところが、二人並んで鏡の前に立つと鏡に映る姿は小さく離ればなれに見

え、二人の高揚感は冷めるのである。愛を確認した後、現実世界に戻って、障壁を感じたり、一体感を感じたり、二人は揺れ動いている。しかし、お互いの間の「障壁」を無視出来ない時、二人の関係に眠りが効果的に、また、治療的に作用するようになるのである。

3. 眠り、昏睡、死

　「心の交流 (communion)」を持続出来ずに、障壁を意識せざるをえない二人の状況の中で再び昏睡の効果が着目されるようになる。婚約発表後、お茶の会に招待されて二人はホテルに行くが、早く着きすぎ、まだ誰も来ていない。涼しいホールに座って待つ間に、テレンスは疲れて居眠りをする (he fell half asleep 384) そしてうたた寝をするテレンスの傍らで、レイチェルは安らぎを感じるのである。彼女は、二人の会話の中ではなく、彼の眠るそばで安らぎを見いだしている。昏睡の治療効果と考えられる。安らぎとともにレイチェルは結婚と魂の自由（独立）について以下のように考える。

> although she was going to marry him and to live with him for thirty, or forty, or fifty years, and to quarrel, and to be so close to him, she was independent of him; she was independent of everything else. Nevertheless,... it was love that made her understand this, for she had never felt this independence, this calm, and this certainty until she fell in love with him,... (386)

レイチェルは二人の間の障壁を認め、しかも自分は魂の独立を保ちながら二人で暮らしていくことを決意し、そこに平穏を感じている。テレンスのまどろむ傍らでの平穏は、相手の昏睡状態のもたらす治療手段である。レイチェル自身は「彼女は眠くはなかった、ものを明瞭に見なくなり、ホールを通る人の姿の輪郭が前よりぼやけてきたけれども」(385) と感じている。この状態は、彼女もまた、本論で言うところの一種の昏睡に入っていると考えられる。
　まどろむテレンスの傍らでレイチェルが感じたこの安らぎを、テレンスは、熱病により昏睡状態に陥ったレイチェルの傍らで感じることになる。

発病当初、意識のないレイチェルの傍らで彼が感じたのは絶望感といらだちであった。「テレンスは怒りをおぼえていた…外の力に」(405)「絶望し」(405)「怒りと苦痛」(414) を感じ、「長く暗い悪夢」(409) としか考えられなかった。レイチェルを失うかもしれないという意識以外にも、自分を認識してくれない彼女に、いたたまれず部屋を出ることもあった。しかし、いよいよ彼女が危篤状態におちいり、枕元で、彼女を看取るテレンスは、「レイチェルと二人きりだった。そしてかつて二人きりの時に二人がよく感じた安心感 (a sense of relief) の片鱗を感じた」(430) のである。さらにレイチェルの意識が一瞬もどり、微笑みながら「ハロー、テレンス」(430) と言うのを聞いて、彼は以下のように感じる。

> An immense feeling of peace came over Terence, so that he had no wish to move or to speak. The terrible torture and unreality of the last days were over, and he had come out now into perfect certainty and peace. His mind began to work naturally again and with great ease.... he seemed to be Rachel as well as himself;... she had ceased to breathe.... this was death. ... it was to cease to breathe. It was happiness, it was perfect happiness. They had now what they had always wanted to have, the union which had been impossible while they lived.... No two people have ever been so happy as we have been. No one has ever loved as we have loved.
>
> It seemed to him that their complete union and happiness filled the room with rings eddying more and more widely. He had no wish in the world left unfulfilled. They possessed what could never be taken from them. (431)

レイチェルがまどろむテレンスのかたわらで安らぎを手に入れたように、テレンスは昏睡状態にあるレイチェルのかたわらで「生きている間は不可能だった完全な結合 (union) を手に入れ」たのである。しかし「生きている間は不可能だった」とあるように、レイチェルの死が "union" を完成する。後期小説の昏睡は必ず目覚めを伴うが、『船出』のレイチェルは目覚めることなく死に至る。この時、レイチェルは「煩わされず一人でいたい」(421) と思い、安らいでいる。ヴァージニア・ウルフは、常に死を

「敵」(『波』211) であるとみなすと同時に、「死には抱擁 (embrace) がある」(『ダロウェイ夫人』202) と対照的にとらえていた。レイチェルの死は安らぎ、「抱擁」であり、さざ波立つ水の中にいると感じる (402) 彼女の死には『波』の結末への方向性が見られる。昏睡は「死を毎日少量ずつ服用」する治療であると言うオーランドーの言葉を借りるなら、『船出』は永続的治療は死という、中期小説の行き着く果てをも示唆している。

　しかし、『船出』はレイチェルの死で終わるのではない。彼女の死にそれぞれの思いを抱きつつ、以前と同じ日々の営みが戻ってくる。夜ホテルで集っていた人々が寝に行くのを眺めながらの、テレンスの友人、セントジョンのまどろみでこの小説は終わっている。

>　　All these voices sounded gratefully in St. John's ears as he lay half-asleep, and yet vividly conscious of everything around him. Across his eyes passed a procession of objects, black and indistinct, the figures of people picking up their books, their cards, their balls of wool, their work-baskets, and passing him one after another on their way to bed. (458)

もしレイチェルが昏睡から目覚めていたら見たであろう世界が、後期小説ほど明らかではないが、ここに示唆されている。「人々の列」は、『歳月』で提示された「巨大な生(せい)の網目模様 (gigantic pattern)」、時空をこえ、個人の一ライフサイクルにおいてはかいま見ることしか出来ない巨大な網目模様へとつながっていく。レイチェルは pattern について生前、以下のように思いめぐらしたことがあった。

>　　and by degrees something had formed itself out of nothing, and so one reached at last this calm, this quiet, this certainty, and it was this process that people called living. Perhaps, then, every one really knew as she knew now where they were going; and things formed themselves into a pattern not only for her, but for them, and in that pattern lay satisfaction (384–385)

セントジョンの見た「黒くおぼろげなる人々の列」はレイチェルの考え

この「パターン」と重なり合い、『歳月』でエリナーが昏睡の後に見るヴィジョン、つまり個の１ライフサイクルをこえて拡がる「巨大なパターン (gigantic pattern)」につながるものと考える。「パターン」は提示されているが、レイチェルは目覚めてヴィジョンとしてそれを見ることはなかった。「昏睡」を繰り返し、そこに治療を求めながら、後期小説のように目覚めて「パターン」を見るのではなく、死の安らぎに身を委ねたからである。しかし、ヴィジョンを求める方法として昏睡をとりあげ、「パターン」を結末で提示することで、『船出』は後期小説へとつながっていく作品となっているのである。

第2章　『夜と昼』のアフタヌーンティーパーティ

はじめに

　ヴァージニア・ウルフの中期円熟期の三小説『ダロウェイ夫人』(*Mrs. Dalloway,* 1925)『灯台へ』(*To the Lighthouse,* 1927)『波』(*The Waves,* 1931) においては、パーティが重要な役割を果しているが、彼女の長編第二作である『夜と昼』(*Night and Day,* 1919) には、アフタヌーンティーが効果的に用いられている。アフタヌーンティーは、19世紀にはじまった上流階級の社交の場として、かつては、王侯貴族のステイタスシンボルであり、当時も、帝国と階級と切り離せないものであった。アフタヌーンティーという伝統はまた、イングリッシュネス[1]という言葉とも深く関わってくる。イングリッシュネスという言葉は、18世紀後半から使われるようになり、帝国の時代[2]と深く関わる言葉である。一般に「イングランド性」とも言われ、「イングランドらしさ」あるいは「イングランドらしいもの」を意味し、国外に向けては、連合王国と呼ばれる「国家」である英国の文化的特徴を表現する語として用いられる。そして、この語は、文字通り英国のなかのマジョリティであるイングランドを代表する表現という側面を持つ。社会的上位にある集団と社会的な従属集団という関係を生み出すイングリッシュネスという言葉は、政治経済とは一見関係のない文化表象にも用いられている。それ故、これは、上流階級というまさにマジョリティの文化からはじまったアフタヌーンティーとも、深い関わりを持つ言葉である。アフタヌーンティーは、集まりのホステスである女性を中心に華やかに繰り広げられる社交として、成人男子がマジョリティである社会において、きわめて女性性に依存した文化形態という側面も併せ持って、帝国の時代におけるイングリッシュネスの拡大にも寄与するという見方ができる。このような18世紀から19世紀に繰り広げられるアフタヌーンティー

の伝統は、ヴァージニア・ウルフが未だ伝統小説の枠組みで描いている『夜と昼』で重要な役割を果たしている。19世紀末から第一次大戦前後のイギリス社会では、国民意識と帝国意識は不可分に結ばれ、階級やジェンダーの壁を越えて、イギリス人の愛国心、ナショナリズムが昂揚した時期、そして、イングリッシュネスという言葉が意識された時代でもあった。本論では、『夜と昼』で描かれている幾つかの茶会の中から、1. 紳士階級で知的エリートでもあるヒルベリー家 (the Hilberies) のアフタヌーンティー、2. 同じく紳士階級の村の牧師の娘で現在は婦人参政権運動家メアリ (Mary Duchet) の主として事務所でのお茶、3. 同じ中流でありながら、紳士階級からははずれているデナム家 (the Denhams) のお茶の三つをとりあげて、同じ中流階級の中で微妙な差異とせめぎあいをひきおこす、アフタヌーンティーの視点から、キャサリン (Katharine Hilbery) とレイフ (Ralph Denham)、さらにはメアリとの関係を明らかにしていきたい。さらに、階級意識から生じる茶会での居心地のわるさが、茶会の中で、和解と一体感へと導かれていく過程を考察する中に、中期三小説で特有の意味が付与されるパーティへとつながる要素を合わせて見ていきたい。

1. ヒルベリー家の茶会

　まず、女主人公キャサリン・ヒルベリーの家であり、紳士階級で知的エリートでもあるヒルベリー家のアフタヌーンティーについて考える。『夜と昼』はキャサリンが客間で人々にお茶をいれている場面から始まる。

> It was a Sunday evening in October, and in common with many other young ladies of her class, Katharine Hilbery was pouring out tea. Perhaps a fifth part of her mind was thus occupied, and the remaining parts leapt over the little barrier of day which interposed between Monday morning and this rather subdued moment, and played with the things one does voluntarily and normally in the daylight. But although she was silent, she was evidently mistress of a situation which was familiar enough to her, and inclined to let it take its way for the six hundredth time, perhaps, without bringing into play any of her unoccupied faculties. (1)

第2章　『夜と昼』のアフタヌーンティーパーティ

夕方とあるからには、これは5時頃からはじまるアフタヌーンティーと考えられる。「同じ階級の令嬢たち」と、無意識の階級意識も示されている。キャサリンは、文学者で評論誌の編集者である父と、ヴィクトリア朝時代の大詩人の娘で情緒過多で気まぐれな母との間に生まれた一人娘という恵まれた家庭の出であり、母を助けてお茶を注ぐ役割を、「かなり気の重いひととき」と感じつつも、「じゅうぶん慣れた感じで」(familiar enough) 心の5分の1を傾けるだけで、果たしているのである。アフタヌーンティーは彼女がいささかうんざりしつつも、手慣れたやり方で進めていける、まさに日常世界そのものであった。

この茶会に、突然訪れて来るのが、その後、キャサリンが心惹かれていくレイフ・デナムという青年である。貧乏な大家族の長男で姉と二人で一家の生活や弟妹の教育を支えている。専門学校を出て現在リンカーンインフィールズの法律事務所の下級弁護士であるが、紳士階級には属さない。キャサリンの父の評論誌に法律関係の論文を寄稿した縁でヒルベリー家のお茶に招かれたのである。

> Katharine stirred her tea, and seemed to speculate, so Denham thought, upon the duty of filling somebody else's cup, but she was really wondering how she was going to keep this strange young man in harmony with the rest. She observed that he was compressing his teacup, so that there was danger lest the thin china might cave inwards. She could see that he was nervous; one would expect a bony young man with his face slightly reddened by the wind, and his hair not altogether smooth, to be nervous in such a party. Further, he probably disliked this kind of thing, and had come out of curiosity, or because her father had invited him-anyhow, he would not be easily combined with the rest. (3)

彼女が茶会を"familiar"と感じ、楽々とこなしているのに対し、レイフは、「神経質に」(nervous)なっており、紳士階級の特権階級的社交である、こういう茶会を「嫌って」(dislike)いるように見える。ヒルベリー家で行われている茶会に対して、二人はまさに正反対の態度であると言える。自分

の家の茶会で、神経質になって楽しめないでいる初対面のレイフを、キャサリンは気遣うが、ここではまだ、それは自分の家の茶会を円滑に進行しようというホステスとしての気配りにすぎない。階級差は依然として存在し、キャサリンは自分の家庭環境へのレイフの敵意すら感じて、彼につい意地の悪い態度を示すことになる。茶会は二人の階級差を浮き彫りにし、二人の関係を象徴する。さらには、茶会を通して、キャサリンの家族を誇りに思う気持ちと、誇りには思えないレイフの気持ち[3]が対照的に描かれる。ヒルベリー家の茶会は、行き届いたお茶の接待と、人々を結びつけ、知的活気と共に、和やかな団欒を生み出す社交的会話からなる、洗練されたものであった。しかし、中流ではあるがヒルベリー家のような紳士階級には属さないレイフにとっては、自分より社会的に上位にある集団を象徴するヒルベリー家の茶会は、階級差を如実に感じさせる集いであった。「彼はたぶんこういうことが好きではないのだ」と、このときは簡単に考えてしまうキャサリンであるが、実はレイフのこの居心地の悪さは、彼の階級意識に根ざしていて、後に惹かれ合うことになる二人の関係に影を落とす。そして、この居心地の悪さの解消という問題は、小説後半で彼の家であるデナム家の、やはり茶会を通してもう一度取り上げられている。キャサリンとレイフの関係にアフタヌーンティーは重要な役割を果たしているが、特に冒頭のヒルベリー家の茶会は、後の展開の伏線としての役割を果たしているのである。

2. メアリの事務所でのお茶

次に、婦人参政権運動家である、メアリ・ダチェットの、主として事務所でのお茶について考える。メアリはイングランド中東部の村の牧師の次女である。体力と決断力に恵まれ、強いプライドの持ち主で、半年前からロンドンに出て婦人参政権運動を推進する協会の事務所で彼女も運動に挺身している。レイフとは社会活動を通じて知り合い、彼を愛している。この彼女のお茶は、自宅ではなく事務所内で、会議の合間に次のように行われる。

"Let's have our tea,"she said,... "It was a good meeting—didn't you think

第 2 章　『夜と昼』のアフタヌーンティーパーティ　　　　31

> so, Sally?" she let fall, casually, as she sat down at the table.
> ……
> 　　They had their tea, and went over many of the points that had been raised in the committee rather more intimately than had been possible then; and they all felt an agreeable sense of being in some way behind the scenes: of having their hands upon strings which, when pulled, would completely change the pageant exhibited daily to those who read the newspapers. Although their views were very different, this sense united them and made them almost cordial in their manners to each other. (176-177)

　事務所で行われた委員会で、運動に対する熱心な議論の後、他の委員が出て行った後も、シール女史とメアリが残り、女性二人で、お茶を飲みながら、委員会の議論の続きが行われる。このお茶は、ヒルベリー家のお茶とは異なっている。社交と会話のために集まるヒルベリー家の茶会に対し、仕事の議論の続きに没頭する彼女たちのお茶は、伝統的な中産階級のアフタヌーンティーというより、単にカフェインを補給して仕事の疲れを解消する簡単で事務的なティーブレイクである。しかし、同時に、仕事の厳しさや、高揚感とは違う、ある暖かい雰囲気が漂っていると語られる。この「暖かい態度 (cordial)」は、いわゆるアフタヌーンティーと全く違った設定であるメアリの事務所のお茶に、アフタヌーンティーの基本である社交の、儀礼を取り除いた真の意味でのコミュニケーションの部分を付与していると言える。そして、メアリはこの事務所でのお茶を伝統的アフタヌーンティーの精神へとつなぐ役割を担っているのである。
　このような、事務所でのメアリのお茶に、キャサリンが参加するとどうなるか。散歩中のキャサリンが急に思い立ってお茶の時間にメアリの事務所を訪れる場面は、次のように描かれている。

> "You!" she exclaimed. "We thought you were the printer....Well, this is a surprise. Come in, "she added. "You're just in time for tea."
> ……
> 　　Katharine wondered, as she stood there, feeling, for the moment, entirely

> detached and unabsorbed, why she had come. She looked, indeed, to Mary's eyes strangely out of place in the office. (82-83)

キャサリンを印刷屋と間違える、事務所独特の仕事第一の雰囲気の中で、驚きながらもメアリはキャサリンをお茶に招きいれる。キャサリンが「事務所には場違い」(out of place in the office) の存在であることは、彼女もメアリも肌で感じ取っている。しかし、この事務所のお茶がキャサリンに与える、自分が場違いであるという印象は、いたたまれない思い、二度と体験したくないほどの違和感をともなうわけではない。このことは、キャサリンがその後、再び今度は自宅にではあるがメアリをお茶の時間に訪ねる気持になることからも明らかである。

メアリの部屋を、通りすがりに訪ねて「メアリ、お茶をいただけないかしら？」とためらいがちに聞くキャサリンであるが、メアリが気づくと、キャサリンは客でありながら、自然にお茶をいれる側にまわっていた。

> Katharine might have been seated in her own drawing-room, controlling a situation which presented no sort of difficulty to her trained mind. Rather to her surprise, Mary found herself making conversation with William about old Italian pictures, while Katharine poured out tea, cut cake, kept William's plate supplied, without joining more than was necessary in the conversation. She seemed to have taken possession of Mary's room, and to handle the cups as if they belonged to her. But it was done so naturally that it bred no resentment in Mary; (180-181)

キャサリンがお茶をそそぐ役割を引き受ける、この場面は、まさにヒルベリー家のアフタヌーンティーの描写を再現する。レイフはキャサリンの家の茶会に違和感を抱くが、婦人参政権運動家であるはずのメアリは、本来自分がつぐべきお茶をキャサリンが注いでいることに別に違和感を感じていない。婦人参政権運動家、社会的な従属集団の側に立つメアリの事務所、そしてそこで行われるお茶は、社会的上位にある集団に属するキャサリンにとって当然違和感を感じさせるものでありながら、その違和感は決

定的なものではない。社会活動家ではあるが本来紳士階級に属する牧師の娘、メアリの柔軟な考え方がある種の居心地の良さをもたらすことで、本来せめぎ合うはずの、両者の境界の越境の可能性が、このメアリのお茶に示唆されるのである。

3. デナム家の茶会

さらに、紳士階級に属さないデナム家の茶会について考える。キャサリンの属する紳士階級には属さず、社会的な上位集団にいる彼女と比べると社会的な従属集団の一員であり、そのことに劣等感を抱いているレイフの、階級差意識を解消する可能性を、彼の家であるデナム家の茶会への、キャサリンの参加の場面からさぐっていきたい。二人が互いにひかれあっていることを自覚する作品の後半部分で、キャサリンと散策しながら、レイフは彼女にひかれていく気持を抑えられない。しかも、小説の冒頭場面のヒルベリー家の茶会以来、自分とキャサリンの階級差を強く意識するレイフは、お茶についての「大胆な計画」(a daring plan) を思いつく。自分の家のお茶に招待し、明らかな階級差に幻滅した彼女の態度を見て、そんな彼女に失望し、彼女とは住む世界が違うという理由で彼女への思いを断とうという、どちらかといえば受身的な計画であった。彼女を試すことになるこの計画に対して、彼女に「つらく当たっている」という意識を持ちながらも、彼はあえて実行に移すのである。

> In his surprise at the suddenness of the change, and at the extent of his freedom, he bethought him of a daring plan, by which the ghost of Katharine could be more effectually exorcised than by mere abstinence. He would ask her to come home with him to tea. He would force her through the mill of family life; he would place her in a light unsparing and revealing. His family would find nothing to admire in her, and she, he felt certain, would despise them all, and this, too, would help him. He felt himself becoming more and more merciless towards her. By such courageous measures any one, he thought, could end the absurd passions which were the cause of so much pain and waste. (394)

ヒルベリー家の、客をくつろがせ、居心地よくさせることを第一とする伝統は、デナム家にはない。出されたケーキは大きすぎて会話の邪魔になり、また、レイフの母のデナム夫人は、息子の連れてきた女性を、好奇心を隠そうともせずにぶしつけに見つめ、キャサリンに居心地の悪い思いをさせる。このようなデナム家のお茶の客となったキャサリンは「極度の恥ずかしさで固くなった。」(The rigidity of extreme shyness came over her.395)と描かれる。レイフの家族と、そしてレイフ自身の批判的なまなざしは、会話を停滞させ、彼女の居心地の悪さはピークに達する。

> Owing, perhaps, to this critical glance, Katharine decided that Ralph Denham's family was commonplace, unshapely, lacking in charm, and fitly expressed by the hideous nature of their furniture and decorations....She did not apply her judgment consciously to Ralph, but when she looked at him, a moment later, she rated him lower than at any other time of their acquaintanceship. (398)

デナム家のお茶は彼女にとって、これまで慣れ親しんだお茶と社交の技術でははかれない、そして彼女の手慣れたお茶のマナーとはまるでふさわしくない体験で、彼女はデナム夫人に対する "the verge of rudeness"(399) に追い込まれる。ここまではまさにレイフの思い通りの展開であった。

> Next moment, a silence, sudden and complete, descended upon them all. The silence of all these people round the untidy table was enormous and hideous;....A second later the door opened and there was a stir of relief; (399)

この気まずい沈黙を救ったのは、レイフの姉のジョーン (Joan) である。彼女が部屋に入ってくると、彼女の自然な会話から、コミュニケーションへの試みがはじまる。デナム夫人のぶしつけな好奇心、レイフのキャサリンを試す試み、キャサリンの違和感、緊張感、趣味の悪さに辟易とする気持ちが、お茶の会話を停滞させ、そんな中で、誰もコミュニケーションへの試みをしなかったために、気まずい沈黙が支配していた。ジョーンの自

然な会話は、たくまずして社交の原点としての、会話を円滑に復活させる。メアリの場合と同様、ジョーンの柔軟な態度とコミュニケーションの試みが、本来階級差から生まれる場違いな感覚を緩和しているのである。

　ヴァージニア・ウルフの中期円熟期の小説では、パーティが重要な役割を担っている。(4) そこでは、パーティの女主人が、社交を通して参加する人々の間に、束の間の一体感を共有する「瞬間」を現出させる。パーティは同じ階級に属する人々の集まりという安心感が根底にある。ヒルベリー家のアフタヌーンティーにはそれがあるが、メアリのお茶、デナム家の茶会にはそれはない。その意味では、パーティより難しい状況にある。しかし、階級意識のせめぎあいが基本に存在する茶会ではあっても、メアリのお茶ではメアリが、デナム家の茶会ではジョーンが、キャサリンに手をさしのべることで、社交の最も基本的形態であるコミュニケーションは成立しうるのである。なごやかに進行し出したお茶を楽しみ始めたキャサリンは、お茶の時間が過ぎても「帰りたくない」(she had no wish to go home) (403) と思う。

> They appealed to her 〔i.e. Katherine〕, and she forgot her cake and began to laugh and talk and argue with sudden animation. The large family seemed to her so warm and various that she forgot to censure them for their taste in pottery. (400-401)

遂にレイフは、キャサリンを試す実験の失敗を認め、誇りをとりもどす。

> "I tried to think so. But I thought you more wonderful than ever."
> ……
> "I've done my best to see you as you are, without any of this damned romantic nonsense. That was why I asked you here, and it's increased my folly. When you're gone I shall look out of that window and think of you. I shall waste the whole evening thinking of you. I shall waste my whole life, I believe." (403-404)

紳士階級であるヒルベリー家の伝統的なアフタヌーンティーを通してしかキャサリンを見ず、階級意識と劣等感にとらわれていたレイフは、今はじめて、ありのままのキャサリンを認めることを自分に許し、さらには自分の家族に対して本来もっていた誇りを取り戻している。お茶を通して明らかになった社会的上位集団と従属集団のせめぎ合いという意識にとらわれた二人はやはりお茶を通してようやくそこから解放される。キャサリンがメアリやジョーンの助けを得て社会的従属集団のお茶にも融け込み、そのようなキャサリンを見てレイフもありのままのキャサリンを見つめ直そうとする。この小説の最後の場面で、レイフは、遂に冒頭のヒルベリー家のアフタヌーンティーが自分にもたらす劣等感から解放される。そしてはじめて自らヒルベリー家を訪れて、外出しているキャサリンを待つ気持ちになる。イギリス伝統のアフタヌーンティーは、二人の男女の惹かれ合う気持ちに階級意識の枠をはめて試練を与えつつ、それを乗り越えることで、二人に愛を成就させる役割を果たすのである。そして、このことは二人がヴィジョンを共有[5]していることを示唆するのである。

おわりに

『夜と昼』の描かれた20世紀初頭はまた、イングリッシュネスにおける、社会的従属集団の変化の時期でもあった。18世紀には、社会的上位集団イングランドとせめぎあうのは、スコットランドやアイルランドであった。しかしやがて、従属集団は、マイノリティとしての、女性や労働者階級に、そして、帝国の時代になって、植民地の存在へと、移行していく。その過程において、イングランド内の社会的従属集団は、上位集団に取り込まれていく。このような時期に書かれた『夜と昼』は、イングリッシュネスの表象の一つであるアフタヌーンティーを効果的に用いることによって、社会的上位集団と従属集団の階級の違いとせめぎ合いという視点を明確にしている。しかし、『夜と昼』は同時に、アフタヌーンティーを効果的に用いることで、二つの集団の和解をも示唆している。なぜなら、キャサリンとレイフの恋愛は、小説の最終場面において、階級意識を越えたヴィジョンの共有を果たすからである。そして、このようなヴィジョンの共有に至る過程に、アフタヌーンティーは重要な役割を果たしており、

さらには中期小説のパーティへの展開をも示唆しているのである。

第3章　『ジェイコブの部屋』の闇と光のイメージ

　『ジェイコブの部屋』（*Jacob's Room*, 1922）は、ヴァージニア・ウルフの三番目の小説であり、彼女が伝統小説の手法から脱して書いたはじめての実験小説であると言われる。『ジェイコブの部屋』の書かれる三年前に彼女の代表的評論の一つである「現代小説」（"Modern Fiction", 1919）が書かれているが、これは19世紀風リアリズムとは一線を画する新しい手法の実験小説宣言として、20世紀の小説を論ずる際にはよく引き合いに出される評論である。『ジェイコブの部屋』は、この新しい理論の具体化として書かれた、作者はじめての大胆な実験小説であると言われている。伝統的小説の視点からは断片的でとらえにくいこの小説をとく鍵を求めるに当たり、この小説が元来、印象派的手法で描かれた、きわめて視覚的な小説といわれていることを思いおこしたい[1]。ストーリー展開や人物描写よりは、視覚的効果が読者にインパクトを与えている。光と色彩描写にすぐれていると言われるこの作品ではあるが、本論では、特に黒と闇の特有の視覚効果に着目し、灯や光と対比することで、『ジェイコブの部屋』という作品を考察していきたい。

　闇と光、夜と昼の問題は、すでに『ジェイコブの部屋』の前作にあたる『夜と昼』(1919)の表題となっている。この夜と昼は「昼は交際、夜に瞑想」[2]「思考、孤独、夜の自由な独立した世界と、行動、社会、昼の拘束された世界」[3]という意味で用いられ、また、作者の永遠の主題である夢と現実のヴァリエーションをなす語でもある。本論で考察していく黒と闇も、苛酷な現実[4]を露呈させる昼の光との関わりが不可欠となる。

　まず、黒の原点として、幼いジェイコブを意識下の安息の中へすっぽりと包みこむ闇を考えていく。夜も更け家の灯が全て消された、ハリケーンの吹き荒れる夜の闇は以下の様に語られている。

There was a click in the front sitting-room. Mr. Pearce had extinguished the lamp. The garden went out. It was but a dark patch. Every inch was rained upon. Every blade of grass was bent by rain. Eyelids would have been fastened down by the rain. Lying on one's back one would have seen nothing but muddle and confusion—clouds turning and turning, and something yellow-tinted and sulphurous in the darkness. (12)

嵐をはらんで攻撃的なこの夜の闇はジェイコブを脅かしてはいない。夜の闇にすっぽり包まれたジェイコブが意識下の眠りの中に深くやすらいでいる様子が "Jacob lay asleep, fast asleep, profoundly unconscious."(12) と描かれる。黒と闇が幼児に与えるこのやすらぎを Jacob は以後、肉体的本能的には黒や闇に包まれた母と恋人に求め、精神的には闇のギリシャに求めていくことになる。

　黒が強い視覚効果を与える最初の場面は、ジェイコブの幼児体験として次の様に描かれている。

　　　The large red faces lying on the bandanna handkerchiefs stared up at Jacob. Jacob stared down at them. Holding his bucket very carefully, Jacob then jumped deliberately and trotted away very nonchalantly at first, but faster and faster as the waves came creaming up to him and he had to swerve to avoid them, and the gulls rose in front of him and floated out and settled again a little farther on. A large black woman was sitting on the sand. He ran towards her.
　　　"Nanny! Nanny!"he cried, sobbing the words out on the crest of each gasping breath.
　　　The waves came round her. She was a rock. She was covered with the seaweed which pops when it is pressed. He was lost.
　　　There he stood.　　　　　　　　　　　　　　　　　　　　　　(8)

これは小説の冒頭近くの一場面である。幼いジェイコブは母や兄と離れて砂浜で蟹をとっている。恋人同士が海岸に並んで横たわっているのに出く

わし、じろりと睨みつけられて恐ろしくなって逃げだす。前方に彼の乳母の黒い姿 (black woman) を見つけて、安堵のあまりすすり泣きながら駆けよってみると、大きな岩と見間違えていたことがわかる。やすらぎの黒に包み込まれることを求めながら昼の光線で現実が露呈する構図が、安堵から落胆への彼の心の落差が、"She was a rock." という簡潔な文章に見事に凝縮されている。"black woman" をめがけて走りだす時、男女の赤ら顔や派手な大判ハンカチの色彩の世界から、モノトーンの世界へと変わる視覚効果も鮮やかである。

　乳母は彼の母ベティ・フランダース (Betty Flanders) の代わりとして求められている。"black woman" は未亡人フランダース夫人の「黒い日傘」(7) と重なり合う。それ故、この "black woman" は不安と恐怖に駆られた幼児がやすらぎの対象として本能的に求める母親の視覚化といえる。ジェイコブは三人兄弟の中でも母親から最も無関心に扱われている[5]。その上、本来フランダース夫人は決して母性的には描かれていない[6]。彼女は母子の関係よりも男女の関係が似合うように描かれて、それ故、ジェイコブにとってフランダース夫人は、浜辺で出くわし自分を睨みつけ脅かす恋人の男女と重なり合う部分をもつ。浜辺の男女が自分に対して放射する攻撃的で激しい感情から逃れようとしたジェイコブは、母の代わりに、母親的に一方的に包み込んで安らぎを与えてくれる対象として乳母 (black woman) を求めて駆け寄ったのであった。そして、彼が乳母を求めるのはこの場面一度きりである。睨みつける男女の目を逃れ母性の安らぎを示す黒に包まれることを本能的に求めて走り寄ったジェイコブに、昼の明るい光線は、それが乳母ではなく岩であるという彼にとっては苛酷な現実を曝け出す。脅威の解消されない不安な現実の中に在るということを、彼は "There he stood." と明確に認識させられるのである。闇にすっぽり包まれて安らぎ深く眠れる幼児の幸福な世界から、ジェイコブは自分に対して攻撃的で安らげることのない苛酷な大人の日常世界の現実に一瞬直面したのである。その直後にジェイコブは、苛酷な現実の象徴である skull を拾い上げることになる。苛酷な現実の攻撃的な輪郭を包みこみぼやけさせることで人を安らがせる黒と闇、そして、その黒と闇を照らし出して苛酷な現実を白日の下に曝け出す白昼の光線という構図が、見事な視覚効果によっ

黒を効果的に用いたこの挿話でジェイコブが求めた黒は母親であった。しかし、決して母性的ではなかった母にも充たされず、また、母の替わりに一度だけ求めた乳母も見出せなかったジェイコブは、青年になると今度は恋人に黒を求めていくことになる。そして、ジェイコブが性関係を結ぶ娼婦フロリンダ（Florinda）にも黒が効果的に用いられている。青年となったジェイコブの前に、精神のみで肉体をもたない女であるクレアラ・ダラント（Clara Durant）と、肉体のみで精神をもたない女フロリンダが登場する。しかし真昼の白い光がよく似合い夜もパーティの明るい灯の下で輝くクレアラに好意を寄せられながら、ジェイコブはクレアラに安らげない。ジェイコブにとってクレアラは不毛でよそよそしい昼の世界に属する女性であった。これに対してジェイコブは、本能的にフロリンダの肉体に安らぎを求めて魅かれており、そして黒と共に描かれるのはクレアラではなくてフロリンダなのである。

　フロリンダがはじめて登場する場面には、闇の黒が効果的に用いられている。

> The flames had fairly caught.
> "There's St. Paul's!" some one cried.
> As the wood caught the city of London was lit up for a second; on other sides of the fire there were trees. Of the faces which came out fresh and vivid as though painted in yellow and red, the most prominent was a girl's face. By a trick of the firelight she seemed to have no body. The oval of the face and hair hung beside the fire with a dark vacuum for background (72-73)

ガイフォークスデーの夜、焚火を囲む人々の中で一際目立つ女性の顔がフロリンダである。頭部のみに明かりが当たり、首から下はまるで "have no body" のようだと語られて、光と闇の対比による強烈な視覚効果をあげている。フロリンダの肉体の輪郭をすっぽりと包み込んで "dark vacuum" に変える闇に、そして厳しい現実を闇の中に溶かしこんでしまったようなフロリンダの肉体に、自らも包み込まれたいと、ジェイコブはフロリンダを

第3章　『ジェイコブの部屋』の闇と光のイメージ

求めていくのである。

　黒と闇に包み込まれたいジェイコブの願望は、さらに、レストランで見かけた"black woman"と重ね合せて語られる。二人の食事中に、一人の女が連れの男に罵声を浴びせて、男を残したままさっと出ていく。これがblack womanである。彼女が闇に消える場面から、その闇の中をジェイコブとフロリンダが彼の部屋へ辿りつくまでは以下の様に重ね合わせて語られる。

> Out she swept, the black woman with the dancing feather in her hat.
> 　Yet she had to go somewhere. The night is not tumultuous black ocean in which you sink or sail as a star. As a matter of fact it was a wet November night. The lamps of Soho made large greasy spots of light upon the pavement. The by-streets were dark enough to shelter man or woman leaning against the doorways....
> 　Meanwhile, where had the other woman got to? And the man?
> 　The street lamps do not carry far enough to tell us. The voices, angry, lustful, despairing, passionate, were scarcely more that the voices of caged beasts at night....At once the pavement narrows, the chasm deepens. There! They've melted into it—both man and woman....And so on again into the dark,....Jacob, with Florinda on his arm, reached his room. (80-81)

　この女の消えた闇は、男女の関係をすっぽりと包み込み、男女の大声の喧嘩や修羅場を、つまり現実の攻撃的で角ばった全ての輪郭を、溶かしこむ役割が与えられている。その闇の中を、"black woman"と重なり合うようにして今度はジェイコブがフロリンダを腕に抱いて自分の部屋へ戻っていく。次に二人が描写されるときには明らかに二人の肉体関係が暗示されている。それ故、black womanもロンドンの闇も、ガイフォークスデーの闇に溶けたフロリンダの肉体と重なり合って、ジェイコブの本能的、肉体的安らぎへの憧憬を描きだしているのである。

　しかし、black womanの後を追うようにフロリンダと共に自室に戻ったジェイコブがランプの灯をともす場面には既に、フロリンダの肉体への憧

憬の黒には挫折の兆しが見られる。フロリンダを求めて二人きりになりつつも、彼は現実の男女の性関係について "In spite of defending indecency, Jacob doubted whether he liked it in the raw"(81) と逡巡を禁じ得ない。かつて幼児期に浜辺で寝そべる恋人の男女の放射する敵意と攻撃性に怯えた彼は、フロリンダの肉体に憧れつつ現実の肉体関係にたじろがざるを得ない。彼がフロリンダの黒と闇に包まれた肉体に求めたのは、本質的に攻撃的な男女の性関係ではなくて、苛酷な現実の攻撃から彼を護り肉体的に包み込み安らがせてくれる母親的役割であったのである。

フロリンダの闇に包まれた肉体に "romantic" に憧れつつ、現実の男女関係に逡巡せざるをえなかったジェイコブに、苛酷な現実が曝け出されて、再度ジェイコブは傷つかざるをえない。二人の関係がしばらく続いた後、ジェイコブは夜のロンドンの明るい街灯の光を浴びて、フロリンダが他の男と腕を組んで歩み去るのを、嫉妬に駆られて眺めることになる。

> The light from the arc lamp drenched him from head to toe. He stood for a minute motionless beneath it. Shadows chequered the street. Other figures, single and together, poured out, wavered across, and obliterated Florinda and the man.
>
> The light drenched Jacob from head to toe. You could see the pattern on his trousers; the old thorns on his stick; his shoe laces; bare hands; and face. (93)

街路にみちあふれる光が闇を照らし出し、フロリンダの裏切りという苛酷な現実を暴きだす。先の、母親への本能的な求めの黒と同じ経過をたどって、フロリンダの肉体への憧憬の黒も、昼を思わせる明るい光線にさらされていく。ジェイコブはフロリンダが自分だけのものではないという苛酷な現実を直視せざるをえなくなる。『ジェイコブの部屋』はヴァージニア・ウルフの小説の中では最も男女の性的関係を描写する場面が多い。にもかかわらず、ウルフ自身、男女の性関係だけで人間の完全な "companionship" がつくられるわけではないと考えていたのはバーナード・ブラックストーン (Bernard Blackstone) も指摘するとおりである[7]。

第3章　『ジェイコブの部屋』の闇と光のイメージ

　ジェイコブが女性に求めた肉体的安らぎの黒は、いずれも挫折せざるをえなかった。しかも、ジェイコブが女性に包み込まれ安らぎたいと求めた黒は、その挫折の構図によってかえって強烈な視覚的インパクトを読者に与えて、黒の存在証明をすることになるのである。

　このようにして黒と闇は母の場合にも恋人の場合にも、そこに肉体的に包み込まれて安らぎたいと憧憬されつつ苛酷な現実という白日の下に曝されて挫折していった。しかし同時に彼は現実に住み暮らしているロンドンとは時空共にはるけき対象として古代ギリシャを憧憬しており、この精神的憧憬の対象としてのギリシャも、闇や黒と密接に関係してくる。次にこのジェイコブの精神的憧憬としての黒を考えていきたい。ガイフォークスデーの夜明けと大英博物館を訪れた夜の二つの場面を、ロンドンにあって憧れる闇のギリシャの例としてあげる。

　ガイフォークスデーのにぎやかな夜も更け、夜明けにジェイコブは大学の友人ティモシー・ダラント (Timothy Durrant) と共にロンドンの Haverstock Hill からおりてくる。先に述べた、闇と焚火の中でフロリンダがはじめて登場したのと同じガイフォークスデーの夜である。夜明けといっても、11月6日の朝4～5時としるされているので、ロンドンのこの時刻はまだ闇が支配しているはずである。この闇の中でジェイコブとティミーはひたすらギリシャに憧れ、二人はロンドンではなく闇の中のギリシャを歩いている気分を味わう。

> Jacob knew no more Greek than served him to stumble through a play. Of ancient history he knew nothing. However, as he tramped into London it seemed to him that they were making the flagstones ring on the road to the Acropolis, and that if Socrates saw them coming he would bestir himself and say "my fine fellows, "for the whole sentiment of Athens was entirely after his heart; free, venturesome, high-spirited. (75)

ジェイコブはアテネの心情を「自由で冒険好きで意気盛んな心」("free, venturesome, high-spirited") と讃えている。それは「感受性がつよい」("impressionable") ジェイコブの「僕は今あるがままの僕で、そういう自

分でありたいと思っている」("I am what I am and intend to be it." 34) という憧れの境地である。ケンブリッジの Plumer 教授の昼食会で感じた現実の"discomfort"とそれは対照的な世界である。"this love of Greek"(75) と自ら述べるジェイコブは、はるかなる憧れを語る精神的高揚感に満ちている。そして、この闇の中で憧れるギリシャがあくまでジェイコブの心情の中でのロマンティックな憧れのギリシャであることは、ジェイコブ自身、それ程ギリシャ語に堪能でもなく古代史にも疎いという事実(75)からも明らかである。これについては、後述する現代のギリシャ、白昼のパルテノン神殿来訪のもつ意味のところで今一度ふれていきたい。

ギリシャ古典と闇が重なりあう場面がもうひとつある。昼間に大英博物館で借りてきたギリシャ古典 (Plato: *Phaedrus*) を、その夜、ジェイコブが自室で読み耽る時、"the visions and heat of brain"(108) につきうごかされて。闇の中でギリシャ古典に我を忘れるジェイコブは次のように描かれている。

> The *Phaedrus* is very difficult. And so, when at length one reads straight ahead, falling into step, marching on, becoming (so it seems) momentarily part of this rolling, imperturbable energy, which has driven darkness before it since Plato walked the Acropolis, it is impossible to see to the fire.
> The dialogue draws to its close. Plato's argument is done. Plato's argument is stowed away in Jacob's mind, and for five minutes Jacob's mind continues alone, onwards, into the darkness. (108-109)

ジェイコブの敬愛するプラトンが闇のアクロポリスを歩くイメージは先のガイフォークスデーの場面と同じである。読み終ったジェイコブは "for five minutes Jacob's mind continues alone, onwards, into the darkness"(109) と語られる。自室の闇の中で体験する「脳の持つ幻想と熱」それ自体がジェイコブがロマンティックに求めている闇のギリシャの本質であることに、ジェイコブは未だ気付いていない。彼の求めているのは、ギリシャ文明の遺跡や古代史、ギリシャ語といった現実に実在するもの、つまり上記の「脳の持つ幻想と熱」を覆っている「頭蓋骨」("bone lies cool over the

第 3 章　『ジェイコブの部屋』の闇と光のイメージ　　　47

visions and heat of the brain"108) の部分ではないということは、彼が現実にギリシャを訪れてはじめて明らかになっていくのである。

　現実に生活しているケンブリッジやロンドンにいて、どれ程闇のギリシャの幻想に安らいでも、それはまたさめる夢にしかすぎないと、この時点ではジェイコブは感じている。上記の「脳の持つ幻想と熱」も、すぐ後にジェイコブの部屋の引かれたカーテンの外で繰り広げられるロンドンの街の現実の展開によって、破られていくのである。その彼が思いがけずに遺産をもらって、ギリシャを訪れる機会をもつことになる。現実のギリシャ旅行は、ジェイコブの心情にある「闇」のギリシャの意味を明確にすることになる。ロンドンを離れて現実のギリシャを訪れたジェイコブは、古代ギリシャと古典に寄せていた自分の幻想と現代のギリシャの間のギャップに、まずは激しくたじろぐ。"Modern Greece" はジェイコブを憂鬱にさせる。

　　In spite of its ramshackle condition modern Greece is highly advanced in the electric tramway system, so that while Jacob sat in the hotel sitting-room the trams clanked, chimed, rang, rang, rang imperiously to get the donkeys out of the way, and one old woman who refused to budge, beneath the windows. The whole of civilization was being condemned.
　　The waiter was quite indifferent to that too. Aristotle, a dirty man, carnivorously interested in the body of the only guest now occupying the only arm-chair, came into the room ostentatiously, put something down, put something straight, and saw that Jacob was still there. (137)

ジェイコブは現実のギリシャの俗物性をまのあたりにして、自分のギリシャへの幻想に思い至る[8]。しかも「幻想という驚くべき才能」を持っていなかったら今よりもっと不幸だろうとジェイコブは思う。ジェイコブがロンドンやケンブリッジの現実に耐え、自室という避難所で安らげたのは、幻想の中での闇のギリシャとして、プラトンやアリストテレスの古典の世界を持っていたことに、この辺りからジェイコブは気付いていく。そして、フロリンダと性関係を持つ直前に、逡巡したジェイコブが避難所と

して求めたのも "male society, cloistered rooms, and the works of the classics" (8)であった。今、俗っぽい日常性を露呈してPlumer教授の昼食会と同質の俗悪性をもつ現実のギリシャに限りなく憂鬱になりつつ、はるけきものに憧れる "romantic vein in him"(139) をもつジェイコブは、"'I shall go to Athens all the same,' he resolved, looking very set, with this hook dragging in his side."(146) と目前のギリシャを見届ける決心をする。そんなジェイコブの目にはアテネの街は "Now it is suburban; now immortal"(147) と現代のギリシャの俗悪さ以外の面を垣間見させてくれることになる。この街をimmortal な存在にしているのはアクロポリスの丘にあるパルテノン神殿の遺跡である。パルテノン神殿はその確かな存在感と共に次のように描かれている。

> The extreme definiteness with which they stand, now a brilliant white, again yellow, and in some lights red, imposes ideas of durability, of the emergence through the earth of some spiritual energy elsewhere dissipated in elegant trifles. But this durability exists quite independently of our admiration. Although the beauty is sufficiently humane to weaken us, to stir the deep deposit of mud—memories, abandonments, regrets, sentimental devotions—the Parthenon is separate from all that; and if you consider how it has stood out all night, for centuries, you begin to connect the blaze (at midday the glare is dazzling and the frieze almost invisible) with the idea that perhaps it is beauty alone that is immortal....The Parthenon is really astonishing in its silent composure; which is so vigorous that, far from being decayed, the Parthenon appears, on the contrary, likely to outlast the entire world. (147-148)

ジェイコブの意識のフィルターを通したあこがれのギリシャは闇と共に語られたが、このパルテノン神殿は白昼に聳えたっている。しかも俗っぽい現代のギリシャを描く昼の光線より一段と光の強い "brilliant white"(147) "blaze"(148) と描かれて、昼の光の中に一際抜きん出て特別の白光を放つように描かれている。さらに幻想ではないしるしに "There they are" とその

第 3 章　『ジェイコブの部屋』の闇と光のイメージ　　　　　49

存在感が語られる。このパルテノン神殿が、有無を言わさずに伝えてくる（"implore"）のは "ideas of durability" であり "likely to outlast the entire world" "far from being decayed" である。パルテノン神殿は "spiritual energy" を帯びて "vigorous" であり、"beauty alone that is immortal" と語られる。N.C. Thakur も『ジェイコブの部屋』のギリシャについて、"It becomes a symbol of beauty and immortality" [9] と言っている。このように、ジェイコブのみたパルテノン神殿は異様なまでの活力に満ちて美と永遠を誇示し、その存在感は他を圧倒する。しかしこのパルテノン神殿は、「我々の賛美とは無関係に」（"independently"）存在するがゆえに、自らの "romantic vein" に突き動かされて、はるけき安らぎの場として彼の憧れる闇のギリシャとは別の存在なのであった。パルテノン神殿の示す活力と永遠性を "There they are" と受入れつつ、ジェイコブ自身は、それによって何ら安らぎも通痒も感じないことで、自らの心情の中の「闇のギリシャ」を識別していくことになる。"Greece was over; the Parthenon in ruins; yet there he was."(149) とジェイコブは "romantic vein" を持った mortal な自分の存在を改めて確認することになる。そして、その様な自分の心の眼を通してみるギリシャとして、再び夜のギリシャがジェイコブに示唆を与えてくれる。白昼に眩しく輝いて、mortal な人間の賛美とは無関係に美と永遠を誇示するパルテノン神殿を目のあたりにした後、ジェイコブは、もう一度、今度は暗くなってからパルテノン神殿を訪れる。ギリシャで知り合った魅力的な女性サンドラ・ウェントワース夫人 (Mrs. Sandra Wentworth) と一緒である。闇が幾度も強調される中で "There was the Acropolis"(160) と神殿の存在は確認されるが、昼間のような "vigorous" で活力にあふれた描写はない。描かれるのは immortal なパルテノン神殿と mortal な人間の関係である。

　　They [i.e. Jacob and Sandra] had vanished. There was the Acropolis; but had they reached it? The columns and the Temple remain;　the emotion of the living breaks fresh on them year after year; and of that what remains?
　　As for reaching the Acropolis who shall say that we ever do it, or that when Jacob woke next morning he found anything hard and durable to keep for ever? Still, he went with them to Constantinople. (160)

「生きている者の感動はくる日もくる日もそれらの建物にあたってくだけちる。そういうものの中で何が残るだろう」としるされた後で、"When Jacob woke next morning he found anything hard and durable to keep for ever ?" という反語的な問いかけがなされる。"the emotion of the living" のレベルが注目される時、重要なのは、何が永遠に残るかではなくて、「求めては砕け散る生者」の求めの姿勢であり関わりの姿勢である。ジェイコブの場合それは彼を彼たらしめている "romantic vein" つまり挫折しても挫折しても求めていく心であり、それが、光による苛酷な現実の露呈の中にあって尚、闇と黒を求めていく姿勢となっていくのである。ジェイコブは、闇と共に描かれる古代ギリシャに憧れ、白昼の現代ギリシャに失望し、自らの存在とは関わりなく永遠を誇示して輝くパルテノン神殿を目のあたりに見ることで、再び自らとの関わりを闇の中のギリシャに見出すのである。彼の求めるギリシャは、白昼に見た俗悪な現代のギリシャの喧騒でもなく、個人の憧憬とは無関係に美と永遠を vigorous に誇示する白く輝くパルテノン神殿でもなかった。それが、immortal なギリシャ精神そのものではなく、ギリシャ精神への mortal な彼自身の憧れ即ち彼の心の中にある夜の闇のギリシャであることに、ジェイコブは、このギリシャ旅行で思い至ったといえよう。

　生身の女性に求めた肉体的本能的憧れの黒は、光にさらされる事で苛酷な現実を露呈して、ジェイコブの憧れは挫折する。しかし、彼の精神的憧憬の対象である闇のギリシャは、光にさらされ、俗っぽい現代のギリシャや、個の賛美と無関係に美と永遠を誇示するパルテノン神殿を目のあたりに見た後も、尚、それらとは一線を画して彼の心の中に存在し得ることを確認したことが、彼のギリシャ旅行の意味といえる。そして現実のギリシャとはむしろ無関係の、この彼の心の中の、闇のギリシャとは、既述したように、現実に束縛されない、自分があるがままの自分[10]でいられる場であり、さらに、敬愛するアリストテレスやプラトンが親しく話し掛けてくれ、そこに companionship の生まれる場といえよう。それはまさに、フロリンダの肉体にふれようとして男女関係の持つ本質的攻撃性にたじろいだ時、彼が切に戻りたいと願った "male society, cloistered rooms and the works of the classics"(81) と深く関わってくる。そして、このような男同士

第3章　『ジェイコブの部屋』の闇と光のイメージ

の交友、世をさけて引きこもる部屋、古典の文学作品の三つから連想されるのは、ケンブリッジの学寮の学生たちの集いである。夜の闇に灯る真珠色の灯の中、友人シメオン (Simeon) の部屋では Julian the Apostate が論じられつつ、特有の親密感 (intimacy) が漂っている。

> It was the intimacy, a sort of spiritual suppleness, when mind prints upon mind indelibly.
> 　"Well, you seem to have studied the subject,"said Jacob, rising and standing over Simeon's chair. He balanced himself; he swayed a little. He appeared extraordinarily happy, as if his pleasure would brim and spill down the sides if Simeon spoke.
> 　Simeon said nothing. Jacob remained standing. But intimacy—the room was full of it, still, deep, like a pool. Without need of movement or speech it rose softly and washed over everything, mollifying, kindling, and coating the mind with the lustre of pearl,.... (44)

俗物的なあるいは教条主義的な学者が揶揄される一方で、ケンブリッジは「さかまく海上はるかに……灯のともされた都」「学問の灯をもやし灯台のように闇を照らす」[11] と描かれる。ジェイコブの求めたギリシャが現実の俗悪なギリシャや人間に無関心に durability を誇示するパルテノン神殿ではなくジェイコブの心情の "romantic vein" の中に存在したように、白昼の Plumer 教授の昼食会の俗悪さや衒学的な学者の空疎な議論を超えて存在するのがこの学寮での集いである。彼のいる学寮の方庭は、幼時のジェイコブを包んだ安らぎの闇と重なって、学生の部屋を包み込み、"a sort of fulness settled on the court"(41) と語られる。苛酷な現実を知らなかった幼児ジェイコブと違い、青年ジェイコブは真の闇に憩う事は出来ない。そのようなジェイコブに対して、ここでは、現実を露呈させる昼の光ではなく、闇の中の真珠色の輝き (the lustre of pearl) が特有の親密感を包み込んでいる。この親密感は「精神が精神のうえにぬぐいがたい跡を残す場合にもつ親密さ」として、古典を語る場合等の知的刺激によって支えられており、緊張感をともなう（"There was a sense of concentration in the air"41) と

語られる。この集いは、ヴァージニア・ウルフが中期円熟期の小説で見事に描きだしたパーティとは少し異なり、むしろ後にブルームズバリー・グループ(Bloomsbury Group)へと発展していくウルフ自身と友人たちの厳選された集いである Midnight Society に近い。孤独の癒しを身近な特定の人物に求めきれずに大勢の人々を集めるパーティの女祭司にならざるをえなかった後の作品の女主人公たちと違って、ジェイコブは少数の選ばれた人々との間に companionship を見出し得た。これはいわゆるパーティよりもより幸福な集いであり、『ジェイコブの部屋』という表題は、この集いの催される空間として重要な意味をもっているといえよう。そしてこのような充実感(fulness)、緊張感(concentration)、親密感(intimacy)に充たされて安らぎの闇に包まれた真珠色に輝く集いこそ、ジェイコブが心の中の闇のギリシャとして求めたものの実現であった。しかもこれは "simple young men...there is no need to think of them grown old"(41) という若者たちにのみ実現可能であった。ジェイコブは、この小説の最後で若くして戦死する。この若すぎる死によって、ジェイコブは、ウルフの他の小説の主人公と違って特別に、時計の時間の脅威から永遠に免れ得た。それ故にジェイコブは "romantic vein in him" の挫折を知らずに、時計の時間の介入してこない闇の中で真珠色に輝く理想の集いを、彼の憧れる闇のギリシャの実現を果たしたといえよう。『ジェイコブの部屋』以後の作品の主人公たちは、若さの栄光を永遠に過去のものとして、孤独を癒してくれる人間も持たずに、老いと死に引きずり込まれつつあることを常に自覚せざるを得なかった。これに対して、惜しまれつつ逝った作者の兄トービー(Thoby)への鎮魂をこめて創造されたジェイコブは、その若すぎる死によって時計の時間の脅威を免れ得たのであり、それ故にジェイコブは "romantic vein in him" の真の挫折を知らずに、時計の時間の介入してこない闇の中で古代ギリシャのシンポジウム（饗宴）を連想させる真珠色の輝きをもつ理想の集い[2]の中に、彼の憧れる闇のギリシャの実現を果たすことが出来たのである。

第4章　「瞬間」の啓示と "Here it is." の型の文

1．ヴァージニア・ウルフの中期三小説における「瞬間」の啓示

　ヴァージニア・ウルフの中期の三つの小説、即ち、『ダロウェイ夫人』(1925)、『灯台へ』(1927)、『波』(1931) を読んでいると、それらの小説のクライマックスとなる幾つかの重要場面で "Here he is." "There it was." 等という類似した型の文が繰り返し用いられているのに気づく。殊に、『ダロウェイ夫人』が、"For there she was." という文章で終っているのは注目すべきことと言えよう。彼女の小説では、特に結びの文章が、その作品世界の結論呈示とも言うべき重要な役割を担っているからである。これらの類似の文の繰り返しの出現は、果して偶然と言えるのであろうか。それに、単にある人物や事物に注意を促して、「ほら彼だ」とか「さあ、ここにある」というごく軽い意味で用いられるにとどまらず、ヴァージニア・ウルフの小説世界を形成する重要な要素となっているのではないだろうか。以下、これらの類似した型の幾つかの文を、総称する際は "Here it is." の型の文と呼びつつ、その役割について考えてみたい。

　まず、一連の注目すべき "Here it is." の型の文を列記してみる。[1]

(1)　Then came the most exquisite moment of her whole life passing a stone urn with flowers in it. Sally stopped; picked a flower; kissed her on the lips. The whole world might have turned upside down! The others disappeared; <u>there she was</u> alone with Sally. And she felt that she had been given a present, wrapped up, and told just to keep it, not to look at it—a diamond, something infinitely precious, wrapped up, which, as they walked (up and down, up and down), she uncovered, or the radiance burnt through, the revelation, the religious feeling!

(*Mrs. Dalloway*, 40)

(2) Indeed, his own life was a miracle; let him make no mistake about it; <u>here he was</u>, in the prime of life, walking to his house in Westminster to tell Clarissa that he loved her. Happiness is this, he thought.

(*Mrs. Dalloway*, 129)

(3) Nothing need be said; nothing could be said. <u>There it was</u>, all round them. It partook, she felt, carefully helping Mr. Bankes to a specially tender piece, of eternity; as she had already felt about something different once before that afternoon; there is a coherence in things, a stability; something, she meant, is immune from change, and shines out (she glanced at the window with its ripple of reflected lights) in the face of the flowing, the fleeting, the spectral, like a ruby; so that again to-night she had the feeling she had had once to-day already, of rest. Of such moments, she thought, the thing is made that remains for ever after. This would remain.

(*To the Lighthouse*, 163)

(4) How satisfying ! How restful! All the odds and ends of the day stuck to this magnet; her mind felt swept, felt clean. And then <u>there it was</u>, suddenly entire shaped in her hands, beautiful and reasonable, clear and complete, the essence sucked out of life and held rounded here-the sonnet.

(*To the Lighthouse*, 186-187)

(5) Quickly, as if she were recalled by something over there, she turned to her canvas. <u>There it was</u>—her picture.... It would be hung in the attics, she thought; it would be destroyed. But what did that matter? she asked herself, taking up her brush again.... It was done; it was finished. Yes, she thought, laying down her brush in extreme fatigue, I have had my vision.

(*To the Lighthouse*, 319-320)

第 4 章　「瞬間」の啓示と "Here it is." の型の文　　　55

(6) "Every time the door opens he looks fixedly at the table—he dare not raise his eyes—then looks for one second and says, 'He has not come.' But <u>here he is</u>."
"Now, "said Neville, "my tree flowers. My heart rises. All oppression is relieved. All impediment is removed. The reign of chaos is over."

(*The Waves*, 88)

(7) "Mrs. Ramsay! Mrs. Ramsay!" she cried, feeling the old horror come back—to want and want and not to have. Could she inflict that still? And then, quietly, as if she refrained, that too became part of ordinary experience, was on a level with the chair, with the table. Mrs. Ramsay—it was part of her perfect goodness to Lily—sat there quite simply, in the chair, flicked her needles to and fro, knitted her reddish-brown stocking, cast her shadow on the step. <u>There she sat</u>.

(*To the Lighthouse*, 310)

(8) What is this terror? what is this ecstasy? he thought to himself. What is it that fills me with extraordinary excitement?
　It is Clarissa, he said.
　For <u>there she was</u>.

(*Mrs. Dalloway*, 213)

(1)はクラリサが青春時代に体験した、女友達サリーとの素晴らしい瞬間、(2)はリチャード(Richard)が妻の為にバラの花を携えて幸福感にみたされて通りを歩いている場面、(3)(4)はラムゼイ夫人がディナーパーティの成功に酔っている場面、(5)はリリー(Lily)が絵のヴィジョンを捉えるに至る瞬間、(6)はパーシヴァルの送別会、(7)はリリーがラムゼイ夫人の幻を見る場面、(8)は『ダロウェイ夫人』の結末部分である。この様に列記してみると、(1)(2)以外は全て上記の三つの小説の重要場面の、それもまさにクライマックスを形成する部分であることは興味深い。また、"Here it is." の型の文が共通して用いられているこれらの場面には、いずれも特

有の心理的高揚感が漲っていることも注目に値しよう。以下、(1)〜(8)を個々に検討していくことによって、"Here it is." の型の文の役割を考えてみたい。

　まず(1)(2)の場合を考えてみよう。(1)を読むと第一行目の "the most exquisite moment of her whole life" という言葉が目をひく。「瞬間(moment)」というのはヴァージニア・ウルフの作品を読む際のキーワードの一つである。老いと死を苛酷に告げる時計の時間から解放されて、"momentary vision" を垣間見ることの出来る心理的時間をヴァージニア・ウルフは「瞬間」と呼び、心理的高揚感を付与して、主として中期の小説に定着しようとした。(1)では、この「瞬間」はサリーと共にやってくると描かれる。サリーは女主人公クラリサ・ダロウェイが青春時代に激しく心魅かれた同年輩の自由奔放な魅力を持つ少女である。サリーのキスは、それ故クラリサに、まさに至福の心理的瞬間、即ち "the most exquisite moment of her whole life" を体験させることになる。サリーのキスによって、時計の時間によって支配された日常生活は「ひっくり返ったかのよう」で、日常世界を構成する他の人々は「消えてしまった」と描かれる。この様にして、時計の時間に支配された現実が消えたと記される文脈で "Here it is." の型の文があらわれる。前後の関係から明らかな様に、ここで "there" が指し示すのは地理的場所ではなく、時計の時間がすっと消えた「瞬間」の領域である。さらに、啓示されたこの素晴らしい「瞬間」内に、クラリサがまさに実在していることが "she was" と述べられ、「サリーと二人きりという (素晴らしい) 状態で」と、クラリサの存在状況が説明されて、サリーと共にいる「瞬間」こそがクラリサにとって至福の「瞬間」であることが述べられている。[2] 続いて、"diamond" "infinitely precious" "radiance" "revelation" "religious feeling" という表現が、クラリサの捉えた素晴らしい「瞬間」の実在感をさらに裏付けている。この様に "Here it is." の型の文は、(1)では「瞬間」を啓示するキーワードとして用いられているのである。

　(2)の場合も(1)と同じ様な状況と言える。ここは、クラリサの夫リチャード・ダロウェイが妻の昔の恋人の帰国を知り、軽い嫉妬から、日常生活の中で久しく風化していた妻への激しい感情をかきたてられ、妻に「愛している」と告げようとバラの花束を片手に帰宅途中の場面である。

第4章　「瞬間」の啓示と"Here it is."の型の文

きまりきった日常世界が"miracle"という感覚と共に消えて、"Here it is."の型の文が現われてくる。この文脈で、"here"が指示するのは明らかに現実の場所ではなく心理的高揚感漲る「瞬間」である。すぐ後の「幸福とはこういうものなのだ」というリチャードの実感が、これを裏付けている。さらに、リチャードがまさにこの「瞬間」内に実在していることが"he was"と確認されて、"in the prime of life"と生の高揚感にみちた彼の感覚が付け加えられている。この様に"Here it is."の型の文は(2)でも「瞬間」を指し示すキーワードとして用いられているのである。

(1)(2)の場合に啓示された「瞬間」は全く偶然に訪れ過ぎ去っていくものであるが、(3)～(8)は、いずれもパーティ開催や絵の制作を通して「瞬間」をより積極的に捉えていくヴァージニア・ウルフの中期三小説のクライマックス場面に、より効果的に挿入されている"Here it is."の型の文の例である。

(3)の場合は、『灯台へ』第一部のクライマックス、ラムゼイ夫人の催すディナーパーティの場面である。最初このパーティはうまくすべり出さず、「客はてんでばらばらに座っていた。融合し、円滑に進行させ、創り出していく努力は全てラムゼイ夫人にかかっていた。」(130-1)と描かれる。しかし、(3)の部分では既に、第一行目に"Nothing need be said."という、言葉を必要としない世界が述べられて、心理的時間の領域が示唆されている。この様な文脈で"There it was"と述べられる時、"there"で指し示されるのは、前後から考えても、ディナーパーティという儀式によって捉えられた「瞬間」であるのは明らかである。"Here it is."の型の文の主語は、(1)(2)の場合の様に「瞬間」を体験する本人ではなく、ここでの'it'はテキストで半ページ程前にある"an element of joy"を指している。既に述べてきた様に「瞬間」を「瞬間」たらしめるのは、一つには心理的高揚感である。それ故、心理的高揚感を表わす「喜びの霊気」は、まさに「瞬間」内に実在すべき本質といえる。"there"で指し示された「瞬間」内に"an element of joy"が真に実在することが確認されて、"Here it is."の型の文は「瞬間」の啓示の役割を文全体で果すことになる。「瞬間」については、そのあるべき最高の特質が、さらに詳しく分析される。"immune from change" "... shines out ... like a ruby" "Of such moments .... This would remain."

等の描写は、時計の時間の流転の相と対峙しつつ輝く「瞬間」の不滅性を明示している。まさにあるべき「瞬間」の極致が描かれていると言えよう。そしてこの様に最高の形で定着された「瞬間」を指し示す "There it was" は「瞬間」の啓示の役割を見事に果しているのである。もっとも it の指すものがテキスト内で離れていることと、「瞬間」の不滅性に関する描写が "Here it is." の型の文以外にもあまりに豊富なため "Here it is." の型の文自体の与える効果は、(6)～(8) の場合と比べれば、いささかそがれているのも事実である。

　(4) の場合も (3) と同様にラムゼイ夫人の催すディナーパーティからで、このパーティが成功裡に終り客が散会した後、夫の傍らで本のページをめくりつつ充ち足りた気分に浸るラムゼイ夫人が描かれている。"all the odds and ends of the day" つまりラムゼイ夫人がこの日一日向きあってきた時計の時間に支配された日常世界の煩わしさが、磁石にすいとられる様に消えた時、彼女の心は "swept" "clean" と描かれる。この様な文脈の中で、"How satisfying! How restful!" という充足感と共に "Here it is." の型の文が、"There it was" と用いられる。ここで "there" によって指し示されるのは、パーティで捉えられた至福の「瞬間」である。it は直接にはラムゼイ夫人が眺めている詩集の中の "sonnet" を指す。しかし it が sonnet であることが示される前に "beautiful" "clear and complete" "the essence sucked out of life" 等と「瞬間」と全く重なりあう特質が前もって十分描写された後に、it はその様な特質を帯びた sonnet であると示されるために、この sonnet は偶然ラムゼイ夫人の目にふれた一篇の詩であるにとどまらず「瞬間」内に真にあるべき本質としての意味合いが付与されている。"there" と指し示された「瞬間」内に、そこに真に実在すべき本質が "it was" と確認されることで、"Here it is." の型の文は、ここで、「瞬間」を啓示する役割を文全体で果すことになる。

　(5) の場合は、リリーがヴィジョンを捉えて絵を完成していくに至る瞬間が描かれて、『灯台へ』の結末部分にあたる。10年の歳月とラムゼイ夫人の死を経て、ラムゼイ家の別荘に戻ってきたリリーは未完成の絵を仕上げようと試みる。しかし徒らにラムゼイ夫人の死を嘆き、この絵は将来「ぐるぐる巻きにされてソファの下に押し込まれるかもしれないのに、そ

第4章　「瞬間」の啓示と"Here it is."の型の文　　　　59

んな絵を描いて何になるのだ」[3]と自問して、時計の時間の支配する苛酷な現実に拘泥している限り、いくら画布に向かっていてもヴィジョンを捉えることは出来ない。しかしラムゼイ夫人の幻影を見、直後にラムゼイ父子の灯台到着を見届けて"it is finished"(319)とつぶやいて再び絵に戻るリリーに、絵を完成し芸術上のヴィジョンを捉えるに至る瞬間のお膳立てがようやく整うのである。リリーは自分の絵について、「屋根裏部屋に掛けられるかもしれないし、破りすてられるかもしれない」が「それがどうしたというのだ」と言い切って、現実への拘泥を捨てるのであるが、そのきっかけとなるのは、たった今見たラムゼイ夫人の幻を連想させる"something over there"に「あたかも呼び戻されたかの様に」リリーが画布の方を向く動作である。そこに"Here it is."の型の文が挿入される。現実への拘泥が消えた時、"there"によって指し示されるのは芸術的霊感に充たされた「瞬間」である。itは直接には絵を指している。しかし、この直後にリリーが逐に芸術的霊感を得て絵のヴィジョンを捉え母子像を完成させるところでこの小説が終ることを考え合せる時、"There it was"で啓示された「瞬間」内に実在を確認される絵は、ヴィジョンと重なり合うのである。「瞬間」内に捉えられたのがヴィジョンであることは注目すべきであろう。時計の時間から「瞬間」に転換した時、そこにひらけるのは真にあるべき本質"momentary vision"としてのヴィジョンの世界なのである。「瞬間」内にあるべき本質としてヴィジョンの実在が"it was"で確認されることで"Here it is."の型の文は、ここで「瞬間」を啓示する役割を見事に果すことになる。

　以上(3)〜(5)の場合には「瞬間」内に真にあるべき存在を象徴する事物を主語にした"Here it is."の型の文と、その「瞬間」啓示の役割を考察してきた。さらに(6)〜(8)では、この型の文は最も効果的に用いられている。"Here it is."の型の文の例として、あこがれの人物を主語に、「瞬間」内でその実在確認がなされる"Here it is."の型の文を検討していく。

　(6)の場合は、インドへ行くパーシヴァルの送別会の場面である。パーシヴァルは、登場人物六人全員にとっての「英雄」[4]、偶像であり、"Here it is."の型の文の主語として、実在を確認されるべき存在である。彼は、この送別会でも到着前から皆に激しい期待感と共に待ち設けられている。

ネヴィル (Neville) は「僕はドアが開くのを見てパーシヴァルかな、いや違うかなと思う。その期待の瞬間を味わうために僕は 10 分も前から来て席に着いているのだ」(85) と語っている。(6) の文中の "He has not come." は、それ以前にも繰り返されていて、幾ら待っても来ないという、時計の時間の支配する苛酷な現実の認識と、そこから生じる焦燥感が描かれている。その様な文脈の中で "Here it is." の型の文はまことに効果的に用いられる。"He has not come." から "But here he is." への転換は鮮やかで、苛酷な現実に対する焦燥感がすっと消えた至福の「瞬間」の呈示が "here" によって果されている。そして、この至福の「瞬間」の中で "he is" と確認されるのは「瞬間」に不可欠な人物、そこに真に実在すべき存在、彼等の偶像としてのパーシヴァルである。彼の実在確認は、その「瞬間」を一層際立たせ、"here" による「瞬間」への鮮やかな転換と共に、ここでの "Here it is." の型の文は、「瞬間」を啓示する役割を文全体で果しつつ効果的に用いられている。時計の時間の支配する日常世界の "oppression" も "impediment" も消える。心理的高揚感を伴った「瞬間」は「心の木に花が咲き、心が躍る」と描かれ、さらに "the swelling and splendid moment created by us from Percival"(104) と語られていく。送別会という性質上、やがてパーシヴァルは去り「瞬間」もすぎ去らざるを得ない。しかし、失われる予感が今の「瞬間」をより鮮烈なものにするのも事実である。真に実在すべき存在パーシヴァルの確認が、それまでの焦燥感を見事に消し去って「瞬間」を際立たせる。ここでの "Here it is." 型の文の、文それ自体の果す効果はまことに鮮やかである。

　(7) の場合は、『灯台へ』第三部でリリーが今は亡きラムゼイ夫人の幻影を見る場面である。ここではラムゼイ夫人はすでに死んでいるので、先のパーシヴァルの場合の様に簡単に登場させる訳にはいかない。時計の時間の支配下から心理的時間の領域への転換は慎重に行なわれている。まず、この日何度目かに "Mrs. Ramsay! Mrs. Ramsay!" と叫んで、彼女への求めと焦燥感が頂点に達した時、喪失感に充ちた苛酷な現実が変質する。彼女と二度と会えない絶望感を「あたかもラムゼイ夫人が差し控えてくれたかの様に」リリーをそれまで支配していた、ラムゼイ夫人の不在という動かしがたい苛酷な現実が和らいでくる。この様にして、まさに心理的時間の場

第4章　「瞬間」の啓示と"Here it is."の型の文　　61

面設定が整った文脈において、現実にはもはや死んでいて決して現われる筈のないラムゼイ夫人が編み物をしている姿が、リリーの目の前に現われてくる。そして、夢かうつつかという光景を締めくくるのが、"Here it is."の型の文である。"there"は、現実にはいる筈のないラムゼイ夫人が見える心理的領域としての「瞬間」を指し示す。ラムゼイ夫人はリリーがあこがれ求める対象、リリーの至福の「瞬間」内に真にあるべき存在である。心理的領域として"there"で指し示された「瞬間」内に、"she sat"と言いきることで、リリーの目の錯覚や見まちがいの可能性を排して、ラムゼイ夫人の実在が確認されて、このパラグラフが終っているのは大変効果的と言える。リリーはさらにこの後、この小説の結末部分で、ラムゼイ夫人の幻影を見た場所をもう一度見つめるが、そこが現実には"empty"であるという事実に彼女はもはや動じることはない。それ程この"There she sat."は効果的に「瞬間」を啓示しつつ、その実在感を際立たせているのである。

　(8)は『ダロウェイ夫人』の結末部分としてよく知られている箇所である。ここでピーターが追い求め、そして遂に間近に確認するクラリサに彼にとって若い頃からの長年のあこがれの女性であった。そして今日、数十年ぶりに彼女と再会した帰途、彼は「特にクラリサが目立つ訳ではない。彼女はそこにいるだけで彼女特有の世界をつくり出す存在なのだ」という意味で"there she was, however; there she was."(85)と、(8)の文の伏線ともいうべきせりふと共に、心理的高揚感を体験している。この様に若い頃から、そして今なお、ひたすらクラリサを追い求め続けるピーターが、この最終場面で彼女を求める心は激しいものである。今、パーティたけなわの室内で"Where's Clarissa ?"(205)と繰り返しつつ、彼女の姿を捜し求め、しかも彼女が見当たらない焦燥感の末にピーターを襲う"terror""ecstasy""extraordinary excitement"は、まさに「瞬間」を予告する。心理的高揚感が増幅された、この様な文脈の中で"Here it is."の型の文が用いられ、それでこの小説が締めくくられているのである。"there"によって指し示されるのは、時計の時間の支配下での焦燥感の末に遂に捉えたピーター自身の至福の「瞬間」という心理的時間の領域である。そしてこの様な「瞬間」の中で、"she was"と述べられるのは、ピーターの至福の「瞬間」に不可欠の人物、そこに真にあるべき存在、あこがれのクラリサの実在確認であ

る。彼女の実在の確認は、啓示された「瞬間」の存在感を一層際立たせている。さらにこの "For there she was" で『ダロウェイ夫人』が終っていることが、"Here it is." の型の文の効果を一層高めていると言える。この文は、ピーターの至福の「瞬間」を啓示しつつ、その存在感を際立たせて、そこで完結しているのである。もはやそれ以上語られる必要はない。「瞬間」についての説明的記述も不要である。その過ぎ去りの相も必要ない。たとえ、この「瞬間」が時計の時間軸上で過ぎ去っていくとしても、また、たとえこの後ピーターがクラリサと再びいさかいをすることがあっても、それがどうだと言うのだ。ここで啓示された「瞬間」は、その様な現実への拘泥を一切断ち切って、独自の存在感をもって完結しているのである。(8)の場合は、"Here it is." の型の文のもつインパクトが最も強い例と言えよう。

　以上、"Here it is." の型の文を、(1)〜(8) の順に検討してきた。ここで共通して言えるのは、この型の文が、「瞬間」の啓示に用いられていることであろう。時計の時間から「瞬間」へ転換したことを呈示する "here" の部分の役割は (1)〜(8) 共に共通している。しかし、"it is" の部分は、主語の変化により、いささか役割に軽重があると思われる。(1)(2) の場合には、"it is." の部分が、「瞬間」を体験する者自身の素朴な実在確認に終っているのに対し、(3)〜(8) の場合には、"it is." の部分は、呈示された「瞬間」内に、真に実在すべきもの、或いは瞬間内にひらけるヴィジョンを担うものの、実在確認となって、「瞬間」の存在感を一層強める働きをしていると言える。さらに (6)〜(8) の場合、つまり、この型の文の主語がもともとあこがれの対象である場合の方が、付帯的な説明や記述ぬきで、その人物の実在確認のみで「瞬間」が完結しうるため、"Here it is." の型の文の、文それ自体のあげる効果が、より高められていると言えよう。
　ヴァージニア・ウルフは、中期円熟期の小説と言われる『ダロウェイ夫人』、『灯台へ』、『波』においては、死ではなく、あくまで生の内にヴィジョンを追い求めていた。[5] そして、その最高の実現は、彼女が独自の意味をこめる「瞬間」を捉えることにあると、この時期の彼女は考えていた。それ故、この「瞬間」が入念な過程を経て捉えられていく中期三小説

の重要場面において、必ずといっていい程用いられている "Here it is." の型の文は、まさに「瞬間」("moment") を啓示しつつ、その実在を確認する役割を見事に果してヴァージニア・ウルフの中期小説の世界を形成する重要な要素の一つとなっているのである。

　さらに、"Here it is." の型の文は、言葉と技法に深い関心を寄せる、ウルフと同時代の作家ヘンリー・ジェイムズ (Henry James) の『使者たち』(*The Ambassadors,* 1903) と、ウルフの『ダロウェイ夫人』の結末に同じような意味合いで用いられていることに着目して、考察していきたい。

2.『使者たち』と『ダロウェイ夫人』: "Here it is." の型の文による共通の結末

　20世紀初頭のほぼ同時代に書かれた二つの小説、すなわちヘンリー・ジェイムズの『使者たち』と、ヴァージニア・ウルフの『ダロウェイ夫人』(1925) では、結末部分の最終文章が、それぞれ "Then there we are !"、"For there she was." という同じ型の文となっていることに着目していきたい。まず『使者たち』の最終部分は以下の通りである。

> She sighed it at last all comically, all tragically, away. "I can't indeed resist you."
> "Then there we are!" said Strether. (347)

『ダロウェイ夫人』の最終部分は次のようになっている。

> What is this terror? what is this ecstasy? he thought to himself. What is it that fills me with extraordinary excitement?
> It is Clarissa, he said.
> For there she was. (213)

同じ型のこの文は、二つの世界の対立を好んで描くこの二人の作家が、二つの世界の間を揺れ動いた主人公の最終結論を確認する文として重要であ

る。二つの世界自体は、『使者たち』ではアメリカとヨーロッパ、『ダロウェイ夫人』では生と死というように、それぞれの作品で異なるが、ともに言葉と技法を重視する作家の、結論に至る過程の言葉の類似という点に本論では注目していきたい。

　"Here it is." の型の文は、通常、相手に注意を促す軽い意味で用いられているが、本来、ある事実や状況が最終的かつ不変であることを確認、強調する役割があることを指摘しておく。従来、両作品の研究では、この結末箇所は、それぞれ、主人公のアメリカ帰国、パーティ会場帰還と評されてきたが、最終文章の比較検討は特になされてこなかった。しかし、これでは不十分であると考える。両作品に共通する結末のこの "Here it is." の型の文はいったい何を意味するのか。両者は、共通の意味をもっているのか。本論では、両小説の結末におけるこの同じ型の文に注目し、その意味を明らかにする。これらの説明により、両作品の全体の意味が一層よく理解されるであろう。

(1) 『使者たち』のアメリカとヨーロッパ

　まず、『使者たち』における二つの世界の対立と、主人公の選択を取り上げる。この作品は、ヘンリー・ジェイムズの後期円熟期の三大長編の最初に位置する作品であり、中断していた「国際主題」を再び取り上げ、初期の作品での風習の対照から、精神的葛藤へとこの主題を深めていった作品と言われている。アメリカ対ヨーロッパの主題はここでは、ウレット (Woollett) とパリに置き換えられている。ウレットはアメリカ、ニューイングランドの架空の町で、厳格なピューリタニズムの道徳に支配され、すべてが正しいか間違っているかに分けられてしまう単純で狭量な世界、楽しむことに良心の呵責を感じる世界である。主人公ストレザー(Lewis Lambert Strether) は「中年をややすぎた正確に言えば55歳の男」で、ウレットの女性実業家ニューサム夫人 (Mrs. Newsome) から、彼女の息子でパリにいって三年も帰ってこないチャド (Chad) をつれもどすための使者として送られてきた。彼は生きることの充実感なしに終わっていく人生、アメリカで見失われてきた生[6]を、ヨーロッパではじめて発見し、今まで自分が一度も本当の意味で生きたことがなかったことに気付く。パリに

第 4 章 　　「瞬間」の啓示と "Here it is." の型の文　　　　65

　着いた当初は、彼はウレット的道徳基準に支配されて、生を楽しむことに疚しさや後ろめたさを感じる。ニューサム夫人にしばしば手紙で報告するのも免罪符としてである。そのような彼はマダム・ド・ヴィオネ (Madame de Vionnet) との出会いにより、狭量な道徳的基準でなく、審美的価値観で物事をみることができるようになる。さらに、ヨーロッパの美の象徴ともいうべきマダム・ド・ヴィオネの相反する二面性を二度に分けてみることによって、彼は目を開かされ、また、衝撃を受けていくことになる。最初は、美しく洗練された彼女との出会いによって、彼はヨーロッパの美と伝統を目のあたりにし、その後、彼女とチャドとの男女関係を知って、ヨーロッパの美と洗練とは表裏をなす頽廃と堕落に衝撃を受けるのである。
　ストレザーは、ギリシャ神話のイメージを用いて "a godess still partly engaged in a morning cloud, or to a sea-nymph waist-high in the summer surge." (160) とヨーロッパの美と伝統を具現するマダム・ド・ヴィオネを賛美する。彼はヨーロッパの美の真髄をギリシャと重ね合わせてみている。

> It had been as yet for the most part but a land of fancy for him—the background of fiction, the medium of art, the nursery of letters; practically as distant as Greece, but practically also well-nigh as consecrated. Romance could weave itself, for Strether's sense, out of elements mild enough; (302)

彼はギリシャを遠い存在としてとらえている。手の届かない存在であるからこそ、彼にとっての美の真髄になりうると彼は考えている。このようにギリシャと重ね合わせることで、彼のヨーロッパへの賛美の気持ちが頂点に達したまさにその時、彼は男女の親密な雰囲気を漂わすチャドとマダム・ド・ヴィオネに出会って、洗練の裏にある生々しい現実を突き付けられるのである。彼はパリのもつ頽廃、堕落という側面をみつめたくなかったことに気付き、二人の関係を "virtuous attachment"(124) と思い込もうとしてきた自らの現実回避の姿勢を直視する。[7] 直視してなお、ストレザーは生々しい現実を受け入れてパリで生き続ける気持ちにはなれない。最終場面の直前、マダム・ド・ヴィオネのもとを最後に訪れる彼の心境は次のように語られている。

this was ... the last time; ... He should soon be going to where such tings were not, and it would be a small mercy for memory, for fancy, to have, in that stress, a loaf on the shelf .... he also knew, even while he took his companion in as the feature among features, that memory and fancy couldn't help being enlisted for her. (319-320)

「自分がまもなく帰っていくのは、こういうものの存在しない世界」と、パリから即ちヨーロッパから去る彼の決意が語られる。醜さも含めてパリで生きることを選べなかった彼に残された選択は、アメリカ帰国しかない。しかも彼は、帰国後ニューサム夫人と結婚し彼女の援助で仕事も続けるという、ウレットで安穏に生きる当初の人生計画を既に放棄している。アメリカ帰国は、彼がパリから遠ざかり、生の喜びの不在の地で索漠と生きることを意味する。しかし、パリから遠ざかることで、パリは再び彼がはるかに憧れる遠いギリシャの美しさを獲得し、その美が思い出と空想の中で純粋化されると彼は考える。それ故、索漠とした感じを免れないとしても、帰国は無意味でも不毛でもないと彼は考える。憧れながらも嫌悪を捨てきれない二重構造を持つパリを受け入れることなく、パリの美を否定する狭量な道徳観と表裏一体であるが故にウレットでの安穏な人生も放棄して、パリの美しい思い出が点在するとはいえ大部分は生の喜びの不在の地アメリカで索漠と生きることをストレザーは選んだのである。彼のこの結論は、アメリカの選択という単純な二者択一では説明しきれないが故に、最終場面で一連の過程を経て "There we are !" の型の文によって周到に確認されていく必要があるのである。

(2)『ダロウェイ夫人』の生と死

『ダロウェイ夫人』の女主人公であるクラリサ・ダロウェイもまた、ストレザーと同じく 50 歳を超えた初老の年令で、大病をして以来自らの老いと死を特に意識するようになっている。作者自身が序文で述べているように[8] クラリサは本来は自殺するか、パーティの終りに死ぬはずであった。生と死 (life and death) という二つの世界を揺れ動くクラリサをたどることで、彼女にとっての生と死について考えていきたい。

第 4 章　「瞬間」の啓示と "Here it is." の型の文

　クラリサの生に対する考え方は冒頭部分にまず明らかにされている、パーティの花を買いにロンドンの町に出かけた彼女は、町の喧騒の中に感じられる生き生きとした生を享受している。

> In people's eyes, in the swing, tramp, and trudge; ... brass bands; barrel organs; in the triumph and the jingle and the strange high singing of some aeroplane overhead was what she loved; life; London; this moment of June. (6)

　この彼女の愛してやまない生の素晴らしさは、「瞬間 (the moment)」とともに語られることが多い。彼女の愛する生は、「瞬間」の中にしか存在しない。それ故その「瞬間」が過ぎ去ってしまうのを見たくない彼女は "if it were now to die 'twere now to be most happy"(39) という『オセロ』(*Othello*)の一節をつぶやくのである。

　しかし、"But she feared time itself, and read on Lady Bruton's face, as if it had been a dial cut in impassive stone, the dwindling of life."(34) と思うクラリサは、いかに素晴らしかろうとも「瞬間」というものは本来過ぎ去るものであり、生の大半は、老いを意識し、死の予感を感じる、時計の時間に支配された、次第に削りとられて残り少なくなっていく生であると考えざるをえない。さらに、生のただ中にある空虚についてもクラリサは "There was an emptiness about the heart of life; an attic room. Women must put off their rich apparel. At mid-day they must disrobe."(35) と認めているのである。

　人生の空虚さという彼女の思いは、孤独感、うまくいっていない夫婦生活、長い結婚生活にもかかわらずすてられない処女性、自分に内在する冷たさ、異性を愛せない心、女としての温かみをもちあわせないこと、さらには、人間関係に不可避に存在する「深淵 (gulf)」(132) という彼女の問題に根ざし、彼女にとって生は決して生きやすいものではないことが語られていく。このように、孤独の中、老いと死という終点へと否応なしに引きずられていく生の中で、クラリサは点在する生の素晴らしい「瞬間」を積極的に求めてパーティを開くのである。

　一方、死にやすらぎを求める彼女の気持ちは、作品中何度も繰り返され

るシェイクスピアの『シンベリン』（*Cymbeline*）の一節 "Fear no more the hea o' the sun, Nor the furious Winter's rages" に表れている。"the heat o' the sun""the furious winter's rages" は、生の苛酷な側面である。この生の苛酷な側面をもはや恐れるなというのは、この世の苦しさ厳しさは死によって終わったのだから、死のやすらぎに身をゆだねよという意味で、死に惹かれる彼女の気持ちを表している。Septimus の自殺を次のように考える彼女にとって、死は「抱擁 (embrace)」なのである。

> Death was defiance. Death was an attempt to communicate, people feeling the impossibility of reaching the centre which, mystically, evaded them; closeness drew apart, rapture faded; one was alone. There was an embrace in death. (202)

しかし、一方では死は、時計の時間に支配される苛酷な生にあっては、否応なしに引きずられていく好ましからざる終点として、『波』のバーナードの言うところの "Death is the enemy" [9] という存在でもある。セプティマスは自殺の直前に窓から身を投げようとしながら "He did not want to die. Life was good. The sun hot."(164) と思う。クラリサは、否応なく生を削りとり、老いと衰えを促していくその終点に位置する死を恐れ嫌悪してもいた。

　以上、クラリサの中で揺れ動く生と死の二つの世界のそれぞれの相反する側面について明らかにした。生は、素晴らしい「瞬間」を点在しつつも、老いと死へ向かって時計の時間によって削り取られていき、そこで人は孤独と人間関係の溝を抱え込んでいる。死は、人から生の素晴らしい「瞬間」を奪い取る「敵」でもあり、苛酷な生から逃れられるやすらぎでもある。ストレザーの場合と同じく二重構造になった二つの世界は単純な二者択一を許さない。それ故に、最終場面では彼女の選択が語られる時、"There she was" という最終文章に至る周到な確認の過程が必要となってくるのである。

(3) "Here it is." の型の文による共通の結末

　以上、『使者たち』と『ダロウェイ夫人』におけるそれぞれの二つの世界とその二重構造を明らかにした。この二つの世界は複雑な構造のため、その選択も単純な二者択一には終らない。それ故、何を選択したかを明らかにするためには、最終場面での共通の過程を経ることが必要となり、さらにその選択をもう一度確認するための "Here it is." の型の文による結びが必要となる。両作品の最終場面におけるこの共通の過程を次のように順を追って考えていきたい。まず、主人公の結論を最終的に見届ける第三者が設定されている。『使者たち』のミス・ゴストリ (Miss Gostrey)、『ダロウェイ夫人』のピーター・ウォルシュ (Peter Walsh) がそれにあたる。この第三者は、主人公が二つの世界のどこを選択したかを尋ねる "Where ?" という問いを一度ならず発して、その答としての最終文章を導く役割を帯びている。さらに、主人公による "I must go." という言葉の繰り返しは自らの選択を必ずしも喜んでいたのではないことを示しつつ、その選択の余地のなさをも描き出して、主人公の選択を再度確認する最終文章 "Here it is." の型の文をひき出している。二作品に共通のこの過程を以下それぞれ辿っていく。

　『使者たち』の最終場面は以下のとおりである。

"It's over, Over for both of us [i.e. Mrs. Newsome and Strether]."
....
"What then do you go home to ?"
....
"To what do you go home ?"
....
"But all the same I must go." "He had got it at last. "To be right."
　"To be right?"
　She had echoed it in vague deprecation, but he felt it already clear for her. "That, you see, is my only logic. Not, out of the whole affair, to have got anything for myself."

....

　"That's the way that—if I must go—you yourself would be the first to want me. And I can't do anything else."

　So then she had to take it, though still with her defeated protest. "It isn't so much your being 'right'—it's your horrible sharp eye for what makes you so."

　"Oh but you're just as bad yourself. You can't resist me when I point that out."

　She sighed it at last all comically, all tragically, away. "I can't indeed resist you."

　"Then there we are!"said Strether. (345–347)

　最終文章に至る結論の確認は次の手順で行なわれる。マダム・ド・ヴィオネに別れを告げ、ミス・ゴストリの引き止めも拒み、ニューサム夫人との関係についても "It's over. Over for both of us." と言うストレザーの行き場を案じてミス・ゴストリは "What do you go home to?" と二度にわたって尋ねている。彼女は、主人公の結論を確認する第三者の役割を果たす。主人公を愛しつつ主人公と運命を共にすることを拒まれた、好意をもつ傍観者、拒まれつつ側にいて「どこへ行くのか」という問いを発して、その答として最終文章を引き出す役割である。主人公の選択を見届ける存在は『ダロウェイ夫人』におけるピーター・ウォルシュと共通している。

　ミス・ゴストリのこの問いに対して彼は "But all the same I must go."(346) と答え、"To be right." と理由を付け加える。この言葉には良心、正義、公平といった彼の本質に根ざす、良い意味でのピューリタン的な価値観がうかがわれる。美と醜が表裏一体となったパリを断念するという決断をして、生の喜びも美も欠如したウレットに身を置くことで、パリの美を思い出と空想の中に純粋化することを彼は選んだ。それ故、この "must" は、彼に喜んで行くのではなく必要だから行くという「正しくあるべき」という義務感を伝えている。帰国しか道はないにもかかわらず、パリの美を否定する狭量な道徳的基準と表裏一体をなす故にウレットの提供する安穏をも放棄した彼の選択は、決して心踊る選択ではない筈である。"I must go." の must には、彼の結論に至るこのような葛藤と苦悩が、彼の強い決意と

共に表れている。そして、ストレザーのこの強い決意をミス・ゴストリが"comically"、"tragically"と感情的にゆれながらも、しぶしぶながらあきらめて受け入れた後、状況や事実が最終的かつ不変であることを確認、強調する役割を持つ"There we are !"の型の文で締めくくられることにより、ヨーロッパの美を純粋化するためのアメリカ帰国という彼の最終結論が見事に確認、強調されているのである。ヘンリー・ジェイムズは『使者たち』の最後の場面の重要性について、次のように言及している。

> ...in the last "scene" of the book, where its function is to give or to add nothing whatever, but only to express as vividly as possible certain things quite other than itself and that are of the already fixed and appointed measure. [10]

「なにかを与えたりつけくわえたりすることではなく…すでに測量ずみのものを、できるだけ鮮明に表現する」と彼が言う時、これは最終文章"There we are !"と見事に重なってくる。状況や事実の最終的決定を強調するこの"There we are."の型の文を最終文章にすることにより、「既に測量ずみのもの」つまりすでに出されていたストレザーの結論の確認がここに「鮮明化」されているのである。

　一方、『ダロウェイ夫人』の方も同じ過程をたどって、最終文章"For there she was."にいたっている。生と死の間を揺れ動いたクラリサが結論を示し結びの文章に至るまでの過程は次のとおりである。

(1) She had once thrown a shilling into the Serpentine, never anything more. But he [i.e. Septimus] had flung it away. They went on living (she would have to go back; the rooms were still crowded; people kept on coming). (202)

(2) Oh, but how surprising ! ─in the room opposite the old lady stared straight at her! She was going to bed.... It was fascinating, with people still laughing and shouting in the drawing-room, to watch that old woman, quite quietly,

going to bed alone.... The clock began striking.... There! the old lady had put out her light ! the whole house was dark now with this going on, she repeated, and the words came to her, Fear no more the heat of the sun. <u>She must go back to them</u>.... But <u>she must go back.</u> She must assemble. She must find Sally and Peter. And she came in from the little room.

"But <u>where is Clarissa?</u> "said Peter. He was sitting on the sofa with Sally..."Where's the woman gone to? "he asked. "<u>Where's Clarissa ?</u>"(204-205)

(3) What is this terror ?"what is this ecstasy? He thought himself. What is it that fills me with extraordinary excitement?
It is Clarissa, he said.
For <u>there she was.</u> (213)

(1)の引用文は、パーティ会場にいたたまれず小部屋にしりぞいてセプティマスの自殺に共感するクラリサが自分と死の間に最初に一線を引いた箇所である。生命を投げ出したセプティマスに対し、池にシリング銀貨を投げ込んだにすぎないクラリサの耳にはすでにパーティ会場のざわめきが届いている。しかし、必ずしもそれが心躍る選択ではないことは、ストレザーがパリを断念してアメリカ帰国を選択した時と同じ "she would have to go back" という言葉からも明らかである。死の誘惑はまだ彼女にとって魅力的である。なぜ戻りたくないかは以下のように語られる。

It was her punishment to see sink and disappear here a man, there a woman, in this profound darkness, and she forced to stand here in her evening dress. (203)

パーティ会場へ戻るということは、彼女にとって人の死を凝視しながら生き続けていくことである。死のやすらぎに身を委ねてしまうよりむずかしい選択である。"forced" という言葉が、先程の "have to" の意味を強調している。生を選ぶことが "punishment" としか感じられない彼女に戻る力と決意を与えたのは、(2) の引用文にある、向かいの老女であった。老女の毅

第4章 「瞬間」の啓示と "Here it is." の型の文　　73

然とした姿を見て、彼女は老年、孤独、死を直視して生きる選択をする。もう一度 "She must go back." と描かれて、生の苛酷な側面を直視しなければならないクラリサの喜びではなく義務感が浮き彫りにされるが、この must はクラリサの強い決意をしめす must でもある。ストレザーがパリの美にひかれつつも、パリの美を思い出として純粋化するために、生きることの喜びが不在のアメリカ帰国を決断したように、彼女は、死をみつめつつ、点在する「瞬間」を求めて、その大部分は苛酷な生へと、パーティ会場へともどっていくことを選択したのである。

　最後の場面は、クラリサがパーティ会場へ戻ってきた確認の場面となる。(2) の引用文の最後で、"But where is Clarissa ?" と問いを発するのはピーター・ウォルシュである。同じ問いをストレザーに発するミス・ゴストリと同じ役割で、クラリサを愛し、拒まれ、しかも、側にいて彼女のなした選択を確認する役割を果たす。ピーターはミス・ゴストリのようにストレザーの選択の言葉を直接聞くわけではない。彼にできるのは、クラリサがパーティ会場に戻ってきた確認だけである。しかし、彼女の心の揺れを共有した読者の意識を通すことによって、彼女が小部屋からパーティ会場へ単に物理的移動しただけではなく、また、単純に生を選んだのでもなく、それぞれ相対立する二重構造を持つ生と死の二つの世界から、必ずしも喜びをもたらしてくれるとは限らないことを識別した上で、死を凝視して生きる生を選びとったことがここに確認されるのである。"Where is Clarissa ?" と繰り返して彼女をさがすピーターが彼女を確認をする結びの文 "For there she was." によって、彼女を追い求めて "terror"、と "ecstasy" の間をゆれるピーターの意識を通して、死を凝視する生を選びとった彼女を読者は確認するのである。ヴァージニア・ウルフの主要作品においては、特に作品の最終文章が作品の結論を端的に表す重要な文章となっていることは周知のことである。また、"Here it is." の型の文についても、代表作が相次いで書かれたこの時期に、主要場面で意図的に用いられていることは既に本章前半で論じた。[11] これらの要素を考え合わせると、"For there she was." という最終文章は『ダロウェイ夫人』の結論の確認として重要視されるべきであると考える。

　このように "Here it is." の型の文で最終的に確認されるのは、単純な二

者択一の結果としての「アメリカ」「生」ではない。「ヨーロッパをみつめるためのアメリカ」「死をみつめて生きる生」という複雑な構造の選択がなされている。そして、一連の共通の過程を経て導き出される同じ型の最終文章は、この複雑な選択を確認し「鮮明化」する役割を果たしているのである。

　以上、"Here it is." の型の文が、「瞬間」を啓示する役割を果たして、ヴァージニア・ウルフの中期三小説で重要な役割を果たすことをまず考察し、さらに、この同じ型の文を、ヘンリー・ジェイムズとヴァージニア・ウルフという特に言葉と技法に深い関心を寄せる作家が、彼らの作品の結末で用いていることに注目した。本来状況や事実の決定に対する確認の意味をもつこの同じ型の文を最終文章にすることにより、主人公の選択がアメリカ帰国、パーティ会場帰還という外見上の単純な二者択一にとどまらないことを、作者はそれぞれ示唆しようとしたのである。すなわち、より複雑な構造を持つ二十世紀の人間の実存の在り方を、より明確に示唆するキーワードとして、この "Here it is." の型の文は用いられている。そしてこれは、従来指摘されてきた結末の曖昧性を説き明かす、両作家共通の小説技法となっているのである。
　さらに、既に述べたようにこの "Here it is." の型の文は、ヴァージニア・ウルフの中期三小説においては、彼女が特有の意味を付与する「瞬間」を啓示する役割を果たす、重要な要素の一つとなっているのである。

第 5 章　クリストファー・エイムズのパーティ論：
　　　　　　　　　祝祭・パーティ・小説

はじめに

　第 1 章〜第 3 章では、ヴァージニア・ウルフの初期の三小説である『船出』『夜と昼』『ジェイコブの部屋』を取り上げ、昏睡、パーティ、イメージとパーティといった、その後の小説に展開していく主題と形式の萌芽を辿った。さらに、第 4 章ではヴァージニア・ウルフが特有の意味をこめて用いる「瞬間」について考察した。次章から「瞬間」を積極的に捉えるための儀式として彼女の中期三小説で最も有効に機能したパーティについて考察していくが、そのため、この章では、まずヴァージニア・ウルフが好んで用いたパーティが、古代・中世の祭に端を発し、近代の社交・パーティにどのように継承され、さらに 20 世紀に至っているかを、クリストファー・エイムズ (Christopher Ames 1956–) の『パーティの生』(*The Life of the Party*. 1991) を考証することで考えていきたい。[1]

　本論の序でも述べたように、ウルフと同時代のジンメルの「社交論」や、それを参照しつつ今日独自の「社交論」を展開している山崎正和の書物、『社交する人間』で述べられているように、社交やパーティは西欧の文化史において非常に重要なものであるといえる。ジンメルや山崎の社交・パーティ論は、いわばパーティの本質論であり、理想論であるといえる。なぜなら、彼らは主に 18 世紀西欧の教養文化を背景に社交の本質や理想を各個人の本来的な感情形成に見出しているからである。それは、他の人間の他目的的な人との関わり、あるいは技術的な関係とは異なり、想像力による自己目的的な行為で、そこにいわば真の自己確立とそれを通した人との本来の共同体形成を予想しているからである。ジンメルや山崎は、こうしたパーティの独自の課題が、近代の狭い理論的理性の強調やいびつな産業化によって、擬似的なパーティばかりが流行して、そこなわれ

ているのを嘆いているのである。

　一方、パーティと 20 世紀小説について考え、ウルフの作品も取り上げているクリストファー・エイムズの『パーティの生』においては、より具体的にウルフの小説、特に『ダロウェイ夫人』と『幕間』が分析の対象として取り上げられ、パーティ（ページェント）の機能が、西欧の古代からの祭りやカーニバルの伝統を継承したものであることが明らかにされている。その際、とくに祭りの本質として、ばらばらの個人をまとめて一つにする機能、そして知性的な生き方、日常生活の習慣からのなんらかの常軌の逸脱・違反 (transgression) が見られること、さらにいえば、生け贄や死の契機が不可欠であること、この契機があることによりはじめて祭りは、共同体形成の力を有することなどが明らかにされている。また、近代西欧文化においては、キリスト教や貴族階級の衰退につれて、個人の家でのパーティがしばしば開かれるようになる。これは、19 世紀の一つの特性であり、また小説の対応と平行する現象でもある。エイムズは、このパーティが伝統的な祭りの特性を継承したものであることを、また、小説が、想像力、フィクションにより、祭りと類似した感情的共同体形成の役割を担っていることを強調する。エイムズの書物は、宗教学、社会学、人類学の成果をも参照し、祭り、儀式の文化・社会的機能の歴史を問い、その上で文学と祝祭のヴィジョンの深い関係を指摘している。さらにエイムズは、祭りに起源を持つパーティが、19、20 世紀の小説と、どのように関係しているかを、主題および形式の両面において具体的に検証する。エイムズは、主にミハイル・バフチン (Mikhail Bakhtin, 1895-1975) の理論（『ドストエフスキーの詩学』1963）のとりわけポリフォニー（多声）論を参照している。その結果、祭りとパーティは、共に個人がばらばらに離れているのを一つにまとめ、ある高揚感を参加者に感じさせることをねらっているが、同時に、祭りや儀式に見出されるネガティヴな契機をも受け継いでいることを強調する。すなわち、生け贄による犠牲を重んじる考え、またディオニュソスに代表される破壊・過剰・違反（逸脱）の性格を持っていることが指摘されている。

　以下、エイムズの著書に沿って彼の見解を要約してみたい。まず、序論における、祭のヴィジョン、近代のパーティ、パーティと文学形式につい

てを、要約する。次に、各論の中から、ヴァージニア・ウルフの『ダロウェイ夫人』に関する彼のパーティ論を考証する。

1. 祭りのヴィジョン

エイムズは、ベーデ (Bede, 673-735、僧であり詩人) の *The History of the English Church and People*[(2)] の文章を引用しつつ、人間の共同体の祭りの温かさと光を冬の外の暗さと冷たさ、あるいは世俗の喜びと豊かさと死すべきものの短さと対比させ、祭りのヴィジョンの本質を指摘している。ここにすでに祭りのポジティヴな特性が、ネガティヴな特性によって際立たせられている。

祭りはキリスト教以前に存在していたが、近代においてパーティは祭りの中心の神聖な機能、つまり、コミュニティを結びつけ生を祝祭する機能を受け継いだ。外は冷たく暗い冬、家の中の暖炉は暖かくごちそうで満ちており、その束の間のコミュニティに人々が集まる。祭りは、人間にとって基本的に必要なものである。文学においても祭りは中心的役割を果たしている。そして近代文学における祭りのヴィジョンは、ベーデの比喩的な雀の重要さを主張し続けている。

フランスの社会学者、エミール・デュルケーム (Emile Darkheim, 1858-1917) は、聖なるものと俗なるものとの区別がなされたことが祭りの始まりと考えた。すなわち先史時代の人々は、共同体の宗教的イヴェントに参加し非日常の高揚感・一体感を経験し、それと日常生活の決まりきった行動と感情を区別しはじめた。これが祝祭性の成立なのである。デュルケームは、この祝祭の行為と意識は、不可欠の宗教的かつ社会的機能と考えた。原始的な祭りは聖なる事柄であるが、それは同時に社会のグループのアイデンティティの確認をも意味したのである。

さらに、祝祭がもつ重要な特色のひとつに、違反・常軌の逸脱 (transgression) がある。宗教学者のロジェ・カイヨワ (Roger Caillois, 1913-78) は、祝祭には「過度」(excess) の特徴をもつという (『人間と聖なるもの』1939)。なぜなら祭りの大きな特色として、日常生活と比較して過剰、破壊、浪費といった一連のネガティヴなものを挙げることができるからである。祭りの祝祭性には、逆説的に犠牲を含んでいるのである。祭り

は、聖なるものが持つアンビヴァレンス（両義性）を担う。季節の祭りが死と再生の自然のリズムを担っているのも、この点、納得することができる。要するに、祭りは、情緒を強め個人をコミュニティに統合し、秩序をカオスから再生させることにより最も広い意味での生を祝うものである。

祭りを通しての生の祝祭には、死や犠牲との複雑な出会いが含まれている。このことはバフチンが、カーニバルのアンビヴァレンスを強調することと似ている。要するに、祭りは、共同体的にコントロールされた違反・逸脱である。祭りの間、日常の行動のルールは、しばらく脇に置かれる。

バフチンも祝祭性が、かつて人間の生において不可欠な中心的役割を果たしていたという。今日、われわれの文化は、断片的となり、自己意識的となり、自己批判的となり、かつてのコミュニティでの祭りの意義がぼやけているように見える。われわれは、むしろ近代文学におけるパーティ場面の描写から、その検証によって、近代の作家にとって祝祭性がいかに人間にとって、また文学にとって重要であるかを学ぶのである。

2. 近代のパーティ

近代のパーティは、おそらく、18世紀に衰退した民衆の祭りから由来したと思われる。オックスフォード英語辞書によれば、party という語は、1716年から使用された。特に私的な家での招待客からなる社会的な楽しみのための集会（集まり）とみなされている。18世紀に、人々は余暇の時間の多くを世俗的な楽しみに費やすようになった。都市の勃興とともに、それまでのコミュニティに基づく民衆の祭りが衰退し、代わって部屋やサロンでの集まり、ダンス、仮装舞踏会が増大する。それまでの民衆のカーニバルのイメージ、マスク、衣装が、貴族やブルジョワジーに代わって受け継がれるようになる。17、18世紀の文学は、この新しい社会的な集まりの魅惑、楽しみを映し出している。これに対し、田舎の貧しい人々は、伝統的な祭りとカーニバルの形態に固執していた。要するに、19、20世紀に盛んに開かれるパーティの成立の大きな原因は、18世紀を境にした数々の変化や交代（宗教的共同体の祭式から世俗的で社会的な楽しみ、中産階級の増大と都市化）にあるといえる。祭りの特性は、近代におけるパーティにもうまく適用できたので、祝祭性の役割・機能は受け継がれて

いった。

　パーティは、日常生活と明確にコントラストをなしている。過度な行動が許容され。豪華な服を着た人々は、よく飲みよく食べよく話す。そして、夜遅くまで起きている。クリスマス、バースディ、結婚式のパーティ、普通のパーティでもそうである。パーティは、「わたしが死ぬ明日のために、飲んで食べて、楽しみなさい」という言葉をその特色として持っている。パーティはこの世の楽しみを喜ぶが、はかなさの意識から免れることはできない。伝統的な死の儀式による生の肯定は、今日なお続いていると思われる。

　死との象徴的な出会いは、普通ヴェールで隠されている。しかし、文学では死は象徴的にパーティにおいて現れる。ジョイスの「死者たち」("The Dead") における多くの死者のイメージやウルフの『ダロウェイ夫人』におけるセプティマスの役割、グレアム・グリーン (Graham Greene) の「パーティの終わり」("The End of the Party") でのぞっとする終末、すなわち賞賛されていたゲストが犠牲の生贄になる場面などは、その一例である。では、初期の祭りと近代のパーティとの違いは何か。従来の祭りには、宗教的動機が強くあったのに対し。近代のパーティは、選ばれた社会の階層と深く結びついているのである。

3. パーティと文学形式

　これまで主にパーティの歴史的由来と文化的意義について述べられてきた。しかしエイムズの第一の関心ごとは、近代文学においていかにパーティが重要な意義を持っているかを明らかにすることであり、個別の文学テキストの詳しい検討が行われている。祭りの祝祭性は、文学・芸術とユニークで深い関係にあるとエイムズは考えている。

　文学におけるパーティの機能は、単に内容の描写のひとつとして意味を持っているだけではない。パーティは、文学の形式あるいは構造とも深く関係する。このことを具体的文学テキストでエイムズは検証しようとする。

　祭りと文学のかかわりはすでに古代ギリシャから存在することを、すでに指摘した。シェイクスピアのコメディには、中世の祭りをモデルにした

ものもある。バフチンは、カーニバルと文学との関係を問うた。バフチンは 論考「小説の言説の前史から」("From the Prehistory of Novelistic Discourse", in *The Dialogic Imagination*.) において、たとえばラブレーとドストエフスキーの文学を古代のサトゥルヌスの饗宴や中世のカーニバルと関係付けている。バフチンにとって小説は、カーニバル的世界と同じように、まじめでしかもこっけい、パロディ的である。バフチンも祝祭的精神は、「ブルジョワ文化においてさえ死ななかった。狭くなったに過ぎない。饗宴は、人間の文明の本源的な欠くべからざる構成要素である。」という。それは廃れたり堕落したりするが、消滅することはない。ブルジョワの時代の私的な「部屋」の饗宴は、なお古代の祝祭的精神を幾分かは保持している、という。

　西欧では、生活の世俗化と都市化とともに、また伝統的な祭りの衰退と沈滞とともに、コミュニティの必要の意識、死すべきものについての意識、さらには個人の自己自身の価値と目的を明確にする意識が一見、弱まる。しかし実際は、むしろこうした意識、問題性は強まったといえる。パーティは、このような意識、問題性を明確にし、具体化する媒体となる。しかし、パーティは唯一の手段ではない。もうひとつの手段として小説を挙げることができる。小説も、上に述べた西欧での人々の生活の変化において生じた問題意識とともに成立したものと考えることができるからである。近代小説の発展は、私的なパーティの発達と一致している。

　しかし、批評家イアン・ワット (Ian Watt, 1917-99) が『小説の勃興』(*The Rise of the Novel*, 1957) で指摘するイギリス小説発達史でみると、パーティを扱った19世紀のイギリス小説は、バフチンの考える祝祭のヴィジョンとは対極にあるとエイムズは指摘する。パーティは「ソーシャルビジネス」として扱われ、オースティン (Jane Austen) では求愛の媒体 (medium for courtship) となり、トロロープ (Anthony Trollope) やメレディス (George Meredith) では、人間の愚かさを暴露し、ディケンズ (Charles Dickens)、サッカレー (W.M.Thackeray) の場合も大同小異である。むしろバフチン的な祝祭のヴィジョンを持つパーティは、20世紀小説に描かれているとエイムズは考えている。

　エイムズは、パーティ場面の描写の点で注目に値する20世紀のイギリ

スとアメリカの小説家としてヘンリー・ジェイムズ (Henry James)、ヴァージニア・ウルフ、スコット・フィッツジェラルド (F. Scott Fitzgerald)、イーヴリン・ウオー(Evelyn Waugh)、トマス・ピンチョン (Thomas Pynchon)、ロバート・クーヴァー(Robert Coover)、ヘンリー・グリーン (Henry Green)の七人を取り上げ、その「コントロールされた違反・逸脱」の典型を祝祭のヴィジョンとして明らかにしようとする。七人を、クラシック・モダニスト、大戦間の作家、そしてポストモダンの作家の三つに大別し、これら違った時代、世代に属する作家たちが、いずれもパーティ場面を戦略的に用い、祝祭の違ったヴィジョンを示していることを三部構成で論じる。第一部「パーティにおける死」では、ジョイスとウルフの古典的モダニズム小説が、いかにパーティが死すべき存在を思い起こさせるのかということを明らかにする。多声（ポリフォニー）的性格などが注目される。第二部「大戦間のパーティ」では、大戦間の作家であるフィッツジェラルドやグリーンにとっては、パーティは頽廃する社会のミクロコスモスとなることが明らかにされる。さらに、第三部「デカダンスを超えて」では、ピンチョンやクーヴァーのポストモダンの小説における、パーティの破壊する力、解放する力が賞賛されている。

4. ヴァージニア・ウルフのパーティ：私的自己、社会的自己、真の自己

次に、エイムズの作家論の中から、ヴァージニア・ウルフの『ダロウェイ夫人』とパーティを論じた部分について、要約してみる。ウルフは『ダロウェイ夫人』出版年である 1925 年の日記に「私は現在、人々は多くの意識状態を持っているということを反省している。そして私はパーティ意識について調べてみたい。」[3] と記している。この言葉は、ウルフの小説にとってパーティの主題および形式がいかに重要であったかということを理解するのに都合のよい出発点となっている。クラリサのパーティがクライマックスのイヴェントである『ダロウェイ夫人』において、はじめてパーティ場面の描写が主題の中心になっているが、「パーティ意識」の重要さはウルフの小説に一貫していると思われる。『灯台へ』(1927)における、ラムゼイ夫人のディナーパーティは、バラバラになった登場人物たちを一つに結びつける場となる。『歳月』(1937)においては、さまざまな世

代からなる登場人物が、最後のパーティに集まる。『波』(1931) においてさえ、ウルフの小説は社会環境からもっとも遠く離れているが、この小説は、やはり儀式的な犠牲の局面を帯びた社交的集まりで終わる。最後に『幕間』(1941) は、地方の野外劇 (pageant) と社交的な集まりとが、ウルフのもっとも明瞭にカーニバル化された小説となっている。

エイムズは、ウルフの小説においては、「パーティ意識」を中心に論じる。「パーティ意識」において、真の自己の理解をめざす登場人物や作者、そして読み手が、いわば前提とされる。この前提において、ウルフは、文字通り、社会や周囲から隔絶した孤独に瞑想する人物を描写するのではなく、ロンドンの町をさまよい、さまざまな人々の恋と意識に立ち入り、そして彼らをパーティに集める。小説の形式的特色としては、良く指摘されることだが間接話法による多声的な記述をあげることが出来る。この形式上の特性も、パーティの持つ機能と密接に関係しているものだと言える。したがって、ウルフの小説での真正の自己の探求は、「パーティ意識」という社会的自己とセットでなされていると言える。

『ダロウェイ夫人』では、パーティをめぐるさまざまな登場人物がロンドンの町を歩き回ることで社交が強調されている。クラリサの肖像（真の自己を確かめようとする読者、作家、登場人物の同じ平行した問い）は、ロンドンの町並みと一体となっている。話し手は、ダロウェイ夫人を知っている人々の心に自由に入り、ロンドンの町を彼らと共に歩き、そしてクラリサのパーティで頂点を迎える。

孤独での自己の反省は、ウルフの著作できわめて重要な場を持っている。それは『ダロウェイ夫人』にも当てはまる。しかし、ウルフは、孤独のロマン主義的ヴィジョンである社会的自己を一切拒絶する仕方には抵抗している。むしろウルフは彼女が「トンネルを掘るプロセス」[4]と呼ぶ方法、私的な自己が公的な自己と共存する道のりを模索する。クラリサの私的な自己は、彼女の屋根裏部屋での休息と共に、繰り返される問いと親しみのある記憶を担いつつ、パーティにおいて現前する。生きる困難さの感覚に動かされ、ウルフは孤独の誘惑の危険を自覚している。孤独の瞬間での死への催眠のような幸福から自己を救わねばならない。『波』でのバーナードの最後のセリフがそのことを示唆している。「ずっと坐って黙って

いること」を止め、町に出かけ歩きまわる。似たような瞬間は『ダロウェイ夫人』にも見出すことが出来る。

クラリサは、真の自己の探求が孤独から社会へ至らなければならない別の道のりを具体的に示している。死の見込みとの直面は、孤独で自己を反省するまさに真正の経験である。しかし、死の孤独の想像的な経験が意識の内部で自己の基盤を見出すのと同時に、また同じ想像的な経験が、自己の解消をも示唆しうるのである。

5. パーティと都市散策・ポリフォニーという形式：飛行機、王室の自動車のエピソード

『ダロウェイ夫人』ではパーティと都市の散策の二つが、個人と社会の関係を示す場として取り入れられている。主人公は、コミュニティの中を行き交い、コミュニティを自ら主催のパーティに引き入れるのである。『ダロウェイ夫人』の最初の3分の2は、ロンドンの町の場面である。パーティに現れる前のさまざまな登場人物の紹介がなされる。彼らの記憶が「トンネルを掘るプロセス」で呈示されて、バラバラの自己からなるコミュニティを示していると言える。内的な独白と外的な行為と記述とをミックスしながら、ロンドンのあちこちを歩き回って登場人物の深みをスケッチすることで、ウルフは、社会的環境の意味を作り上げる。

ウルフは、「パーティ意識」を探求する過程で小説の多声（ポリフォニー）的可能性を発見したと言える。多数の声と言説の使用によって、ウルフは、従来のそれ自身統一ある物語の性格を転覆させる力を見出したと言える。ウルフは、個人というものを多くの人々がもつ自己の相互作用として呈示しようとする。

『ダロウェイ夫人』の語り手は、慎重に二つの場面に焦点を絞って読者に読解・解釈を求めている。王室の自動車ロイヤル・カー[5]と飛行機[6]である。これらの場面は、小説のごく初めに登場し、非常に多くの人々の現在が語られる。

王室のものらしい自動車の大きな音は、パーティの花を買うために花屋にいたクラリサに通りに出て車を見にいかせる。車は、医者に行くために通りを渡ろうとしていたセプティマスの注意もひいた。「そこに居合わせ

た人々全員がその自動車をみていた」と描かれる。人々の間で、自動車のブラインドをひいた奥に乗っている人に対する様々な憶測が流れる。皇太子、皇后、総理大臣という風に。しかし、人々を支配していたのは、「権威の声と崇敬の念」であった。

「飛行機の爆音と、飛行機雲が空に描く文字」は、外にいた人々の目をひきつけ、セプティマスに空を見上げさせる。丁度帰宅したところのクラリサは玄関先で注意をひかれている。「皆が空を見上げていた」と描かれる。

これらの場面をエイムズは「人々の一体化と、人々それぞれの解釈の間の、物語的対比」(narrative counterpoint between communal unity and diversity of interpretation)(89) と述べるエイムズの念頭にこれらがポリフォニーの場面という考えは当然あったはずである。しかし、彼は、さらに、これらの場面をクラリサがパーティに求めるものと重ね合わせている。個人の互いの声がバラバラに分離しているという認識の結論としてクラリサは、パーティを提案する。少なくともクラリサにとってパーティは各個人の自己がバラバラに分離されている状態に架橋しようとすることを意味した。パーティは、不思議な力を持つとクラリサは感じ取っていた。彼女は自らのパーティに、ロイヤルカーの見せた統一させる力の瞬間を期待していたと考えられる。

6．ダロウェイ夫人のパーティ：はじまり・成功・死の介入

クラリサは、パーティのホステス役が持つ不安を抱いていた。パーティが失敗するのを恐れていたのである。失敗したパーティでは、個人はバラバラの分離を主張するだけである。パーティの失敗の意識は、ピーター・ウォルシュの向けてくる批判的な目によって彼女には一層深刻なものになっていた。その時転機がおとずれる。カーテンがまたも風にひるがえった。「そしてクラリサは見た。レイフ・ライオンがそれを押し返して、話し続けているのを。だから結局失敗じゃないわ。今はうまく行きそうだわ——わたしのパーティは。はじまっているんだわ。」[7] この出来事をきっかけにパーティはうまく機能しはじめる。ここではクラリサは、パーティが成功だと感じている。総理大臣の訪れが告げられパーティはクライマッ

クスを迎える。しかし、パーティの流れは、ブラッドショー夫人がセプティマスの自殺をクラリサに告げるとき中断される。「おお！とクラリサは思った、わたしのパーティの最中に死のことを聞かされるとは、そう彼女は思った。」[8] 死の出来事は、パーティの聖域の侵害と映った。パーティ精神が勝利して排除したはずのものが闖入してきたのである。

しかし、セプティマスの死の知らせは、パーティの聖域の侵害になるのか。mortality と separateness が、パーティの祝祭と結びつく。クラリサが、想像によりセプティマスの自殺を経験する。この過程においてセプティマスは、犠牲の生け贄になる。彼の死は彼女の強められた生命力の感覚に寄与したことになる。セプティマスと、そしてまた向かいに住む老夫人は、クラリサの身代わりなのである。

セプティマスの自殺に対して彼女が感じる広汎な共鳴を補完するものとして老婦人はいる。老婦人もクラリサの身代わりである。「彼女はカーテンを開いた。彼女は眺めた。おお、でもびっくりしたわ。向かいの部屋であの老婦人がまともにじっとわたしのほうを見つめているじゃないの。」[9] さらに、老婦人は、老いることと寂しさの擬人化である。ビッグ・ベンの鐘の音とともに、彼は寝る仕度をしている。老婦人は自殺とは異なるもう一つの道を示唆している。老婦人は、太陽の暑さや激しい冬への怒りの中で生き続ける勇気を代理している。これは、クラリサが時計がなり始めたとき、感じる一つの道である。「時計が鳴り出したわ。あの若い男は自殺した。でも、わたしはかわいそうだとは思わない。…もはやおそれるな烈日を。…そして彼女は小部屋から出て行った。」[10]「こんなに幸福だったためしがない。」とクラリサは感じる。この幸福の特質は、二つの明白な経験の相互貫流として定義できる。こうしてクラリサは、死はパーティに属していると認識し始める。献げものには犠牲が必要となる。この場面の初めで死の報告は、ダロウェイ夫人のパーティの聖域を破壊する。最後には死はパーティを豊かにしたのである。セプティマスの死は犠牲の一部としてパーティに組み入れられたのである。

おわりに

以上エイムズの『パーティの生』を考証してきた。エイムズは、古代・

中世の祭のヴィジョンをまず考察している。祭のヴィジョンにおいて、聖なるものと俗なるものを区別し、共同体の宗教的イヴェントとしての非日常の高揚感と一体感をもたらし、生け贄による死と犠牲が、生の祝祭の高揚感を増幅させるという特質を考察した。さらに、近代西欧文化の中で18世紀に現れたパーティは、衰退した民俗の祭に由来しつつ、村の共同体から都市の部屋やサロンに移行し、より世俗的で社会的な楽しみを求めるものとなった。パーティはまた文学とも深い関わりをもつと彼は言う。そして、衰退していた祭のヴィジョンを、20世紀の作家たちに見ていこうとしたのである。ウルフが祭の儀式に関心を持っていたことは明らかであり、エイムズの書物は、パーティを祝祭のヴィジョンにさかのぼりつつ、近代のパーティも視野に入れてウルフの作品を考えるという意味では有効な書物といえる。ウルフのパーティは必ずしも祝祭的ヴィジョンだけでは解釈できないが、本書がパースペクティヴな展望を開いてくれるのも確かなのである。この後、本論では、ウルフが特有の意味を付与して用いる『瞬間』について考察し、さらに、「瞬間」を捉えるための儀式として、彼女の中期三小説で用いられたパーティを取り上げていく。

第6章　四つのパーティ：
　　　　　『ダロウェイ夫人』『灯台へ』『波』

1.

　ヴァージニア・ウルフは中期円熟期の作と言われる『ダロウェイ夫人』、『灯台へ』、『波』において、パーティを効果的に設定している。決して逆行することなく、容赦なく老いと死へと等間隔に運行する「時計の時間 (clock time)」にさらされつつ、それぞれに自我をもち、孤立し、互いにコミュニケーションを欠き、個々に「深淵 (gulf)」を抱いて、時としては傷つけ合い、また時としては孤独に在るという苛酷な現実認識を基本に持っていたウルフは、それ故にこそ常にその対極を求め続けていた。彼女は日記の中で以下のように書いている。

> What I call "reality" ... in which I shall rest and continue to exist. Reality I call it. And I fancy sometimes this is the most necessary thing to me: that which I seek.[1]

ここで彼女の求め続けたものを「リアリティ」と考えるなら、時計の時間の支配する苛酷な現実の中に否応なしに在りながら、絶えず対極である「リアリティ」を志向するというのが彼女の基本姿勢であった。彼女は、生きてある限り、苛酷な現実への直面から逃げることは出来ないという認識のもとに、生の中に「一瞬のリアリティ(momentary "reality")」として彼女が独特の意味で用いる「瞬間 ("moment")」を経験し得ると考え、求めていた。そして、パーティは、現実の中にこの「瞬間」を得る一つの重要な場として、ウルフの現実認識と「リアリティ」への求めという基本姿勢に深くかかわってくるのである。ここでは四つのパーティ即ち『ダロウェイ夫人』におけるクラリサのパーティ、『灯台へ』におけるラムゼイ夫人の

ディナーパーティ、『波』におけるパーシヴァルの送別パーティとハンプトンコートでのパーティをとりあげてこの問題を考察してゆきたい。これらのパーティは、そのすべりだしにおいてはウルフの考えている現実認識の延長として、個々バラバラでよそよそしい人々の単なる寄り集まりでしかない。そこにウルフは核となる人物を設定する。そしてその人物は、自らの存在、努力、そしていくつかの象徴的な小道具によって、単に集まっただけで個々に「深淵」を抱く人々の間に一体感をつくりあげ、いわゆるパーティにおける「瞬間」を形成するという型をとるのである。この様な時計の時間の支配する現実から「リアリティ」への束の間ながら充実した移行である「瞬間」形成という同一の型とその展開を、以下四つのパーティについて考察してゆきたい。

2.

　『ダロウェイ夫人』におけるパーティと『灯台へ』におけるパーティは驚く程似通っている。いずれも女主人公がパーティのホステスをつとめるばかりでなく、彼女たちはパーティに意味を見出し、人々を集め、そこにたとえ瞬間的であろうとも個々に孤立して在る人々同士が一体感を感じる充実した「瞬間」をつくり出そうと努力し、「瞬間」を得て満足感を感じるのである。彼女たちはいずれも一応恵まれた幸福な生活を送っている。結婚しており、夫に愛され、子供に恵まれている。二人共50歳をすぎ、時として鏡の前で時計の時間の刻む老いを感じつつも、いまだ美しさをとどめた婦人である。だが、その様な一応幸福な生活は、彼女等の心に必ずしも安定を与えているわけではない。

　クラリサ・ダロウェイは下院議員夫人で、優雅で享楽的とも言える社交生活をおくっている。だが大病を患い50歳を過ぎた彼女は時計の時間の強制してくる老いと死の予感と、夫婦生活のわびしさをはらいきれない。子供を産んでなお「処女(virgin)」のイメージで語られる彼女にとって、夫との間は、たとえお互い同士が感謝や愛情や尊敬をそれぞれ個々には持っているとしても、夫婦間の一体感を共有し得ない、コミュニケーションを喪失した夫婦なのである。そしてその様な夫婦生活のわびしさを転嫁出来るかもしれない娘エリザベス(Elizabeth)との間もまたしっくりいっ

第6章　四つのパーティ：『ダロウェイ夫人』『灯台へ』『波』　　89

ていない。かつての恋人の来訪の際、娘を紹介する彼女は "Here is Elizabeth." でいいところを "Here is my Elizabeth." と強調して、相手に "Probably she does not get on with Elizabeth."(53) と悟られてしまう。また、再会したかつての恋人ピーター・ウォルシュ(Peter Walsh) の激情に自らも誘われて、心の中で衝動的に「一緒に連れていって」と叫びつつ、次の瞬間には劇の観客の様に傍観者である自分を意識しているのである。(2) この様に夫、娘、かつての恋人という彼女の最も親しい筈の者とすら結びつきを持てない彼女は、"I am alone forever."(53) と感じざるを得ない。彼女と他の人々の間には避け難い「深淵」(132) が横たわっているのである。そしてその越え難い深淵を埋め、お互いのコミュニケーションを回復し一体感をつくりだそうとする試みが、彼女にパーティをひらかせるのである。
　一方、ラムゼイ夫人はクラリサの持ち得なかった成熟した女性の温かさをもち、人々から慕われ、人々のいらだちや寂しさを慰め、人々の間が円滑にいく様にたえず気を配り、またかなりそれに成功している。だが彼女をその様な態度にかりたてているのは "She felt alone in the presence of her antagonist, life."(124) という意識である。彼女は現実の life を "She must admit that she felt this thing that she called life terrible, hostile, and quick to pounce on you if you gave it a chance."(95-96) という風に考えざるを得ない。

> It was painful to be reminded of the inadequacy of human relationships, that the most perfect was flawed, and could not bear the examination which, loving her husband, with her instinct for truth, she turned upon it. (66)

この様に二人の女主人公は、一応幸福な生活を送り人生を享受しつつも、その底に根ざすものは、老いと死へ等間隔で一方方向に進みゆく "strong, indifferent, inconsiderate" (3) clock time と自らの "the dwindling of life" (4) へのおびえ、そしてその中で個々に在る故に互いの間に深淵を意識し互い同士コミュニケーションを喪失しているという現実認識なのである。そしてその様な現実からの一つの救いとして、彼女たちが自ら試み構築してゆくのがこれらのパーティなのであり、その中で同じ様な経過をたどって彼女たちは瞬間的に人々の間に unity をつくりあげ、充足感にあふれる「瞬間」

を得てゆくのである。今日の一般的な感覚から言えば、物理的に人々を一堂に集めたパーティは、かえってその物理性故に群集の中の孤独を集まった人々に感じさせる方が多いと言えよう。だが、ヴァージニア・ウルフが描く特にここでとりあげるパーティには、その様な性質をもつ単なるパーティというよりは、ritual ないしは ceremony といった象徴的な意味あいが付加されている。クラリサは "What's the sense of your parties?" というピーターの問に答えて "They're offering."(134) と述べている。またラムゼイ夫人のパーティの最中にも "victims... to the altar"(157) "sacrifices"(138) という言葉が用いられている。この様な意味において、ヴァージニア・ウルフの描くパーティは、一種の儀式として、人々を集め苛酷な現実の中に人々が互いに一体感を感じる「瞬間」を経験するという独特の型をとるのである。

各々の女主人公は、入念にパーティの準備を整え、円滑に運ぶ様にと心をくだく。だがはじめは、彼女たちの努力にもかかわらずパーティはうまくすべり出さない。クラリサはパーティを "complete failure"(184) と感じていらだち、ラムゼイ夫人も "They〔i.e. the guests〕all sat separate. And the whole of the effort of merging and flowing and creating rested on her〔i.e. Mrs. Ramsay〕"(130-131) と同じ様に感じる。

だが逆にいえば、この認識が強烈であればある程、次におこる現実から「瞬間」への転換はより強い印象を与え、より女主人公達を充たすのである。やがて同じ様な道具立てをきっかけとして、パーティは彼女たちののぞむ方向へすべり出す。それは『ダロウェイ夫人』では次の様に語られる。

> The curtain with its flight of birds of Paradise blew out again. And Clarissa saw—she saw Ralph Lyon beat it back, and go on talking. So it wasn't a failure after all ! it was going to be all right now—her party. (187)

この設定は『灯台へ』において、さらに明確な形をとる。

> Now all the candles were lit, and the faces on both sides of the table were

第6章　四つのパーティ:『ダロウェイ夫人』『灯台へ』『波』　　91

> brought nearer by the candle light, and composed, as they had not been in the twilight, into a party round a table, for the night was now shut off by panes of glass....
>
> 　Some change at once went through them all... they were all conscious of making a party together in a hollow, on an island; had their common cause against that fluidity out there. (151-152)

前者では、カーテンが外部を閉め出すことで一つの避難所的密室をつくりあげる。後者ではさらに説明的で、ろうそくの光が夜の闇の中に避難所的密室をつくりあげ、窓ガラスが闇を閉め出し、内部の人々はよりそって仲間意識を共有し、一体感を得る。それは、女主人公が認識した苛酷な現実即ち闇の消失ではない。単に闇に窓ガラスでフィルターをかけて束の間さえぎった瞬間的なものである。いずれ再び襲い来る闇を意識するが故に、現在の「瞬間」は一層価値を持つ。これこそがパーティを催すことによって彼女たちが求め、そして得た「瞬間」である。人々は自我をぶつかりあわせることなく、身を寄せ合って互いの間に unity をつくり出した。女主人公達の求めは充たされ「瞬間」が得られた。それはまさに "a match burning in a crocus" の様な瞬間、the moment of "illumination"[(5)] である。その瞬間、クラリサとラムゼイ夫人は、あこがれの対象としての海の住人となる。海を思わせる緑色のドレスを身にまとったクラリサは人魚のイメージで描かれ "that intoxication of the moment"(191) に身をつらぬかれる。一方パーティが成功をおさめた満足感に酔うラムゼイ夫人も水のイメージで語られる。

> As one passes in diving now a weed, now a straw, now a bubble, she felt again, sinking deeper, as she had felt in the hall when the others were talking, There is something I want—something I have come to get. (183)

まさにその瞬間はラムゼイ夫人にとって次の様なものであった。

> They would, she thought, going on again, however long they lived, come

> back to this night... and to her too. It flattered her, ... to think how, wound about in their hearts, however long they lived she would be woven. (175)

だがこの様な「瞬間」は歓喜と充足の中にあくまでも瞬間、つまり束の間のものであるという性質を否応なく帯びている事を見落してはならない。先に述べた様に、闇からの解放ではなく、一時的な避難所としての性質である。パーティで達成された「瞬間」はそれを体験している一瞬の間は求めの充足であり、美しく輝いている。人々は unity を共有し、時計の時間は閉め出されたかに見える勝利の瞬間である。だがそれはまた「瞬間」であるが故に、つまり束の間であるが故にあくまでも時計の時間の運行の中に組み込まれ、過ぎてゆかねばならないもろさを内包しなければならなかった。「瞬間」は現実からの解放ではなく、現実凝視の中に生まれ、それ故にこそ、つまり充実ともろさが表裏をなすが故に、一層貴重なきらめきとなるのである。セプティマスの死を間に入れながらもクラリサのパーティへの回帰で幕を閉じる『ダロウェイ夫人』では、パーティの「瞬間」は束の間故に、よりそのきらめきを印象づける。さらに『灯台へ』においては、パーティの場で終らずにラムゼイ夫人の死も含めて時計の時間が暴威をふるう第二部を経て、彼女の思い出が再び残された人々を結ぶ第三部へと展開する。このパーティの後に来る展開と呼応して、ラムゼイ夫人のパーティの「瞬間」は、そのさなかに "This would remain."(163) と確信されつつも "vanishing even as she looked"(173) という面も見過ごせないという両面を描かれることによって、より鮮やかに定着されるのである。

3.

『波』では人々が集まるパーティは二度設定されている。最初は六人の登場人物のあこがれの対象であるパーシヴァルがインドへ行く際の送別パーティ、二度目はパーシヴァルも死に六人がそれぞれ人生の坂を下り始める頃再会するハンプトンコート (Hampton Court) でのパーティである。この二つのパーティは微妙な差異を含みつつ、クラリサやラムゼイ夫人のパーティと同じ型、つまり互いに深淵を抱きつつ個々に在る人々が、一人の核となる人物によって集められ、そこで「瞬間」が得られるという型を

踏襲している。そして『波』において二つのパーティの核となる人物はパーシヴァルであろう。

　幼年時代以来、それぞれ学校へそして各自の人生航路へと別れていった六人の登場人物がはじめて一堂に会するのがパーシヴァルの送別パーティである。彼等は集まりはしたもののはじめはそれぞれの考えのみを追って"darkness of solitude"(88) の中にいる。だがパーシヴァルの出現は、この状態を一瞬にして変えてしまう。

> He〔i.e. Percival〕is a hero.... We who yelped like jackals biting at each other's heels now assume the sober and confident air of soldiers in the presence of their captain. (88)

彼の出現は集まった人々の間に unity を形成し、それは後のハンプトンコートのパーティにもくり返される一本のカーネーションのイメージで"There is a red carnation in that vase. A single flower as we sat here waiting, but now a seven-sided flower."(91) と象徴的に語られる。この "a seven-sided flower" は人々の和の形成、パーティで得られた「瞬間」を表わしている。この様に互いに一堂に集まってもジャッカルの様にほえたてていた六人がパーシヴァルの登場によって七人の和を形成するというのはクラリサやラムゼイ夫人のパーティを踏襲している。だがパーシヴァルは、クラリサやラムゼイ夫人の様に自らの意志でパーティを催そうと試みるわけではない。しかも彼は、実は直接小説内に登場することのついにない、六人の登場人物の独白によって間接的に語られるだけの実体のない人物である。さらにこのパーティは「瞬間」を求めて催されたものではなく、六人の偶像であるパーシヴァルとの別れの為のもの、人々を集めて和をつくるためではなく別れを告げるためのものなのである。クラリサのパーティへの回帰で終った『ダロウェイ夫人』、ラムゼイ夫人のパーティに対する満足感で終る『灯台へ』の第一部とちがって、『波』におけるこの第一のパーティはパーシヴァルが去っていくところで終っている。さらにパーティの中にパーシヴァルの死が暗示される。そして "Now Percival is gone."(105) という独白でパーティが結ばれることは、一応パーティの型が踏襲されている

にせよ、そこで得られた「瞬間」が過ぎゆく相を帯びてくることを端的に物語るのである。さらにパーティの後には時計の時間がパーシヴァルの死や六人の "dwindling of life" をもたらしつつ進行してゆく。充足ともろさが表裏をなしつつ、それ故に鮮やかに定着されてきたパーティの「瞬間」は 同じ型をとりながらも、その実、表裏のバランスを崩してもろさへと傾きはじめるのである。

パーシヴァルの送別パーティの後、それぞれ別々の道を歩んだ六人は、今一度そして最後にハンプトンコートで集まる。だがその時には彼等の偶像であり英雄であったパーシヴァルはすでに死んでいる。六人の登場人物はそれぞれ人生の下り坂にさしかかり、青春時代の夢は幻滅と挫折感にかわっている。だが再び集まった六人の上に、かつて彼等を結びつけたパーシヴァルの思い出がよみがえってくる。

> But there was another glory once, when we watched for the door to open, and Percival came; when we flung ourselves unattached on the edge of a hard bench in a public room. (152)

それをきっかけに、再びパーティの「瞬間」が得られる。

> This moment of reconciliation, when we meet together united, this evening moment, with its wine and shaking leaves ... (155)
> The fish, the veal cutlets, the wine have blunted the sharp tooth of egotism. Anxiety is at rest. (159)
> We six ... for one moment ... burnt there triumphant. The moment was all; the moment was enough. (197)

そしてそれは再びカーネーションのイメージで描かれる。

> The flower ... the red carnation that stood in the vase on the table of the restaurant when we dined together with Percival, is become a six-sided flower; made of six lives. (162)

第6章　四つのパーティ：『ダロウェイ夫人』『灯台へ』『波』　　95

しかし第一のパーティで核になる人物をパーシヴァルという間接的にしか語られない人物に設定した上に、第二のパーティではそのパーシヴァル自身でさえなく彼の思い出が核とされるため、人々を集めて形成される「瞬間」はその充足と輝きよりは、一層のもろさ、その過ぎゆく相へと傾いていく。「瞬間」は得られた。だがもはや場面はそこにはとどまらない。六人がそれぞれ別れてゆくところでハンプトンコートのパーティは終る。その最後の独白の中で、「瞬間」を形成した我々もパーティが終るとやがて去っていくという意味でバーナードが言う "We must go."(166) は『ダロウェイ夫人』においてセプティマス (Septimus) の死に衝撃を受けたクラリサがパーティへ戻ろうとする "She must go back."(205) との対比によって、クラリサのパーティとハンプトンコートのそれのあり様を端的に物語る。人々を一堂に物理的に集めて核となる人物がまとめあげるパーティの「瞬間」はあくまで束の間の避難所的なものであり、女主人公達のいささか自己満足的充足感でしかないという側面を『波』は二つのパーティを、パーシヴァルを通してではなく核ではない六人を通して描くことにより示唆してしまったのである。苛酷な現実の中に一瞬だがきらめく充実の「瞬間」を形成する場として、ウルフの現実認識の中での求めの姿勢を描く手法であったパーティは『ダロウェイ夫人』から『灯台へ』を経て『波』で二度もおこなわれながら、いずれもそこで終らずに過ぎゆく相で描かれたことや、核となる人物の間接化によって、そこで達成された「瞬間」は表裏をなす充足とはかなさのバランスをくずして、過ぎゆく相へと傾斜してゆく。それ故二つのパーティを経た『波』の最終世界は、パーティでは捕捉し得なかった、現実からの束の間ではなく完全な解放として死の様相を帯びざるを得なかったのである。

4.

　以上ヴァージニア・ウルフの中期三作に特に効果的に設定された四つのパーティの考察により、ウルフがパーティを、彼女の認識する現実の中にあって瞬間的に互いの「深淵」が埋まり unity が形成される「瞬間」を得る場として描いたことを述べてきた。この様なパーティにおいて得られた「瞬間」は、彼女が求めた「リアリティ」の一瞬の捕捉であり、束の間だ

が充足感を与える燃焼度の高いものであった。だがこの三小説において効果的に同じ型をとりつつ描かれたパーティとそこで得られた「瞬間」は各小説中に占めるその位置ともかかわりながら微妙に変化している。『ダロウェイ夫人』は、パーティたけなわの時、クラリサがパーティへと回帰した確認である "Here she was." で終っている。『灯台へ』では、ラムゼイ夫人の充足感で終る第一部は『ダロウェイ夫人』と同質であるが、その「瞬間」は "This would remain." と感じられつつ "vanishing even as she looked" とも描かれてその両面が明確化され、後の展開とも呼応して、過ぎゆく相を帯びつつも鮮やかに定着されている。『波』ではさらに核となる人物の間接化と、第一のパーティにおける "Now Percival is gone." 第二のパーティにおける "We must go." に端的に語られる様に、パーティで得られた「瞬間」は、その充足としてより束の間のものとしての性質をより強く帯びてくる。ウルフの求めた「瞬間」は、その名の通り束の間という性質を否応なしに帯びている。だが、たとえもろいものであろうとも、彼女の認識する現実の中に生きてある限りは、「瞬間」は彼女の求めるものの最高の捕捉であった。そしてそのもろさが露呈された時には、彼女の求めの対象は、momentary でなく eternal な、現実からの解放として死へとのめりこんでいかざるを得ず、『波』の結末へと展開していった。「瞬間」の内包する、求めても求めても得たと思うと過ぎ去っていくという本質的なもろさが一つの限界か、死へのめりこむことが限界であるかは簡単には論じられないが、いずれにせよ、束の間のものでも、生の中にきらめく瞬間としての「瞬間」を捕捉しようとした中期におけるウルフの試みの鮮やかな定着とその展開が、この四つのパーティを通して見事に描かれている。そして、彼女は自らの認識する苛酷な現実を凝視しながらも生の中に踏みとどまり、もろさを内包しつつも、むしろそれ故にこそ充実したきらめく瞬間、不完全ながら生の中に得られる最高のものとして、パーティにおける「瞬間」を描ききったのである。

第 7 章　　ヴァージニア・ウルフの「パーティ空間」

　ヴァージニア・ウルフの作品において、「部屋」は重要なイメージの一つである。このことは、表題に推敲を重ね常に主題を担わせているヴァージニア・ウルフが「部屋」という言葉を『ジェイコブの部屋』（*Jacob's Room*）『自分ひとりの部屋』（*A Room of One's Own*）と二度も表題に用いていることにも端的にあらわれている。『ジェイコブの部屋』は、主人公ジェイコブの自我の遍歴の物語で、結末では彼の死と主なき空の部屋が重ね合されている。また、『私ひとりの部屋』では、女性の自己確立の問題が個室と定収入を得るという点から論じられている。この様に、ヴァージニア・ウルフの作品でこれまで研究されてきた「部屋」は主として個室である。ウルフは、この個室を主要登場人物の個我 (self) の部屋として描いている。このことは作者自らも「若き詩人への手紙」等で語っており[1]、また、ウルフの研究者であるギゲ、リヒター、ネアモア等も共通して論じていることである[2]。本論では、「パーティの催される部屋」の空間構造を考察していくが、それに先立ち、ウルフの部屋の基本単位である「個室」の構造の考察から、まずはじめたい。個我と部屋を重ね合せるという考え方は、一般的にボルノウ等にも見られる考え方[3]であるが、ヴァージニア・ウルフの個室は、ボルノウの説く「やすらぎと庇護の空間」とは異なった苛酷な空間構造を有している。個室と壁についてウルフは、『船出』のレイチェルに、「私はこの仕切りが大嫌いよ〔中略〕何故人は皆たった一人で部屋の中に閉じ込められているのかしら」[4]と言わせ、また、『波』のバーナードに、「彼等は二人共、他人の存在を仕切り壁 (separating wall) の様に感じている」[5]と言わせている。個我という有限の生の空間に閉じ込められ、仕切り壁によって他者から孤立し、それぞれに深い「深淵 (gulf)」を抱いて、時には傷つけ合い、また、孤独を抱えて

存在するというのが、ヴァージニア・ウルフ描く個室の状況である。この状況は室外と接触する二つの開口部である扉と窓の対照によって一層明らかになる。ヴァージニア・ウルフの個室の扉に、個我は内部から鍵をかけることが出来ない。「扉」は、脅迫的外部空間である苛酷な現実世界の侵入に無防備にさらされ、それ故に個室内は庇護空間たりえない。『波』のローダは、「扉が開く。虎が跳び込んでくる」と脅えつつ繰り返さざるを得ないのである。一方、「窓」からは外部世界が直接室内に侵入することはない。窓から距離をおいて眺めることで外部世界の苛酷さは和らぎ、窓は個我にヴィジョンを夢見る可能性を与えてくれる。「窓は開けて、扉は閉めて」と繰り返す『灯台へ』のラムゼイ夫人は、扉と窓のこの機能をよく知っているのである。扉と窓の役割の対比は、『ダロウェイ夫人』のセブティマスの投身自殺の場面に最も効果的に描かれている。

> Holmes would burst open the door.... There remained only the window.... He did not want to die. Life was good. The sun hot. Only human beings? Coming down the staircase opposite an old man stopped and stared at him. Holmes was at the door. "I'll give it you!" he cried, and flung himself vigorously, violently down on to Mrs. Filmer's area railings. (164)

脅迫的外部が否応なしに侵入してくる扉、窓から見るヴィジョン、そして部屋の放棄イコール個我の死という、ウルフの個室の構造がはっきりと示されている場面である。

以上、従来ある意味で部分的に研究されてきた個室、壁、扉、窓を総合しつつ、ヴァージニア・ウルフの描く個室の構造をまとめてみた。この個室は、個我を庇護する空間となり得ない苛酷なものである。それ故個我は個室からの解放を求めざるを得ない。ウルフは、この解放の手段として、二つの方法を示唆している。一つは、死によって個室を放棄することで、セブティマスの自殺や『波』の結末部分に見られる解決方法である。もう一つは、死に至らずあくまで生の中に解放を求めていく方法で、中期小説に主として描かれる儀式としてのパーティ開催がこれに当たる。本論で考察していきたいのは、この後者の方法としてのパーティについてである。

第7章　ヴァージニア・ウルフの「パーティ空間」

　これまでパーティは、主として時間論的に論じられて、時計の時間から解放されて「瞬間」を捉える儀式とみなされてきた。しかし、従来時間を描く作家と言われながらも、ウルフは本来、作品世界の視覚的空間的定着にもきわめて優れた手腕を発揮している。本論では、個室から解放されるための儀式空間として、パーティを空間軸からとらえて考察していきたい。

　ここでは、ヴァージニア・ウルフの作品中のあらゆるパーティを取り上げるわけではない。単なる社交の集いとしてパーティを開催すれば、人はすぐに個室から解放されるわけではない。このことは『歳月』のディリアのパーティを見ても明らかであろう。ここでは前章で取り上げた四つのパーティについて考えていく。『ダロウェイ夫人』のクラリサの夜会、『灯台へ』のラムゼイ夫人の晩餐会、『波』のパーシヴァルの送別会とハンプトン・コートでの集いの四つである。この四つのパーティが、他のパーティの様に単なる日常的社交の集いにとどまらず、個室からの解放を求める儀式の場として設定されていることは、儀式に必要な神や祭司のイメージを伴っていることからも明らかである。「パーティは供物(offering)である」(6)と思うクラリサ、「いけにえ(sacrifices)」(7)「祭壇に供犠をささげる(victims...to the altar)」(8)という言葉を用いるラムゼイ夫人、「さあ、我々の祭(festival)だ」(9)と言い、パーシヴァルを「神」(10)とみなす『波』の六人の登場人物、彼等の言葉はいずれも、他の要素とも関連しつつ、この四つのパーティの儀式性を裏付けている。この様な儀式の過程を踏むことで、はじめは単なる日常空間であった「パーティの部屋」の中に、如何にしてウルフ特有の「パーティ空間」が創り上げられ個我が個室から解放されていくかを、以下明らかにしていきたい。これには扉、窓、壁、窓外の闇と室内の光が深く関わってくる。

　まず、パーティの部屋における「扉」と「窓」について考えてみる。既に述べた様に、個室の扉は苛酷な現実の否応なしの侵入口であり、窓は彼方にヴィジョンを夢見る場であった。しかし、パーティの部屋では、この扉と窓の役割が逆転しているのは興味深い。「扉」が開かれて選ばれた人々のみを招じ入れるのに対し、「窓」が閉ざされて外の闇を閉め出すことで、パーティ空間は創り出されていくのである。

　パーティでは、扉は内側から開け放されて人々がそこから招じ入れられ

る場である。しかも、この一見開放的にみえる扉は、個我の部屋の扉にはくいとめようのなかった苛酷な現実の侵入を、入念な手順を踏むことでくいとめようとしている。あらかじめ選ばれた招待客のみが扉から招じ入れられる。クラリサの夜会の様に招待客が多い場合には、その為に特別に雇われた人間が扉のところで招待客を確認してその名を室内に披露するという手順を踏んでいる。この様にパーティの部屋の扉は、一見内側から全面開放されつつも、二重三重に点検されて選ばれた者のみを招じ入れることによって室内に、外の苛酷な現実から庇護された空間をつくり出す第一段階の役割を担っている。さらに扉は、単に招待客を招じ入れるのみならず、特に待ち望まれている人物を入室させることによって、一気にパーティ空間を完成させる役割をも果たしている。ラムゼイ夫人の晩餐会では、ろうそくが灯され、集まった客が和やかな「団欒の一座」をつくり上げると同時に、扉から入ってきたミンタとポールが「奇跡」をおこし、ラムゼイ夫人の充足感を倍加させている。

> They must come now, Mrs. Ramsay thought, looking at the door, and at that instant, Minta Doyle, Paul Rayley,... came in together....she knew, directly she came into the room, that the miracle had happened: she wore her golden haze. (152-153)

また、『波』のパーシヴァルの送別会では、扉は、そこに集まった六人にとっての神であるパーシヴァルが入室する場である。ネヴィルは「僕は扉が開くのを見てパーシヴァルかな、いや違うかなと思う。その期待の瞬間を味わう為に僕は10分も前から来て席についているのだ」(85) と語る。パーシヴァルはなかなか現れない。「彼はまだ来ない」というつぶやきが焦燥感と共に幾度か繰り返された末に、ようやくパーシヴァルが「扉」から入ってくる。

> "Nothing can settle; nothing can subside. Every time the door opens he looks fixedly at the table—he dare not raise his eyes—then looks for one second and says, 'He has not come.' But here he is."

> "Now," said Neville, "my tree flowers. My heart rises." (88)

「彼が〔中略〕坐ると今宵の集いは最高に盛り上がる」(88) という高揚感、充足感と共に、パーティ空間は完成し、孤立していた六人は一気に和やかな一体感を共有する。室内を庇護し、パーティ空間完成をたすけるこの扉は、苛酷な現実の侵入口として嫌悪された個室の扉とは正反対の役割を果たすことになるのである。

次に「窓」について考えてみよう。扉の役割のみでパーティ空間が完成するわけではなく、窓もまた、重要な役割を果たしている。『ダロウェイ夫人』でクラリサは、扉から招じ入れられた客ににこやかに挨拶しながらも、「パーティは失敗だわ」と感じている。開いた窓から侵入した風が、カーテンを舞い上がらせる時、客達は「誰も知った顔がない」「すきま風がこたえる」等、てんでに個人的な不満に気をとられていて、パーティを楽しんではいない。この状態が好転するきっかけを果たすのは窓である。

> The curtain with its flight of birds of Paradise blew out again. And Clarissa saw—she saw Ralph Lyon beat it back, and go on talking. So it wasn't a failure after all ! it was going to be all right now—her party. (187)

外からの風に舞い上がっていたカーテンを、客の一人が押し戻すという、一見何気ない行為からパーティはうまくいきはじめる。パーティの部屋は「つまらない場所 (nothing)」から「重要な場所 (something)」へと変化する。個我の部屋の窓は、ガラス越しに外にヴィジョンを夢見る窓であった。しかし、照明に煌々と照らし出され、生そのものを象徴するパーティの部屋では、窓の外の闇をカーテンの外に閉め出すのである。窓の外に夜の闇を閉め出すことでパーティ空間が完成する場面は、ラムゼイ夫人の晩餐会でも、「窓ガラスが、夜を閉め出した〔中略〕室内は秩序あるかわいた大地で、外界は万物がゆらめき消えていく、水に映る影のような感じがした」(151) と表現されている。この様に、外の闇を窓から閉め出してしまうことで室内を庇護された空間に変える、パーティの部屋の窓は、個室の窓とは正反対の役割を担っているのである。さらに、この窓外の闇と光輝く室

内の考察により、パーティ空間の構造は一層明らかになると思われるが、その前に、扉、窓と共にパーティの部屋を庇護空間とする「壁」について先に考察しておく。既に述べた様に、ウルフの個室の壁は「仕切り壁 (separating wall)」として、他者との孤立をもたらす嫌悪すべきものであって、室内を庇護する役割は全く果さない。では、パーティの部屋を囲む壁は、どの様な役割を果しているのであろうか。パーシヴァルの送別会には、パーティ空間を囲む壁に関する興味深い記述がある。集まった人々が和やかな一体感を共有するパーティ空間の完成が、"We sit here, surrounded, lit up, many coloured; all things... run into each other. We are walled in here."(97) という風に壁と共に語られているのである。生の輝きに照らされ、人々が孤立から解放されて交流しあうパーティ空間の完成に、「我々は壁に囲まれている (we are walled in there)」という表現が用いられているのである。各々の個我ではなく複数の「我々」を囲むパーティの部屋の壁は、人々を孤立させるのではなく、人々の集まる室内を即ちパーティ空間を脅迫的外部空間から庇護する役割を果して、個室の壁との相違を明らかにしている。人々を囲むこの壁については、さらに次の様に描かれている。

> "Do not move, do not let the swing door cut to pieces the thing that we have made, that globes itself here, among these lights,... Do not move, do not go. Hold it for ever."
>
> "Let us hold it for one moment... this globe whose walls are made of Percival,...and something so deep sunk within us that we shall perhaps never make this moment out of one man again." (104)

「球状のもの」は、パーティ空間で捉えられたリアリティの視覚化されたイメージである。これを囲んで保護している壁は、パーシヴァルによってつくりあげられたものだと描かれている。神であるパーシヴァルのつくり出した、パーティ空間を囲む壁は、より一層堅固に内部を保護して、個室の仕切り壁との役割の相違を明らかにしている。

この様に、パーティの部屋では、扉と窓が外部を閉め出し、壁が内部を

第7章　ヴァージニア・ウルフの「パーティ空間」

庇護することで、室内は二重三重に「庇護空間」となる。この庇護空間の構造をさらに明らかにしていくには、閉め出される外と、庇護される内の考察が必要となる。扉の閉め出す外は、個室の場合と同じ苛酷な現実であるが、窓が閉め出す外の闇は、パーティ空間特有のものとなっているからである。以下、外の闇と内の光の考察により、パーティ空間の構造をさらに明らかにしていきたい。

ヴァージニア・ウルフのパーティは「夜」に、明るい照明のほどこされた室内で催されることが前提となっている。「灯りのついた家 (the lighted house)」[11]「光輝く部屋でのパーティ (parties in brilliant rooms)」[12]という言葉が、それを裏付けている。そこには、夜の闇に囲まれているが故に、一層鮮やかに浮かび上がってくる光の空間がある。「夜」と「昼」というのは、彼女の小説の題名にもなっている重要な対比語である。夜と昼は、「昼は交際、夜は瞑想」[13]「思考、孤独、夜の自由な独立した世界と、行動、社会、昼の拘束された世界」[14]という意味で用いられ、また、作者の永遠の主題である夢と現実のヴァリエーションをなす語でもある。苛酷な現実に拘束されずにヴィジョンを見やすい、この「夜」を舞台に、しかも夜の闇を閉め出した光の中で、パーティ空間の特質はさらに明らかにされるのである。この、パーティ空間における闇と光は、ラムゼイ夫人の晩餐会のクライマックスに、特に見事に対比されている。

> Now all the candles were lit, and the faces on both sides of the table were brought nearer by the candle light, and composed, as they had not been in the twilight, into a party round a table, for the night was now shut off by panes of glass, which, far from giving any accurate view of the outside world, rippled it so strangely that here, inside the room, seemed to be order and dry land; there, outside, a reflection in which things wavered and vanished, waterily.
>
> Some change at once went through them all... they were all conscious of making a party together in a hollow, on an island; had their common cause against that fluidity out there. (151-152)

ここで窓の外に閉め出される夜の闇は「外界の流動体」と呼ばれている。

また、後には「窓の外の水の様な世界（water out there）」(171)とも表現され、パーティ空間に集う人々が島の洞窟の一団にたとえられていることから、夜の闇は海のイメージと重なり合う。海は、有限の生命の死と再生が不断に繰り返される場として、人間の有限の一ライフサイクルの生を超え彼方に広がるリアリティのヴィジョンを示して、『波』の結論ともなっている。しかし、パーティという、死を否定した生の空間内にリアリティを見出そうとする場合には、夜の闇即ち海は、死を内包することで脅迫的存在となり、閉め出されるべき対象となるのである。一方、夜の闇と対比されてパーティの部屋を照らす「光」は生命の輝きである。光は、「蛾の死」においても、「一すじの生命の光（a thread of vital light）」[15]と表現されている。そして、平凡な日常の生の空間ではなく特有の光輝く生の空間であるパーティ空間は、夜の闇を閉め出し光に照らし出されることで完成する。先の引用でも、女祭司ラムゼイ夫人の「ろうそくをつけて下さいな」という言葉と共に、卓上につけられた八本のろうそくによって、それまでてんでばらばらに自己主張しつつテーブルを囲んで孤立していた人々の間に和やかな一体感が漂い始める。光が灯されることで、闇と光がはっきり分離し、室内が、輝く生の空間として確立する時、パーティ空間は完成するのである。そして、ラムゼイ夫人は、完成したパーティ空間の中で、「窓ガラスが暗いので、ろうそくの炎が一層明るくそれに映えている」(171)のを眺めながら成功感に酔うのである。

　また、『波』では、神であるパーシヴァル自身が、他の六人にとっては光を注ぎ込む存在として意識され、「この部屋に、この刺すような光をこの強烈な存在感を注ぎ込んでいるかのようだ。だから、ものは皆、平常の効用を失くしてしまった——このナイフの刃は光のきらめきにすぎず、何かを切るものではない」(85)という風に語られている。その様なパーシヴァルの登場により、市井のレストランという平凡な日常空間は、特有のパーティ空間へと変化する。「孤独の暗闇（darkness of solitude）から出ていこう」(88)「僕達の孤立は終わったのだ」(85)というルイスの言葉は、闇の閉め出しと個室からの解放を示唆している。そして、後述する光の分身ともいうべき赤いカーネーションと共に「今、光は実在の物体にふりそそぐ」(91)という風にパーティ空間の完成は光と共に語られるのである。

第7章　ヴァージニア・ウルフの「パーティ空間」

　この送別会の直後に、パーシヴァルはインドで落馬して死ぬ。その後それぞれの道を歩んで中年になったかつての六人は、パーシヴァルの幻と思い出を核にパーティ空間を再建しようと、ハンプトン・コートに集まる。しかし、この集いにはパーシヴァルの死が影を落とし、昔日の栄光はなかなかよみがえらない。光輝く生の空間であるべきパーティの部屋は、むしろ闇に圧迫されている。

　　But listen,.... to the world moving through abysses of infinite space. It roars; the lighted strip of history is past and our Kings and Queens; we are gone; our civilization; the Nile; and all life.... we are extinct, lost in the abysses of time, in the darkness. (160)

　死と再生を繰り返しつつ無限に続く自然史的時間が、ここで闇にたとえられる時、その中にあって光に照らし出されたひとかけらにすぎない有限の生の空間は、まさに闇にのみこまれそうに見える。この闇の力は、『ダロウェイ夫人』で、セプティマスの自殺を知り自らも死の闇にのみこまれそうになりながら、「暗闇の中、あちらで一人、こちらで一人と沈み消えていく人々を見ながら、自分は夜会服を身にまとって立つことを強いられている」(203)と思いつつ、かろうじて生の空間であるパーティに踏みとどまるクラリサの描写と重なり合っている。光輝くパーティ空間を取り囲む闇の力は、あなどりがたく強大である。しかも、その闇の中にあって「照らし出された(lighted)」と明確に表現されて光芒を放つハンプトン・コートの集いでは、闇は威力を増しつつも、反面、その闇自体が光と生の空間であるパーティ空間を一層きわだたせる役割を果たしているとも言えよう。集まった六人は、かつてパーシヴァルの送別会にもあった赤いカーネーションを「暗闇から切りとられた多面体」(162)として見ながら、パーティ空間を完成させる。そこに彼等が見る「神秘的な輝き(mystericus illumination)」(162)は、生の空間としてのパーティの最後の輝きと言えよう。

　以上、ヴァージニア・ウルフのパーティ空間を完成させる要素として、庇護空間をつくりだす扉、窓、壁、そして特有の生の空間を確立させる光

と𥒎を考察してきた。この様にして庇護された、輝く生の空間内で、パーティ開催のそもそもの目的である、個室からの個我の解放がどの様な空間構造の下に果たされるかが、次に明らかにされるべき問題である。以下、パーティ空間内で、個我が個室から解放される際の、個室構造の変化に注目していきたい。これには個室の壁の状態が深く関わっている。晩餐会直後に、完成したパーティ空間内で充足感に酔うラムゼイ夫人の個室の壁を例にあげる。

> She felt... that community of feeling with other people which emotion gives as if the walls of partition had become so thin that practically (the feeling was one of relief and happiness) it was all one stream... (175)

注目したいのは「人と人とを隔てる仕切り壁が薄くなった (the walls of partition had become so thin)」という表現である。この「仕切り壁」は、明らかに個室の仕切り壁 (separating wall) のことである。この壁が「薄くなる」とはどういうことであろうか。ヴァージニア・ウルフの考える個室の壁は、本来、個我の独立よりは孤立を感じさせて、個室の苛酷な状況をつくりだす要因であった。しかも『波』のバーナードが「僕と彼等の間に仕切りはない」(205) と感じる時、彼のゆくてにあるのは死である。個我の部屋の壁は孤立を生み出し、しかも壁の喪失は死と同義となる。あくまで生の中に個室からの解放を求めるパーティでは、壁の喪失は生の放棄であり敗北である。そこで、死を選ばずに、生きて個室の仕切り壁から解放される方法として、壁が薄くなる状態が描かれるのである。孤立をまねく個室の壁が能うかぎり薄くなって他者との距離を最大限に埋めつつ、しかも生の基盤としての個室の壁が紙一重のところで残っているという、まさに絶妙な均衡を必要とする状態の中に、パーティ空間のリアリティは存すると、ウルフは考えているのである。これが、従来時間軸上で「瞬間」と定義されてきた、パーティで得られるリアリティの空間構造である。そして、この「個室の壁が薄くなる」という、一見不可能に見え、また、ある意味で危うい均衡状態を創り出す為にこそ、これまで述べてきた様な入念、周到な手順を踏むパーティという儀式が必要なのである。この儀式を

第7章　ヴァージニア・ウルフの「パーティ空間」

通してパーティの部屋の扉、窓、壁は、室内を死や孤立で脅かす外部を完全に閉め出して内部に庇護空間を創り出す。また、照明は、外の闇を閉め出して、室内に特有の光輝く生の空間を確立する。そしてまさにその時、それぞれの個室を抱えてパーティの部屋に集まってきた人々は完全に保護されて、もはや外部に対して鎧う必要もなく死にも脅かされずに、各々の個室の壁を薄くして他者との心の交流が出来るようになるのである。パーティ空間で個室の壁が薄くなる体験は、さらに、ハンプトン・コートの集いにも描かれている。「扉が開く。虎が跳び込んでくる」と繰り返し、「昔の拷問吏よりも、もっと無慈悲なあなたがたは〔中略〕私をやつざきにしてしまうでしょう」(159)という風にしか他者をとらえられないローダは、ハンプトン・コートの集いの中で「けれども、心の壁の薄くなる瞬間があるわ〔中略〕この場から現在から逃れていけそうに思える瞬間だ」(159)と言う。さらに、集まった六人の一体化を象徴する赤いカーネーションが、パーティ空間の完成を告げる場面で、ローダは、「静かな気分が、肉体を離脱したような気分がおそってくる。〔中略〕心の壁が透明になってくる、この苦しみを緩和する瞬間を、私達は楽しむわ。」(162)と感じている。

　個室の壁が喪失するのではなく、絶妙な均衡の下に紙一重残っている状態を指す「心の壁が透明になる」という表現も、「心の壁が薄くなる」と同じである。完成したパーティ空間で、心の壁が「薄くなる」、「透明になる」と描かれる時、これこそ、ウルフがパーティ空間に求めたリアリティなのである。

　さらに、この様にして見事に完成したパーティ空間内に、光を受けて色鮮やかに輝く小道具が必ず描かれているのは注目すべきであろう。あたかもパーティ空間の精粋であるかのようなこの小道具は、各パーティのクライマックス場面に登場してパーティ空間のリアリティを視覚的に示しつつ、象徴しているかのようである。クラリサの夜会では、それは、先に窓の考察の際にも引用した黄色の極楽鳥模様のカーテンである。「極楽鳥の群れが飛んでいるカーテン (the curtain with its flight of birds of Paradise) がひるがえった〔中略〕これからは万事うまくいく——彼女のパーティに」(187)という風に、パーティ空間の完成と共に描かれる、この鮮やかな黄

色のカーテンは、窓外の闇を閉め出して確立したパーティ空間のリアリティを視覚化する光の小道具にふさわしい役割を果たしている。さらに、このパーティ空間のリアリティを最も色彩豊かに視覚化しているのは、ラムゼイ夫人の晩餐会でろうそくの点火と共に浮かび上がってくる、豊饒の角を連想させる、色とりどりに盛り合せた果物皿である。

> Now eight candles were stood down the table... and drew with them into visibility the long table entire, and in the middle a yellow and purple dish of fruit.... arrangement of the grapes and pears, of the horny pink-lined shell, of the bananas, made her think of a trophy fetched from the bottom of the sea, of Neptune's banquet, of the bunch that hangs with vine leaves over the shoulder of Bacchus... among the leopard skins and the torches lolloping red and gold. (150-151)

この色鮮やかな果物皿は、先述した、ろうそくの点火によって生じるパーティ空間の完成と共に描かれている。ろうそくの炎に照らし出されて浮かび上がる黄、紫、ピンク等の色鮮やかなこの小道具は、特有の光輝く生の空間を視覚化し、「団欒の一座」の充足感を、完成したパーティ空間のリアリティを、色彩豊かにきわだたせている。この色鮮やかな小道具は、さらに『波』では、パーシヴァルの送別会とハンプトン・コートの集いに、二度とも同じ赤いカーネーションとして描かれている。パーシヴァルの送別会では、それは次の様に描かれている。

> We have come together... to make one thing, not enduring—for what endures?—but seen by many eyes simultaneously. There is a red carnation in that vase. A single flower as we sat here waiting, but now a seven-sided flower, many-petalled, red puce, purple-shaded, stiff with silver-tinted leaves —a whole flower to which every eye brings its own contribution. (91)

この赤いカーネーションは、ここに集まった七人七様の七つの面を失わずに、しかも七人が一体化した全なる花 (a seven-sided flower...a whole flower)

第 7 章　　ヴァージニア・ウルフの「パーティ空間」

と描かれている。この花は、集まった七人が各々の個我は失わずに、しかも孤立から解放されて共有する一体感、個室の壁を薄くすることで得られるパーティ空間のリアリティの本質を見事にとらえつつ、色鮮やかに視覚化している。ハンプトン・コートの集いにも、この同じ赤いカーネーションが描かれている。

> "The flower ... the red carnation that stood in the vase on the table of the restaurant when we dined together with Percival, is become a six-sided flower; made of six lives."
>
> "A mysterious illumination,....visible against those yew trees."
> …………
>
> "....a many-sided substance cut out of this dark a many-faceted flower. Let us stop for a moment; let us behold what we have made. Let it blaze against the yew trees." (162)

「闇」の中から切りとられて光を受けて輝いているこの赤いカーネーションも、先の送別会のときと同じく、六人各々の個我を「六つの面」に残しつつ、かつ六人全員がつくりあげた「一本」の花 (a six-sided flower) と描かれて、パーティ空間のリアリティの本質をとらえて色鮮やかに視覚化しているのである。この様に、四つのパーティ全てにおいて、パーティ空間完成と共に、光を受けて色鮮やかに浮かび上がるこれらの小道具は、パーティ空間のリアリティを視覚的に見事に定着してきわだたせる効果をあげているのである。

　この様にして、あくまで生の中で、個室から個我を解放する試みは、念入りな儀式の過程を経て完成されたウルフ特有のパーティ空間において、見事に果たされたのである。しかし、入念な準備過程を経て尚、その成立に絶妙な均衡を必要とするパーティ空間は、パーシヴァルの死後に催されたハンプトン・コートの集いを最後に、死によって威力を増した闇に圧倒されて均衡を崩し、遂に成立不能となる。そして以後パーティは、その特有の儀式空間としてのインパクトを失って崩壊する。『波』の結末は、遂に生ではなく死による個室からの解放に至り、さらに、その後の作品で

は、リアリティは有限の一ライフサイクルを超えた彼方に死と再生という無限の生の波動を繰り返す世界に、求められていくのである。そして、『波』以後、作者の関心は、有限の一ライフサイクルを生きる個我から、有限の生の彼方に死と再生を繰り返しつつ広がる、無数の生の「巨大な網目模様 (gigantic pattern)」[16]へと移っていく。これにつれて、個我の部屋である個室のイメージは消え、代って、幾世代をも経た家が重要な意味を持つようになる。『オーランドー』における、400年を生きて尚20年しか年をとらない主人公の居館で、1年の日数を表わす365の寝室と1年の週数を表わす52の階段を有するノール館や、遺作『幕間』の、庭で数百年にわたる歴史劇パジェントが催されるポインツホールが、その例である。しかし、一ライフサイクルの生の彼方の世界を「巨大な網目模様」と捉えて、そこにリアリティを見出していこうとする考え方は、小説の成熟という面から見れば、遺作に至るまで未だ模索の域を出ていない。それ故、個室からの解放を求めて、有限の生の空間内に、絶妙の均衡を保ちつつ見事に定着されたパーティ空間は、まさにヴァージニア・ウルフの中期小説の主題を担う重要な空間として、高く評価されるべきである。

第8章　『ダロウェイ夫人』の部屋のイメージ

　『ダロウェイ夫人』には、クライマックス場面が二つある。一つはセプティマスの自殺の場面、もう一つはクラリサが生を選択する最終場面である。この二つの重要場面には、共に、「部屋」のイメージが効果的に用いられている。第一の場面では、セプティマスが自分の「部屋」に居て、彼の自由を奪おうと「扉」から押し入ってくるホームズ (Holmes) 医師から逃れる為に、「窓」から身を投げて自殺する。また、最終場面では、パーティの催されている "drawing room" でセプティマスの自殺を知ったクラリサが、居たたまれずに "little room" に退き、そこでセプティマスの死に共感しつつも、「窓」から見た向かいの老女の姿に勇気づけられて生き続ける決心をし、また "drawing room" へと戻って行く。この様に、ダロウェイ夫人のクライマックス場面に効果的に用いられている「部屋」のイメージは、この小説のみならずヴァージニア・ウルフの作品世界を通しても、深い意味を持っていると言える。このことは、表題に推敲を重ね、常に主題を担わせているヴァージニア・ウルフが、「部屋」という言葉を、『ジェイコブの部屋』(*Jacob's Room*)、『自分ひとりの部屋』(*A Room of One's Own*) と二度も表題に用い、また、『灯台へ』の第一部を「窓」("The Window") と名付けたことからも、明らかであろう。ヴァージニア・ウルフは、自ら「部屋」を oneself と関連づけて次の様に述べている。

> What does one mean by 'oneself'? Not the self that Wordsworth, Keats, and Shelley have described—not the self that loves a woman, or that hates a tyrant, or that broods over the mystery of the world. No, the self that you are engaged in describing is shut out from all that. It is a self that sits alone in the room at night with the blinds drawn. [1]

また、『ダロウェイ夫人』においても、登場人物の一人ピーターが、「自分自身 (what he was)」から脱け出していく幻想が、子供が「扉」から外へ走り出るイメージとしてとらえられている[2]。これらの例からも、ヴァージニア・ウルフの「部屋」は、"oneself" "what he was"であり、個人のidentityを表わす個我 (self) の部屋と言えよう。ジェイムズ・ネアモアはヴァージニア・ウルフの部屋について "Virginia Woolf uses the room as an objectification of individual personality, to suggest the ultimate isolation of the individual ego, bound in by walls." と定義している[3]。「部屋」を個我と重ね合せる考え方は、ボルノウ[4]等にも見られるが、ヴァージニア・ウルフの部屋では、個我のどの様な状況が描かれているであろうか。ここでは、『ダロウェイ夫人』を取り上げて、以下、考察してゆきたい。

『ダロウェイ夫人』で、個我の部屋が描かれているのは、女主人公クラリサ・ダロウェイと、その分身 (double)[5]であるセプティマス・ウォレン・スミス (Septimus Warren Smith) だけである。ヴァージニア・ウルフの作品世界の基本には、常に、苛酷な現実とヴィジョンという相反する二元世界の葛藤があるが、「部屋」のイメージは、この基本主題と深く関わっている。それ故彼女の作品では、この基本主題を担う主要登場人物のみが、個我の部屋で描かれていると言える。クラリサとセプティマスは、それぞれの個我の部屋をもち、「扉」から侵入する苛酷な現実にさらされつつ、「窓」ガラス越しにヴィジョンを夢見、自らの魂の自由と孤独の尊厳を護ろうとしている。本論では、この二人の部屋を検討することにより、"double"として設定された二人の共通部分と、一方は生、他方は死を選ぶに至る二人の相違点を明らかにしていきたい。クラリサの部屋は "attic room" "little room"、さらにはパーティが催される "drawing room" と描かれ、セプティマスの部屋は、自らの "sitting room" と描かれている。部屋の構成要素として、窓、扉、壁も合せて考察していく。

下院議員夫人として、優雅で享楽的とも言える社交生活をおくり、愛情深い夫と一人娘に囲まれた恵まれた家庭をもつクラリサ・ダロウェイは、自分がその様な華やかな外見を脱ぎすてる場である "attic room" について、次の様に述べている。

第8章　『ダロウェイ夫人』の部屋のイメージ

> There was an emptiness about the heart of life; an attic room. Women must put off their rich apparel. At midday they must disrobe.... Narrower and narrower would her bed be.... So the room was an attic; the bed narrow; and lying there reading, for she slept badly, she could not dispel a virginity preserved through childbirth which clung to her like a sheet. (35-36)

　大病を患った後、夫とベッドを別にした、まさに自分一人の部屋である"attic room"で、華やかな外見を脱ぎすてたクラリサの空虚さが浮び上ってくる。時計の時間は、老いの衰えと死を宣告する。他の人々と仕切り壁で区切られた人間関係は孤独感を生む。子供を産んで尚、"virgin"や"nun"のイメージで描かれるクラリサは、夫とは、例えお互い同士感謝やいたわりの心を抱いているとしても、夫婦としての一体感を分ち合えず、空虚さを抱えて一人屋根裏部屋に戻る。夫婦関係の侘しさを転嫁する為に、娘のエリザベスへの愛にのめりこんでいくことも、彼女は出来ない。娘は、家庭教師に独占されかけている。ピーターもサリー(Sally)もヒュー(Hugh)も、この空虚さを埋められない。しかも、この様な状況を選びとったのが、クラリサ自身であることは、「扉」から出ていく夫を見ながら、部屋に一人残されたクラリサの以下の思いからも明らかである。

> And there is a dignity in people; a solitude; even between husband and wife a gulf; and that one must respect, thought Clarissa, watching him open the door; for one would not part with it oneself, or take it, against his will, from one's husband, without losing independence, one's self-respect—something, after all, priceless. (132)

　クラリサは、かつて自分の全てを所有することを望んだピーターではなく、"gulf"と孤独の尊厳を認めてくれるリチャードを夫として選んだ。この選択により、彼女は必然的に、孤独感と空虚さを自らの屋根裏部屋に抱え込むことになる。その上、彼女の部屋の「扉」は苛酷な現実の侵入に対して無防備である。「扉」から侵入して来て、クラリサの魂の自由を脅かす苛酷な現実として、ピーターとミス・キルマンが「扉」と共に描かれて

いる[6]例をあげてみる。窓辺で、海を思わせる緑色のドレスを繕いながら、波に身を委ねて安らいでいたクラリサは、「扉」から入ってきて一方的に自分の愛を押し付けようとするピーターに対して身構えざるを得ない。

> She heard a hand upon the door. She made to hide her dress, like a virgin protecting chastity, respecting privacy. Now the brass knob slipped. Now the door opened, and in came.... (45)

また、彼女は、娘と話しながら、自分の絶対的正しさを相手に押し付けてくるミス・キルマンの気配を、"The door was ajar, and outside the door was Miss Kilman, as Clarissa knew; Miss Kilman in her mackintosh, listening to whatever they said."(136) と、「扉」の背後に感じて身構えざるを得ない。

この様に「扉」は、彼女にとって、自分自身のアイデンティティを圧迫し脅かす存在が侵入してくる場として設定されている。部屋構造に不可欠な付属物である「扉」を拒むことは出来ないが、自らのアイデンティティを圧迫し脅かす存在が、扉以外からも全面的に侵入してくるのを拒む為に、クラリサは "gulf" を、他者との「仕切り壁」を容認した。孤独は、寂しさと自由という切り離し難い両側面を内包するとヴァージニア・ウルフは考えているが、クラリサは、自らの個我の部屋である attic room の中に孤独の寂しさと空虚さを抱え込むことで、孤独の尊厳を、即ち何者にも侵されずにリアリティのヴィジョンを求める「魂の自由 (privacy of the soul)」を手に入れようとした。クラリサは、「窓」から、向かいの老女にこの "privacy of the soul" を見ている。

> And she watched out of the window the old lady opposite climbing upstairs.... Somehow one respected that—that old woman looking out of the window, quite unconscious that she was being watched. There was something solemn in it—but love and religion would destroy that, whatever it was, the privacy of the soul. The odious Kilman would destroy it. Yet it was a sight that made her want to cry. (139-140)

老いも孤独も死も、毅然として受け入れつつ、自然に動き回っている向かいの老女の見せてくれたのは、魂の不可侵性、孤独の尊厳であった。これを得てはじめて、有限の肉体に拘束され、「扉」から侵入してくる苛酷な現実を拒めずに空虚さを抱え込んで孤立する個我の部屋は、リアリティのヴィジョンを求める自由な魂の部屋となるのである。そして、この場面でも示されているリアリティのヴィジョンを見るという「窓」の役割は、「窓辺」で繕い物をしながら、クラリサが海のイメージと重ねて、ヴィジョンを見る以下の場面にも描かれている。

Clarissa... detached the green dress and carried it to the window. (51)

Quiet descended on her, calm, content, as her needle, drawing the silk smoothly to its gentle pause, collected the green folds together and attached them, very lightly, to the belt. So on a summer's day waves collect, overbalance, and fall; collect and fall; and the whole world seems to be saying "that is all".... Fear no more, says the heart, committing its burden to some sea, which sighs collectively for all sorrows, and renews, begins, collects, lets fall. (44)

彼女は、海色の夜会服を繕いながら、心の重荷をおろせる永遠のリアリティとして死と、その彼方の世界に憧れ、波の音を聞く。波は、悠久の時間と空間の海を構成しつつ、その一つ一つは、それぞれの一ライフサイクルから成り、その一つ一つは、それぞれの肉体の死によって終るが、また、絶えず再生されて無限の生 (life) の波動を繰り返していく。クラリサは、生身の人間の有限の一ライフサイクルをこえた彼方に広がるリアリティのヴィジョンを、そこに垣間見ている。この様にリアリティのヴィジョンを求め得る魂の自由こそ、クラリサが、苛酷な現実空間にさらされつつ空虚さを抱え込んでも護りたかったものであり、セプティマスが死んでも護りたかったものである。クラリサは、自と他を隔てて個我を孤立させる仕切り壁を容認することで、空虚さと孤独の寂しさを抱え込みながら、仕切り壁を、魂の自由を護る壁とも成し得たのである。苛酷な現実の

侵入口としての「扉」と、ヴィジョンを夢見る「窓」を備えた、これがクラリサを identify する attic room である。

　一方、セプティマスの部屋はどうであろうか。彼もまた、主として自らの sitting room の中で、苛酷な現実空間にとらわれつつ、そこからの解放とリアリティを求めて、魂の自由を確保したいと望んでいる。また、苛酷な現実の侵入してくる「扉」と、リアリティのヴィジョンを見る「窓」を持っている。クラリサとは一度も会ったことがないのに、彼は、sitting room の中で、先にクラリサが見たのと同じ波のイメージを見、"Fear no more" の一筋を口ずさむという体験をしている。この様に共通点の多い、クラリサとセプティマスの部屋であるが、一番の相違点は、セプティマスの部屋の壁が、他者との仕切り壁の役割を果たさず、外からの侵入に対して、全く無防備な点である。sitting room のソファに横たわりながら、「奈落へ、炎の中へ落下する」感覚に脅えるセプティマスに、四方の壁から、彼を嘲ける無数の顔が見え、彼をののしる無数の声が聞こえる。

> He said people were talking behind the bedroom walls.... He lay on the sofa and made her hold his hand to prevent him from falling down, down, he cried, into the flames! and saw faces laughing at him, calling him horrible disgusting names, from the walls, and hands pointing round the screen. (74)
>
> A voice spoke from behind the screen. Evans was speaking. The dead were with him.
> 　"Evans, Evans!" he cried. (103)

衝立 (screen) の陰からは、彼を指さし非難する手が出てくる。死んだエヴァンスの声が衝立の背後から繰り返し聞こえる。「来ないでくれ」(93)と叫ぶセプティマスにとって、これらの幻覚は、まさに悪夢であり、彼の部屋を脅かす存在である。そして壁は、彼の部屋を護る役を全く果していない。しかも、外からは自由に侵入出来る彼の部屋から、セプティマス自身は自由に出ていくことが出来ない。「重りで固定されて」「外の世界に鞭

第8章 『ダロウェイ夫人』の部屋のイメージ　　117

打たれる」[7]と感じるセプティマスは、魂だけ肉体離脱 (disembody)[8]することも、仕切り壁が薄くなって他者との間に communion を成立させることも出来ない。「扉」も室内から閉ざすことは決して出来ない。Human Nature の象徴であるホームズ医師 (Dr. Holmes) やサー・ウィリアム・ブラッドショー(Sir William Bradshaw)[6]が「情容赦なく (remorseles)」セプティマスに「手枷足枷をはめ[9]」、セプティマスの魂の自由を奪おうと、セプティマスの意志に反して彼の部屋に侵入してくるのは、「扉」からである。

>Holmes was coming upstairs. Holmes would burst open the door....Holmes would get him. But no; not Holmes ; not Bradshaw. (164)

>"You brute! You brute! "cried Septimus, seeing human nature, that is Dr. Homes, enter the room. (104)

この様に、個我を室内に拘束しながらも室内を保護し孤独の尊厳を護っている仕切り壁が、その機能を果さず、しかも、扉からも外の苛酷な現実が侵入し放題であるという、セプティマスの部屋の状況は、"exposed"という言葉に、最も端的に表わされていると言える。サー・ウィリアム　ブラッドショーの診断で、精神に異常をきたしているからと"home"（療養所）へ隔離の宣言を受けたセプティマスは"victim exposed on the heights" (137)と表現されて、無防備で成すすべもなく、Human Nature の侵入にさらされている姿が描かれている。自分を強制的に"home"へ拉致するホームズ医師を待つ間、セプティマスは sitting room のソファに横たわりながら、"He was alone, exposed on this bleak eminence, stretched out—but not on a hilltop; not on a crag; on Mrs. Filmer's sitting—room sofa."(160) という感覚におそわれる。自室のソファに横たわっていて尚、彼は自分が無防備に"expose"されていると感じている。「扉」から入ってきたピーターに不意を突かれて、自分を「無防備な女王 (Oueen...unprotected)」(60)と感じたクラリサが、繕い物用の針を取り上げて戦う準備を始める状況と対照的と言えよう。セプティマスの部屋の「壁」は、エヴァンスや無数の死者の声

や姿の侵入を防ぐことが出来ない。「扉」は、外から簡単に開けられ、彼の意志に反して、苛酷な現実が Human Nature という形をとって侵入してくる。しかも、セプティマス自身は、部屋に縛られており、そこから逃れる唯一の方法は、窓から身を投げて自殺することであった。自殺直前のセプティマスの状況を、"exposed" という言葉は、最も端的に表現していると言えよう。

　"expose" されているという状況は、セプティマスが、生身の肉体を保持し自らのアイデンティティの部屋を護り、現実と対峙しなければならない場合には、苛酷な状況である。しかし、一方、この状況は、生身の肉体という仕切り壁に妨げられずに、一ライフサイクルの彼方の世界を垣間見やすいという側面をも持っている。「肉体が世界から溶け落ちた。彼の肉体は溶けて神経繊維だけが残った。まるで岩の上に広げられたヴェールの様だ」("the flesh was melted off the world. His body was macerated until only the nerve fibres were left. It was spread like a veil upon a rock." 76) と描かれる時、このイメージは、肉体へのとらわれが溶け去った、一ライフサイクルの彼方の光景へとつながっていく。セプティマスが好んで見る "curious pattern like a tree"(18) "leaves like nets"(199) という、生命の木の網目模様と重なってくる。さらに『歳月』でエリナー(Eleanor)が見る、一ライフサイクルの彼方に果てしなく広がる "gigantic pattern" [10] とも重なり合う。これは、『波』の世界とも重なっている。先にクラリサが海色のドレスを繕いながら、不変のリアリティとして死に憧れて、「窓辺」で見た波のイメージと "Fear no more" の一節を、セプティマスは窓辺ではなく、部屋のただ中で体験する。

> The sound of water was in the room, and through the waves came the voices of birds singing. Every power poured its treasures on his head, and his hand lay there on the back of the sofa, as he had seen his hand lie when he was bathing, floating, on the top of the waves, while far away on shore he heard dogs barking and barking far away. Fear no more, says the heart in the body; fear no more. (154)

彼は室内に「水の音」を聞き、自分の横たわるソファの下に波が打ちよせるのを見る。死は、既にセプティマスの部屋の中に入りこんでいる。先にも述べた様に、波は悠久の時間と空間の海を構成する。波の一つ一つは個々の一ライフサイクルから成り、その一つ一つは個々の肉体の死によって終るが、絶えず再生されて無限に生の波動を繰り返していく。波は、"gigantic pattern"と重なり合いつつも、死を内包し、死を通して彼方の世界への解放を描くのである。セプティマスが、窓ガラスの向こうではなく室内に海を見る時、彼を表現する"drowned sailor"[11]のイメージは、まさに彼の死を暗示し、同じく波を見ながらパーティのさ中に海の住人"mermaid"(249)のイメージで描かれるクラリサと、対照的であると言えよう。

　セプティマスは本来、死の色を帯びない、生命の木の網目模様の中にリアリティを捉えることを望んでいた。にもかかわらず、外に対して無防備に"expose"された自室の構造故に、やむなく生身の肉体の器である部屋を放棄することで、彼は苛酷な現実空間から解放されて、リアリティを捉えていく。彼のこの自殺の場面は、苛酷な現実の侵入する「扉」と、リアリティのヴィジョンを見る「窓」の対比によって見事に描かれている。

> Holmes would burst open the door.... There remained only the window.... He did not want to die. Life was good. The sun hot. Only human beings? Coming down the staircase opposite an old man stopped and stared at him. Holmes was at the door. "I'll give it you!" he cried, and flung himself vigorously, violently down on to Mrs. Filmer's area railings. (164)

「彼は死にたくなかった」と描かれながら、苛酷な現実空間に無防備に"expose"された部屋の中にあって、セプティマスは、自らの魂の自由を奪おうと「扉」から侵入してくるホームズ医師から逃れる為には、「窓」から身を投じて死を選ぶしか方法がなかった。クラリサの様に、苛酷な現実を容認し、自分の部屋の中に空虚さを抱え込んで生きるには、セプティマスはあまりに"etherial"で"insubstantial"であり[12]、彼の部屋は、あまりに無防備に外に対して"expose"されていたのである。

セプティマスは、"expose"された自室の状況故に、自らの一ライフサイクルの生の中に、リアリティを生命の木の網目模様を捉え得ず、死を通してリアリティを捉えようと窓から身を投じて自殺した。自らの attic room に孤独を抱え込んだクラリサは、どの様にしてリアリティを捉えようとしたのであろうか。クラリサは、個々に孤立している他の人々の状況を次の様に考えている。

> And the supreme mystery which Kilman might say she had solved, or Peter might say he had solved, but Clarissa didn't believe either of them had the ghost of an idea of solving, was simply this: here was one room; there another. Did religion solve that, or love ? (141)

"here was one room; there another" と、それぞれの個我の部屋に別々に存在する人々の情況を理解できるのは、ピーターの押し付けてくる独占的な "love" でも、狂信的なミス・キルマンの押し付けてくる religion でもないと、クラリサは思う。クラリサが考えているのは、パーティを開くことである。

> But suppose Peter said to her, "Yes, yes, but your parties—what's the sense of your parties ?"all she could say was…: They're an offering. (134)

> Here was So-and-so in South Kensington; some one up in Bayswater; and somebody else, say, in Mayfair. And she felt quite continuously a sense of their existence; and she felt what a waste; and she felt what a pity; and she felt if only they could be brought together; so she did it. And it was an offering; to combine, to create. (134-135)

クラリサにとって、パーティは孤立した人々を集め、"to combine, to create"する儀式である。人がそれぞれ孤立している苛酷な現実空間の中で、人々が和やかな一体感を得る為の儀式として、パーティはヴァージニア・ウルフの作品世界で重要な役割を果している。素晴しい「瞬間」を捉

第8章 『ダロウェイ夫人』の部屋のイメージ

える儀式という、パーティの時間軸上からの考察は、別の機会に既にしているので、ここでは省く[13]。本論では、いかにしてクラリサが、"drawing room" の中に、人々が和やかな一体感を感じるパーティ空間を創り出していくかを、クラリサの個我の部屋と対照させながら考えてみたい。

　苛酷な現実の侵入口としての「扉」と、ヴィジョンを見る「窓」という、個我の部屋における役割は、パーティの催される "drawing room" では逆転する。「扉」が開かれて人々を招じ入れ、「窓」が閉ざされて外の闇を閉め出すことで、パーティ空間は創り出されていくのである。まず、パーティ空間を創り出す第一段階として「扉」を考えてみる。扉は、"the lighted house, where the door stood open, where the motor cars were standing, and bright women descending...."(181) という風に、内側から開け放され人々がそこから次々に入ってくる場である。

> There, they were going upstairs; that was the first to come, and now they would come faster and faster, so that Mrs. Parkinson (hired for parties) would leave the hall door ajar, and the hall would be full of gentlemen....
> (183)

しかも、この一見開放的に見えるパーティ空間の「扉」は、個我の部屋の「扉」にはくいとめようのなかった苛酷な現実の侵入を、入念な手順を踏んで、くいとめようとしている。慎重に人選した招待状があらかじめ送られている。招待された人々のみが「扉」から招じ入れられ、さらに、パーティの為に特別に雇われた人間が扉のところで招待客の名を確認して "drawing room" の中へアナウンスするという手順を踏んでいる。「扉」は、内側から開放されつつも二重三重に点検されることによって、クラリサの選んだ人々のみを招じ入れるのである。この様にして「扉」は、パーティ空間を創り出す第一段階の役割を担っているのである。

　しかし、「扉」がその役割を果しただけで、パーティ空間は完成しない。現にクラリサは、扉から招じ入れられた客に、にこやかに挨拶しながら、"Oh dear, it [i.e. party] was going to be a failure, a complete failure"(240) と感じている。クラリサのこの挫折感と共に、「窓」が次の様に描かれている。

> Gently the yellow curtain with all the birds of Paradise blew out and it seemed as if there were a flight of wings into the room, right out, then sucked back. (For the windows were open.) (185)

開いた「窓」から侵入した風がカーテンを舞い上らせる時、客達は、「誰も知った顔がない」「すきま風がこたえる」等、てんでに個人的な不満に気をとられていて、パーティを楽しんではいない。そして、この状態の好転するきっかけもまた、「窓」が果している。

> The curtain with its flight of birds of Paradise blew out again. And Clarissa saw—she saw Ralph Lyon beat it back, and go on talking. So it wasn't a failure after all! it was going to be all right now—her party. It had begun. It had started. But it was still touch and go. She must stand there for the present. People seemed to come in a rush.
> ....they went into the rooms; into something now, not nothing, since Ralph Lyon had beat back the curtain. (187)

外からの風に舞い上っていたカーテンを、客の一人が押し戻すという、一見何気ない行為からパーティはうまくいきはじめる。"drawing room" は "nothing" から "something" へと変化する。個我の部屋の「窓」は、ガラス越しに vision を見る窓であった。照明が煌々と輝き、生 (life) そのものを象徴するパーティ空間の「窓」は、外の闇をカーテンの外に閉め出している。パーティ空間を取り囲む窓の外の闇については、Mrs. Dalloway ではこれ以上語られていないが、『灯台へ』に "fluidity out there" [14] という表現がある。この「外界の流動体」は海を連想させ、死を内包したリアリティとして、生の空間であるパーティを脅かす存在である。『灯台へ』のラムゼイ夫人のディナーパーティでは、テーブルを囲む人々が、この「外界の流動体に対して共同で防衛するかの様に」して団欒の一座を創り上げる。クラリサのパーティにおいても、室内を脅かす外の闇を即ち死を内包するリアリティを、「窓」から閉め出す形で、明るい照明の下、生のただ中に、人々が和やかで充ち足りた一体感を感じあえる場としてのパーティ空

間が完成するのである。
　"attic room"の中では、クラリサは孤立した個我 (herself) を常に意識せざるをえなかった。完成したパーティ空間の中で、成功感に酔うクラリサをおそうのは "being something not herself" という感覚である。

> And yet for her own part, it was too much of an effort.... It was too much like being—just anybody standing there;.... Every time she gave a party she had this feeling of being something not herself (187)

　この "not herself" とは、どういう状態であろうか。個我の部屋にあって、自と他を隔て、個を孤立させつつ個我たらしめているのは、部屋の仕切り壁である。『船出』でレイチェルが "I hate these divisions.... Why should one be shut up all by oneself in a room?" (15) と嫌悪した仕切り壁である。しかも仕切り壁の全面的喪失は個我の部屋を崩壊させて死を招く。上記の引用の様な、生のただ中に創り上げられたパーティ空間での "not herself" が、死につながる筈はない。それ故、パーティ空間での "not herself" という状態は、『灯台へ』でパーティの成功と共に描かれる "as if the walls of partition had become so thin" (16) という表現と重なり合うと考えられる。内部に "a thread of life"(223) があると描かれているクラリサが、「扉」を内側から開放し、外の闇を「窓」から外へ押し戻して、入念に創り上げたパーティ空間では、個我の部屋の仕切り壁は可能な限り薄くなり、人々は和やかで充ち足りた一体感を生のただ中に体験することになるのである。
　しかし、"drawing room" の中に、入念な手順を踏んで完成したパーティ空間は、不滅ではなく、容易に崩壊する可能性を帯びている。ブラッドショー夫妻がもたらした、セプティマスの自殺の報は、クラリサが生のただ中に入念に創り上げたパーティ空間を崩壊させてしまう。

> "A young man... had killed himself. He had been in the army. "Oh! thought Clarissa, in the middle of my party, here's death, she thought.
> 　She went on, into the little room where the Prime Minister had gone with Lady Bruton. Perhaps there was somebody there. But there was nobody....

> The party's splendour fell to the floor, so strange it was to come in alone in her finery. (201-202)

死を周到に回避して、生のただ中に創り上げたパーティ空間に、扉から入ってきたサー・ウィリアム・ブラッドショーが死という苛酷な現実をつきつけ、窓の外に閉め出した筈の死の誘惑が現われる時、"drawing room"に苦たたまれなくなったクラリサは手近な "little room" に即ち個我の部屋に逃げ込んで再び一人になる。attic room で、孤独を抱え込みつつ死に憧れたクラリサは、自分の分身 (double) であるセプティマスの死を肉体感覚として受けとめ、「死は抱擁だ。彼は大切なものを護る為に死んだのだ」と彼の死に限りなく共感する。死の淵までいったこのクラリサを生の中に踏みとどまらせたのは何であろう。「暗闇の中、あちらで一人、こちらで一人と沈み消えていく人々を見ながら、自分は夜会服を身にまとって立つことを強いられている」(266) のが、自分の選びとった状況であることをクラリサは確認する。しかも、彼女自身、この状況を「奇妙に信じられないことだが、これ程幸せだったことはない」(266) と感じる時、セプティマスの様に部屋を放棄し、窓から身を投げるのではなく、クラリサは、失った「自己を取り戻す」[16]、つまり自己を identify する部屋を取り戻すのである。リアリティのヴィジョンを見せてくれる窓から、向かいの老女を見、老女が老年、孤独、死を受けとめつつ静かに毅然と生きている姿を見て、クラリサは老年も孤独も死も受け入れて生きる気持ちになる。セプティマスに限りなく共感し、死に憧れながら、クラリサは生を選びとったのである。セプティマスが、Human Nature から逃げ出すしかないという意味で "Their only chance was ts escape...to...anywhere, away from Dr. Holmes." (134) と感じて死を選ぶのに対し、クラリサが "She had escaped. But that young man had killed himself."(266) と、死の誘惑から逃れたという意味で "escape" を用いるのは対照的である。

　クラリサが戻っていく生は決してバラ色ではない。苛酷な現実空間は存在し続ける。孤独も空虚も魂の自由も一切を抱え込み、苛酷な現実から目をそむけずに、生の中に踏みとどまったクラリサは、生のただ中に人々が和やかな一体感を共有出来るパーティ空間を再建すべく "drawing room" へ

と戻っていく。『ダロウェイ夫人』の last sentence である "For there she was" は、セプティマスの自殺に限りなく共感しながら、生を選びとったクラリサに焦点をあてて、パーティ空間に戻ってきたクラリサの位置確認をする文章であり、『ダロウェイ夫人』の結論となっているのである。

第 9 章　　個我と死:『波』の世界

　1931 年に発表されたヴァージニア・ウルフの六番目の小説『波』は彼女の作品の到達点を示す重要な作品である。六人の登場人物各々の独白のみから成る monologue section と人物の全く登場しない自然描写のみの descriptive section を交互に展開させていくだけで、筋らしい筋もないこのきわめて特異な小説には、個の内部意識への沈潜を描いてアイデンティティ喪失と死の選択に至る彼女の作品の頂点とも限界ともいえる世界が鮮やかに定着されている。従来の伝統小説の作家とは明らかに異なった自らの作品世界について彼女は次の様に述べている。

> If he [i.e. a writer] could base his work upon his own feeling and not upon convention, there would be no plot, no comedy, no tragedy, no love interest or catastrophe in the accepted style, and perhaps not a single button sewn on as the Bond Street tailors would have it. [1]

この様な彼女の作品世界は、確かに F. R. リーヴィスが批判する様に「外の世界に対する意志的道徳的関心を伴うあらゆる種類の経験」[2] を閉め出していると言えよう。そして、まさにそこからヴァージニア・ウルフ特有の世界が拡がっていくのである。彼女は個の内部意識への沈潜を通して、いわゆる「外」を閉め出した状況の下で、「人間相互の関係、人間と宇宙の関係」[3] を凝視してゆく。そして、その様な彼女の作品世界の根底にあるのは、一ライフサイクルとしての個我 (self) へのとらわれの意識である。
　彼女にとって個我は、まさに生の基本的単位として不可避でありながら、しかも悠久の時空を厳然と区切るあまりに短かい一ライフサイクルへの否応なしの限定として認識されている。個の一ライフサイクル性にとら

われて見る時、マンモスの去来する太古[4]からはるかなる未来へと無限にライフサイクルを繰り返しつつ流れる悠久の時間は、刻一刻不可逆的に老いと終点の死へと個を容赦なく引きずり込む苛酷な時計の時間に変質する。個我へのとらわれはまた、他者との隔壁を生み、他者との葛藤と個我の孤立を促進する。この様な、個我へのとらわれから生ずる苛酷な時計の時間の支配と個の孤立とは、ヴァージニア・ウルフ特有のきわめて苛酷な生の現実への認識を形成していく。しかも、この一ライフサイクルへの個我のとらわれこそ個我が生を維持していく上で不可欠な生の基本単位である時、この苛酷な日常世界は一層強大な支配力を持つようになる。

　この様に日常現実世界に対する認識が苛酷であればある程、その対極として、そこから解放された真にあるべき世界が切に求められていく。

> The waves beat on the shore far away,... seeming to encircle him with peace and security, with dark and nothingness. Surely the world of strife and fret and anxiety was not the real world, but this was the real world, the world that lay beneath the superficial world, so that, whatever happened, one was secure.[5]

海のイメージと関連して語られるこの「あるべき世界」はリアリティ[6]と表現されることもある。また、個我へのとらわれを日常現実世界の基本に置くと、その対極の世界は "the world seen without a self"[7] となる。この様な、個我にとらわれているが故に、苛酷な生の現実の支配を否応なく受けながら、そこからの解放として対極にリアリティを希求していくというヴァージニア・ウルフの基本的主題は、『波』において頂点と限界にまで描き尽されている。この『波』の小説世界を、個我へのとらわれから解放へと至る過程に焦点をあて、主として個我のイメージである「部屋」によって跡づけながら以下考察していきたい。

　ヴァージニア・ウルフの作品において、個我 (self) はきわめて明確なイメージで捉えられている。「部屋」のイメージである。彼女にとって部屋という言葉が深い意味を持つことは、表題に推敲を重ね主題を常に担わせている彼女が、『ジェイコブの部屋』、『自分ひとりの部屋』と二度も表題

第9章　個我と死：『波』の世界

に用いていることからも明らかである。『ジェイコブの部屋』は主人公ジェイコブの自我の遍歴の物語であり、結末では主なき空の部屋とジェイコブの死が重ね合されている。また、『私ひとりの部屋』では、女性の自己確立の問題が個室と定収を得るという点でとらえられている。彼女は部屋と個我について、自らの批評の中で次の様に述べている。

> What does one mean by 'oneself'? Not the self that Wordsworth, Keats, and Shelley have described—not the self that loves a woman, or that hates a tyrant, or that broods over the mystery of the world. No, the self that you are engaged in describing is shut out from all that. It is a self that sits alone in the room at night with the blinds drawn. (8)

部屋は、壁によって他者からまた悠久の時間から区切られた一ライフサイクルの個我である。区切られているが故に生じる葛藤と、生を維持する一単位としての否定し難さは、『船出』(*The Voyage Out*) のレイチェル(Rachel) によって "I hate these divisions.... Why should one be shut up all by oneself in a room ?"(369-70) と語られている。

　この様な部屋と個我の関係は、部屋の構成要素である窓、扉、壁等のイメージによって一層明確化されている。窓と扉は、室外と接触する部屋の二つの開口部として対照的に描かれている。扉からは外が直接室内に侵入し得る。ヴァージニア・ウルフの作品では、扉は苛酷な日常現実世界の否応なしの侵入口である。一方窓は扉と異って、外がそこから直接室内にまで侵入することはない。その上、窓ガラスのフィルターは外の日常現実世界の苛酷さを和らげ、visionary に好ましく外を映し出すのである。『灯台へ』では、現実には洗濯物のちらばる岩の上に殺風景にごつごつとそびえている灯台が、その名も「窓」と名付けられた第一章で、窓辺から "a silvery misty -looking tower"(286) と visionary に美しく眺められている。

　窓と扉は同時に語られる時、一層その対照的役割を明らかにする。ラムゼイ夫人が何度も繰り返す "Windows should be open, and doors shut." (9) はその一例である。また、『ダロウェイ夫人』のセプティマス投身自殺の場面にも、窓と扉は対照されて効果的に描かれている。

Holmes would burst open the door.... There remained only the window.... He did not want to die. Life was good. The sun hot. Only human beings? Coming down the staircase opposite an old man stopped and stared at him. Holmes was at the door. "I'll give it you!" he cried, and flung himself vigorously, violently down on to Mrs. Filmer's area railings. (164)

　セプティマスは自分の意に反して精神病院へ強制収容しようとしているホームズ医師の扉からの侵入を逃れて、窓から身を投げる。死の選択の意味については『波』の最終部分と関連して再検討するが、窓と扉のイメージとしても効果的に描かれている場面である。
　この様に、ヴァージニア・ウルフの基本的主題である個我へのとらわれを表象する部屋のイメージは、彼女の多くの作品に効果的に描かれており、『波』でも重要なイメージとなっている。ただ、ある意味で中期小説特有の「瞬間」の崩壊の兆しを出発点に置く『波』では、「瞬間」と密接に関連する窓のイメージは減少し、個我と部屋の関係は主として部屋、扉、壁によって描かれている。六人の登場人物それぞれの個我にとらわれた苛酷な生の現実を部屋のイメージによって考察し、さらに、そこからの解放の可能性を跡づけていく。
　ルイス (Louis) のとらわれている部屋は"attic"と描かれる。破産した銀行家の父と自分のオーストラリア訛りに強い劣等感を抱くルイスは不遇の青少年期から金銭的成功を収める壮年以後まで、終始 attic にとらわれて"Yet I still keep my attic room."(121) と繰り返す。attic は、『ダロウェイ夫人』でクラリサも体験する、[10]華やかな外見を脱ぎすてて一人孤独に在る個我の小部屋である。ルイスにとってそこは、自らの劣等感を刺激し続ける苛酷な現実から逃れる避難所の筈でありながら、他方いつまでたってもそこから離れられず個我の枠へのとらわれを感じさせられる場でもある。個我の一ライフサイクルの枠から幻想によって肉体離脱 (disembody)[11] する時、彼は時空を超えて古代エジプトの石像にもヴァージルの友人にも、フランス貴族の末裔にもなれる。この様なかくあるべき自分を縛りつけているのが、時空の中で一ライフサイクルに区切られて「現在此処」(here and now) の構成する彼の自我であり attic なのである。彼は終始 "chained beast

第 9 章　個我と死：『波』の世界　　　131

stamping" の音を聞いている。この "chained" は、まさに本来あるべき自分を個我の仕切りに縛りつける鎖のことである。同じ意味で彼は自分を "caged tiger"(92) ともみなしている。

　ネヴィル (Neville) は自分の書斎に終始一人でとじこもりながら、孤立からの解放を常に夢見ている。彼は "When the door opened and there you stood.... Now this room seems to me central."(127) という世界の実現を、つまり自分の理想像である特定の他者 (you) との完全な communion を求めているのである。彼の願望は一度だけパーシヴァルの送別会の席上で実現に近づく。「扉が開いた。ほら彼だ」(110)"We are walled in here."(97) と語られるこの communion の「瞬間」はしかし、パーシヴァルの出発と共に消失してしまい、彼は絶えず "The door opens, but he does not come."(85) という失望感を味わい続けねばならない。あるべき世界を求めつつ遂に得られずに若さを失っていくネヴィルは、"I no longer need a room."(139) と叫ぶに至るが、部屋から出ることも室内に求める世界を実現することも出来ずに、個我の部屋にとらわれ続けて老いていく。

　「現在此処」を生き「手で触れられる」[12] 現実を愛するジニー (Jinny) は、他の登場人物と違って日常現実世界を苛酷なものではなく享受の対象としてとらえている。彼女の部屋は、個室ではなく社交の部屋、"the larger room of human relations"[13] として描かれる。"The door is opening and shutting. People are arriving.... Our bodies communicate. This is my calling. This is my world."(73) とジニーは考える。しかしジニーの生の現実の享受はきわめて刹那的で、同じ社交の部屋で描かれても、パーティの中に永遠に連なる「瞬間」を求める中期小説の女主人公達とは明らかに異なっている。それ故ジニーの「現在此処」は常に "That is my moment of ecstasy. Now it is over."(75) と語られて、みるみる過ぎ去っていく。「私は恐れないわ」(59) としたたかに宣言していたジニーも、「私ももう若くはない」(137) と時計の時間の支配を認めて、一ライフサイクルに限定されて苛酷な生の現実にとらわれた状況を露呈するのである。

　「夏か冬かを、私はもはや荒地の草やヒースの花でではなく、ただ窓ガラスをおおう湯気か霜で知るだけだ」(122) と語るスーザン (Susan) は『波』では珍しく窓のイメージで描かれている。彼女は扉を閉めきって個

我の部屋にとじこもり育児に没頭して窓を通してしか外を見ようとしない。しかし彼女も扉を全く無視出来るわけではない。パーシヴァルの送別会で彼女は「ジニーが来たわ……扉のところに立っている」(86)とジニーの入室を意識するや、自分のみすぼらしいドレスや仕事に荒れた手が気になりはじめ、彼女特有の egotistic なまでの充足感は喪失する。彼女は自分の子供達を壁にして扉の閉まった自らの部屋を再現しようとして "I shall let them [i.e. my children] wall me away from you, from you and from you."(95)と叫ぶ。この様に苛酷な現実の侵入口としての扉の介入は不可避ではあるが、概ねスーザンの部屋は扉より窓によって多く描かれ、自己満足的なまでの充足感にあふれている。

一方、ローダ (Rhoda) の個我の部屋は主として扉によって意識される。"Identity failed me"(46) と感じ "I am nobody. I have no face." [14] と繰り返すローダには、他の五人にはある生の基盤としての個我の存在主張が欠けている。それ故に彼女は厳然と他から区切られた個我の部屋、或いは外を閉め出す防護の壁のイメージで描かれることはない。彼女の部屋は殆どが扉のイメージで描かれ、しかもこの現実の侵入口である扉は繰り返し "The door opens. The tiger leaps." [15] と語られる。虎のイメージは、苛酷な日常現実世界の侵入に対する恐怖を他の五人にもまして鮮明に描き出している。生の基盤としての個我の部屋を確信出来ず、しかも日常現実世界を扉から侵入して来る虎のイメージでしかとらえられないローダは、作者の苛酷な日常現実世界への認識を最も先鋭な形でとらえつつ、ひたすら死へと目を向けて遂に自殺に至り、『波』最終世界への方向性を示唆するのである。

バーナード (Bernard) も "the presence of other people as a separating wall" (49) と個我の枠である壁の存在を意識している。

> I went to my room.
> Was there no sword, nothing with which to batter down these walls, this protection...? (189)

この様に個我の枠を打ちこわす剣を求めるバーナードは、"We suffered terribly as we became separate bodies."(171) と個我にとらわれた苛酷な現実

をはっきり意識している。しかし他方、彼は最終セクションにおいて自らの意識の中に他の五人を合体させて "the world seen without a self" を体現する役割柄、その伏線として「僕はネヴィルが考えているよりももっと多くの個我を持っている」と述べ (64-65)、さらに "I shall go into more rooms, more different rooms, than any of you."(96) と自ら語っている。他の五人と同じく部屋のイメージによって個我にとらわれた苛酷な現実が描かれると共に、最終セクションへの伏線が既に張られて、バーナードは個我を超えた世界への可能性を示唆する唯一の登場人物として描かれているのである。

この様に六人の登場人物はそれぞれが個我の部屋をもち、そこにとらわれて、扉から侵入してくる苛酷な現実に直面せざるを得ないのである。それ故、その様な苛酷な状況からの解放として、真にあるべき世界、作者のいわゆるリアリティが切望されることになる。この様なヴァージニア・ウルフの作品に共通の状況にあって、中期小説ではリアリティは生のただ中に実際に人々を集めて催されるパーティを儀式の場にして瞬間的ではあるが至福の「瞬間」として体験された。しかし『波』では、「瞬間」は "This would remain." [16] と語られるかわりに "Too soon the moment... is over." [17] と語られて、扉から侵入する苛酷な現実の支配の下に崩壊していくのである。それ故リアリティは別途に求められねばならない。それについては、従来 Bernard's Summing Up Section と呼ばれている『波』の最終セクションに関する作者の創作ノートでの指摘がきわめて示唆的である。

> Then the phantom dinner party when the others, are not present; but only Bernard, & he sums up all their lives; & becomes part of them. Then the general death. [18]

実際に六人が集合するわけではない最終セクションを作者自ら "phantom dinner party" と設定することによって、中期小説のパーティをある面で踏襲しながら、それを超えようとする試みがなされているのである。それぞれに孤立し葛藤相克する人々を集めて、個々の隔壁の喪失の口に communion を形成しようと試みるパーティの基本は共通である。しかし中期小説のパーティが現実に開催されるが故に必然的に解散と「瞬間」の

崩壊を伴わざるを得ないのに対し、この "phantom dinner party" は "phantom" と形容されて人々の肉体による集合を必要としないところに、momentary ではなしにリアリティをとらえ得る可能性を含んで『波』最終世界と関わっていく。以下、個我の仕切り壁に主として着目しつつ、パーシヴァルの送別会からハンプトンコートでの晩餐を経て "phantom dinner party" へ至る過程を考えていく。

　パーシヴァルの送別会での「瞬間」は壁に仕切られたイメージで描かれる。『ダロウェイ夫人』や『灯台へ』の「瞬間」が、たとえ瞬間的にせよ個我の仕切り壁を喪失して永遠に連なる momentary reality として "as if the walls of partition had become so thin"(175) と描かれたのに対し、パーシヴァルの送別会の "moment" は "whose walls are made of Percival"(104) "We are walled in here."(97) と語られて、"moment" の内包する個我の壁に支配された自己満足な面が、"moment" の持続の短かさと共に露呈されるのである。

> "But soon, too soon," said Bernard, "this egotistic exultation fails. Too soon the moment of ravenous identity is over, and the appetite for happiness, and happiness, and still more happiness is glutted." (102-103)

そして、「瞬間」はパーティが終り扉が開いて現実が侵入してくると共に崩壊していくのである。"Do not move, do not let the swing door cut to pieces the thing that we have made, that globes itself here, among these lights" とルイスが言い "Do not move, do not go."(104) とジニーが繰り返す。パーシヴァルの送別会はまだ過渡的なものであるが、中期小説のパーティの限界性として、壁のイメージによる「瞬間」の egotistic な面が露呈され、現実の強大な支配による「瞬間」の崩壊が描かれて "phantom dinner party" への出発点となっている。

　ハンプトンコートでの晩餐はパーシヴァルの送別会よりも一層 "phantom dinner party" に近づいている。その一つがパーシヴァルの存在である。インドで落馬の為に死んだパーシヴァルは生身の人間として実際に晩餐の席に出ることは不可能である。しかし思い出という形ながら、彼は依然として主賓の座を占めている。生身の肉体の集合を前提とした中期小

第9章　個我と死：『波』の世界

説のパーティよりも、"The others are not present." と語られる "phantom dinner party" の要素が強まっていると言える。さらに、得られた「瞬間」もパーシヴァルの送別会での egotistic な面は影を潜めて "moment of reconciliation"(155) と語られ、壁に囲まれた状態ではなく壁の稀薄化の内に描かれている。

> Yet there are moments when the walls of the mind grow thin. (159)
>
> The still mood, the disembodied mood is on us ... and we enjoy this momentary alleviation... when the walls of the mind became transparent. (162)

「心の壁」(walls of the mind) は個我と部屋を重ね合せる表現の一つである。ハンプトンコートでの「瞬間」は「心の壁の透明化」の中に個我の仕切り壁の喪失による momentary reality を暗示する。「心の壁」の彼方に垣間見られる世界についてはまだ明らかにされていない。しかし、中期小説の「瞬間」の限界の露呈を経たこのハンプトンコートでの「瞬間」が以前のそれと同じではあり得ず、『波』の最終世界へつながっていくことは明らかであろう。同時に、「瞬間」であるが故に不可避な持続の困難性が、日常現実世界の再介入として、ここでも同じパターンで描かれる。"But we must go; must catch our train; must walk back to the station - must, must, must. We are only bodies jogging along side by side."(166-67) とバーナードは言う。現実の支配の強大さは "must" によって端的に表現されて「瞬間」を侵蝕する。だが他方ではこのハンプトンコートの晩餐はパーティへの生身の肉体による参加を不必要にし、「心の壁」の彼方の世界を示唆して "phantom dinner party" へ至る役割を十分果していると言えよう。

　そして『波』最終セクションが作者のいわゆる "phantom dinner party" である。従来 Bernard's Summing Up Section と呼ばれていた様にこの最終セクションは、六人の登場人物の独白の繰り返しではなく、来し方を回想するバーナード一人の独白から成っている。彼一人がどこかのレストランで夕食をとっているだけで、実際に六人が集合してパーティが催されること

はない。他の五人の登場人物は肉体による集合のかわりに時空を超えてバーナードの回想の中に集合する。バーナードの意識の中で六人はそれぞれ個我にとらわれて孤立するさまがまず描かれている。パーティの基本的パターンである。

> The wax—the virginal wax that coats the spine melted in different patches for each of us .... our white wax was streaked and stained by each of these differently .... We suffered terribly as we became separate bodies. (171)

苛酷な生の現実の中で、個我にとらわれて葛藤相剋し孤立する各々を仕切る隔壁の喪失を切に求めつつバーナードはハンプトンコートでの「瞬間」の回想の中に「あるべき世界」への示唆を求める。

> I could not collect myself; I could not distinguish myself; .... I could not recover myself from that endless throwing away ... over the roughened water to become waves in the sea .... Was this then, this streaming away mixed with Susan, Jinny. Neville, Rhoda, Louis, a sort of death? A new assembly of elements? Some hint of what was to come? (198)

この様に「波」と「ある種の死」と六人の関係が示唆された後に啓示的瞬間が得られる。それは日蝕のイメージと共に語られる。[19] 太陽は、descriptive section で、日の出から日没へ移行しつつ個の一ライフサイクルを支配する「時計の時間」であった。その太陽が喪失する日蝕のイメージは、この啓示の瞬間にふさわしいものである。日蝕のイメージの中でバーナードは各々の個我を隔てていた仕切り壁の喪失を体験し他の五人と融合する。

> And now I ask, 'Who am I?' I have been talking of Bernard, Neville, Jinny, Susan, Rhoda, and Louis. Am I all of them? ... now Percival is dead,... we are divided; we are not here. Yet .... There is no division between me and them. As I talked I felt 'I am you.' This difference we make so much of, this identity

we so feverishly cherish, was overcome (205)

個我を仕切る隔壁から解放されて眺める世界は "the world seen without a self" と語られる。"phantom dinner party" で捉えたリアリティである。個我の一ライフサイクルのとらわれから解放されて、彼方にバーナードが垣間見たこの世界は波と重ね合せて描かれている。

　この小説の表題でもあり、また作者が日記に「最終部分には……波の介入が必要」[20] と記述したこの波はどの様な役割を帯びているのか。波は悠久の時空の海を構成する。一つ一つは個々の一ライフサイクルから成り、その一つ一つは個の肉体の死によって終るが、また「不断に再生」されて無限に生の波動を繰り返していくさまは、"This is the eternal renewal, the incessant rise and fall and fall and rise again. And in me too the wave rises." (211) と描かれる。この一ライフサイクルの彼方に垣間見られた波の世界は、作者のいわゆるリアリティの世界であり、後に『歳月』では "gigantic pattern" [21] と表現される世界である。

　だが、啓示的瞬間は、生身の肉体を持つ個我にとっては、あくまで瞬間的なもので、そこに再び日常現実世界が侵入してくるのを防ぐことは出来ない。個我の部屋の中へ、一ライフサイクルの仕切り壁の内側へとらえ込もうとする強大な日常現実世界は、この啓示的瞬間を粉砕しようとする。

> Yet this shadow which has sat by me for an hour or two, this mask from which peep two eyes, has power to drive me back, to pinion me down among all those other faces, to shut me in a hot room; to send me dashing like a moth from candle to candle. (208)

中期小説のパーティならば、至福の「瞬間」はここで崩壊する。だが "phantom dinner party" においてバーナードは、啓示的瞬間の中に、個我の部屋からの解放状態として "He is dead, the man I called 'Bernard'" (206) と一種の擬似死を体験していた。ヴァージニア・ウルフの作品において、死は常に重要な意味を帯びて、表裏をなす二面性で描かれている。一方では、死は一ライフサイクルの終点に控えて生を奪いとる、バーナードが "Death is the enemy."(211) と叫ぶ脅威的存在でありながら、他方、苛酷な生の現実からの恒久的な解放として『ダロウェイ夫人』のクラリサが "There was an embrace in death." (22) と叫ぶ、あこがれの対象でもある。ヴァージニア・ウルフの作品における「死」はこの二面性が分ち難く表裏を成して構成されている。既に擬似死を体験したバーナードが "I change no more."(209) と叫ぶ時、彼は、リアリティを瞬間的にではなく恒久的に維持しようとするなら、擬似死ではなく現実の肉体の死を選択するしかないのである。結末部分でバーナードが叫ぶ "Against you I will fling myself, unvanquished and unyielding, O Death !" は明らかに死の選択によって恒久的に "reality" を捉えようとする試みであり、大切なものを護る為に窓から身を投げて ("fling") 自殺した『ダロウェイ夫人』のセプティマス(23)のイメージと重なって、自らの意志による死の選択を示唆している。死によって一ライフサイクルの限定から解放されたバーナードに、一ライフサイクル性の彼方に拡がるリアリティの世界として波が介入してこの小説は終る。

「死」の選択は確かに個我の部屋からの解放であり、恒久的リアリティ把握を達成するとはいえ、それは明らかに反面として、生の基本的単位の放棄、時計の時間の終点に控える仇敵である「死」への降服という面を否定出来ない。それ故にこそ、これまでの作品では死の選択への試みがなされつつも、苛酷な生の現実の中にかろうじて踏みとどまって、危うくバランスをとりながら、不完全ではあるが生の中に捉え得る最高のリアリティとして「瞬間」が求め続けられた。しかし、個の内部意識への沈潜の果てに、その「瞬間」の崩壊が決定づけられ、さらなるリアリティが求められていく時、死の選択の問題が直視されなければならなくなるのである。そして頂点か限界かの議論を残しつつも、他の可能性を断ち切って死へと激突していくバーナードの姿は、迫力を帯びて見事に描かれている。個の一ライフサイクルの彼方の世界は、波のイメージで要所要所に挿入されつつバーナードの死を抱擁する結末部分まで的確に役割を果してはいるが、あくまで死を通して垣間見られた世界にとどまり、さらなる展望は遺作に至る後期小説群を待たねばならない。そして後期小説では、この「彼方の世界」は個我へのとらわれの周到な回避によって描かれる為、個我のイメージとしての部屋は急速に重要性を失っていき、かわりに幾世代ものライフ

サイクルを経た「家」のイメージへと移行していく。しかも、この一ライフサイクルの彼方の世界は、小説的定着としては未だ模索の域を出ずして遺作へと至るのである。それ故、個我の部屋にとらわれつつ瞬間的ではなく恒久的なリアリティを求めて遂に唯一の選択として死に至るまでの遷程が圧倒的迫力をもって見事に定着されている『波』は、まさにヴァージニア・ウルフ特有の作品世界が頂点と限界まで描き尽くされた、作者の到達点を示す作品なのである。

第10章　空、陸、海：
　　　　ヴァージニア・ウルフのイメジャリ

　20世紀初頭のモダニズムの作家の一人であるヴァージニア・ウルフは、いわゆる伝統的なストーリーの展開や登場人物の心理描写を意識的に避ける代わりに、一つにはイメージの多用によって言葉の純化の試みをしていると思われる。ウルフ自身は、イメージについて、日記の中で "What images can I reach to convey what I mean ? .... Life is, soberly and accurately, the oddest affair ; has in it the essence of reality."(101) と述べている。さらに、彼女は『波』におけるイメージの重要性について、日記で言及している。

> What interests me .... was the freedom and boldness with which my imagination picked up, used and tossed aside all the images, symbols which I had prepared. I am sure that this is the right way of using them. [1](169)

このように、ウルフが重要視し、多用しているイメージであるが、その研究に関していえば、個々の作品の個々の場面のイメージの意味を分析した研究はあるが、その場限りのものが多く、ウルフの作品世界全体の中での、一貫性と相関性がきわめて薄いと言わざるをえない。海や灯台については何を象徴するかという論議が繰り返しなされてきたが、これだけでは彼女のイメージの体系化としては十分とはいえない。ヴァージニア・ウルフのイメージを跡付けていく時、一つの体系の中で個々のイメージがどのような相関性をもって作品世界全体と関わってくるのかが重要と思われるからである。この様な視点で、個々のイメージの中で繰り返し用いられ重要と思われるものを分析し体系化していくと、個我の部屋を基点に、個室、パーティ空間、都市ロンドン、野外劇が行われる地方の村へと広がって、「空、陸、海」という相関する大自然の三つの要素に行き着く。ウル

フは、特にこの三要素のみで構成され、登場人物の全く出てこないsection を小説に挿入する試みを二度している。最初は、『灯台へ』の第二部『時はゆく』("Time Passes")である。そして、「空、陸、海」という自然描写のみで独立した section が最も重要な役割を担うのは、『波』のdescriptive sections である。六人の登場人物の独白のみで展開するmonologue sections と交互に挿入されるこの descriptive sections について、ヴァージニア・ウルフは日記の中で以下のように述べている。

> The interludes [*i.e.* the descriptive sections] are very difficult, yet I think essential; so as to bridge and also to give a background—the sea; insensitive nature. (153)

この章では、この『波』の descriptive sections に主として着目しつつ、ヴァージニア・ウルフの空、陸、海のイメージを考察し、さらに、空と陸、陸と海、海と空をそれぞれつなぐイメージについてもふれていくことで、Virginia Woolf のイメジャリの世界と作品世界の関係を考えていきたい。さらに、空・陸・海に集約されたイメージで、ダロウェイ夫人とラムゼイ夫人を考察して、二人の共通性と相違点をイメージにより跡づけていく。

1. 空

　日の出から日没までを描く『波』の descriptive sections において、空を主として構成しているのは、太陽と雲である。まず太陽を取り上げていく。太陽は支配的な力をもって運行しつつ、一日を推移させ、その日の出から日没までが、六人の登場人物の誕生から死と完全に重なり合って、人の誕生から死までを一方方向に導いていく「時計の時間」をあらわしている。人は、それぞれに自我を持ち、互いに傷つけ合い、また、孤立しつつ、この決して逆行することなく、容赦なく老いと死へと等間隔に運行する『時計の時間』に支配されているとヴァージニア・ウルフは考えていた。そして、このような「時計の時間」を彼女は "the flight of time" [2] と表現し、"the dwindling of life" [3] の役割を果たすものと言っている。『ダロ

第10章　空、陸、海：ヴァージニア・ウルフのイメジャリ　　　143

ウェイ夫人』のクラリサは自らの残りの生 (life) を次第に削りとっていくこの「時計の時間」を日時計 (dial,34) のイメージでみている。さらに、『ダロウェイ夫人』の中で何度も繰り返される "Fear no more the heat o'the sun" の一節がある。これはシェイクスピアの『シンベリン』に出てくる挽歌の一節であり、この太陽も、生を支配する苛酷な「時計の時間」を表わして、死の安息の中でもはや恐れる必要はないと唄われるのである。

　『波』は、"The sun had not yet risen,"(5) という文章で始まる。そして、最初の monologue section では、六人の登場人物が未だ苛酷な時計の時間も、また、それに支配された孤立した苛酷な生 (life) も意識していない幸福な子供時代が描かれる。しかし、"the sun sharpened the wall of the house" (5) という文章と呼応して、彼らは次第に自我を主張しあい、子供なりに、愛と憎しみ、喜びと悲しみ等を経験していくのである。そこから、パーシヴァルの送別会が行われる第4セクションまで太陽はどんどん高く昇っていく。彼らは、学校へ、大学へ、さらに仕事や社交生活へと、それぞれ別れていく。そして、彼らは、自らの孤立状態を意識し、つながりを求めて集まるのである。しかし、ここまでの時点では、彼らの孤立状態はそれ程深刻ではない。天頂に至るまでの太陽は登場人物に輝きを与えるからである。背後に太陽の輝きを帯びる彼らは、まだ若く、残された生の方が長い。パーシヴァルの送別会までは、太陽の輝きは彼らに青春を謳歌する若々しい生の活力を与えている為、孤立状態はそれ程深刻に顕在化していない。

　パーシヴァルの送別会の後、"the sun had risen to its full height" と描かれた descriptive section の太陽は、その後、"... burnt uncompromising, undeniable" (105)、"struck straight upon the house"(107) と描かれて、凋落へと否応なく非妥協的な力を行使し始める。そして、六人の登場人物の憧れの的であったパーシヴァルの死が語られる時、太陽はその苛酷な様相を露わにするのである。太陽は沈み始め、六人の凋落期が始まる。太陽は、天頂に至るまでのひととき、その輝きで彼らに生の活力を与えはするが、終始一貫、彼らの生から死への移行に関与し、老いと死という終点へと苛酷なまでに否応なく引きずっていく力であった。そして、これこそヴァージニア・ウルフが言うところの時計の時間であり、嫌悪しつつ支配され、そこからの解

放を夢見つつ遂に完全には果たしえなかった存在であった。

　以上、考察してきたように、太陽は空のイメージの中でも主要な役割を帯びて、陸上の人間を苛酷に支配する時計の時間を表わしていると言えよう。しかし、空には、もう一つヴァージニア・ウルフが着目した要素が含まれている。それは「雲」である。雲は descriptive sections において、それ程しばしば登場するわけではないが、重要な役割を帯びているのも確かである。六人の登場人物が、若さの盛りをこえて人生の下り坂に入り descriptive section で太陽が "the sun no longer stood in the middle of the sky" (117) と語られる時、太陽は "... caught on the edge of a cloud"(117) という風に雲と共に描かれる。そして、太陽が天頂をこえて沈み始める時、雲は以下の様に描かれている。

> the islands of cloud had gained in density and drew themselves across the sun so that rocks went suddenly black. (129)

雲は、沈みゆく太陽とともに現われて太陽を蔽って闇をもたらす不吉な姿を表わし、六人の下り坂にさしかかった人生と、その避けがたい終点である死を示唆する。雲は、同じ役割を帯びて monologue section にも登場する。パーシヴァルの死は雲と共に示唆されている。

> Peaked clouds ... voyage over a sky dark like polished whalebone ....
> 　Now the agony begins; now the horror has seized me with its fangs. (105)

このように、太陽の輝きを否定する力である雲は、また、生の輝きではなく生の変転きわまりない様相と重ね合わされている。

> Life passes. The clouds change perpetually over our houses .... Meeting and parting, we assemble different forms, make different patterns. (121)

これまでの六人の生をバーナードが振り返って要約する最終の monologue section で、彼が "I change no more"(209) と感じて最終世界に到達する時、

第 10 章　空、陸、海：ヴァージニア・ウルフのイメジャリ　　　　145

彼は、対比的に、変転きわまりない要素としての雲について "this cloud that changes with the least breath, night and day ..."(209) と語っている。陸上の住人である人間は、否応なく空に直面させられている。そして、苛酷な時計の時間としての太陽が避けがたいのと同様、その太陽の輝きの部分さえ翳らせて、苛酷な時計の時間のもたらす、生の移ろいやすさ、変転極まりない様相を一層露呈する雲もまた、人には避けがたいのである。人を生の終点へと否応なく引きずっていくのは太陽の役割であるが、生の輝きを翳らせて苛酷な変転を強調する雲は、主として "change" という語と共に描かれて、そこに別離、再会、そして別離といった生の変転の様相が、重ねられていくのである。

　descriptive sections において、「日が沈みかけた」時、"now there was only the liquid shadow of the cloud"(148) という風に、再度、雲が描かれる。ここには、水を表わす "liquid" が用いられることで、水と溶け合い一体化するという雲の可能性が示唆されているがこれは水平線の曖昧化と共に、空と海を繋ぐもののところで考察する。

　『波』の descriptive sections で空を支配する太陽は、苛酷な時計の時間を表わし、登場人物が若さの盛りにいる時に、束の間、その輝きで彼らに生の活力を与えつつも、六人を最後には避けがたい終点としての死へ引きずりこむ存在であった。そして、雲は、その時計の時間の苛酷さを強調して、生の移ろいやすさを露呈する役割を果たしているのである。

2. 陸

　空は impersonal に人間を支配する時計の時間としての太陽と、そのような太陽に影を落とし翳らせ、時計の時間の苛酷さを強める作用の雲から成って、人間の一ライフサイクルを支配する役割を果たしていた。一方、陸は、空に支配されつつも、その上で人間が生（せい）を営む場として設定されている。『ダロウェイ夫人』では、"the shore of life"(77)、"the tree of life"(33) という風に、陸や陸上にあるものが人間の "life"（生）と結びつけて描かれている。セプティマスもまた、木を「生命の木」とみなしている (*cf.*,30)。そして、陸上で生をうけた人間にはまずごく当然のイメージとして動物が用いられているのである。

『波』の六人の登場人物は、各々の性格の相違によって様々ではあるが、概ね、動物のイメージで描かれている。個々の固有の動物の場合もあるが、特に総体としての beast のイメージが用いられるのは、死に鋭敏な意識を持つことなく、その苦悩も生の範囲内に、つまり陸上にとどまる人物に多い。ルイスとスーザンとジニーである。

　繰り返し beast のイメージと共に語られるのはルイスである。幼いルイスは最初の独白で "I hear something stamping," said Louis. "A great beast's foot is chaind. It stamps, and stamps, and stamps."(6) と語っている。後には成功した実業家となるルイスは、終始劣等感を抱いている。彼は、『波』の中で "I cannot boast, for my father is a banker in Brisbane, and I speak with an Australian accent."(22) と繰り返す。父が破産したオーストラリアの銀行家であった為、"the best scholar in the school"(66) であった彼は進学をあきらめて働かねばならない。バーナードやネヴィルは紳士の息子であり、その資産と社会的地位を受け継いで、当然のように大学に進学する。二人のように芸術家になりたかったルイスは結局、実業家として成功をおさめ、他の二人より金持ちになるが、終生、詩人になることを夢見ながら、実務と事務所から離れられなかった。彼には、"the chained beast stamping" (42 48, etc.) のイメージが繰り返し用いられる。生を実務的現実的側面でしかとらえない彼は確かに beast である。しかも、beast に安住出来ないが故に常に鎖に繋がれているという意識が強い。同様に彼は "also the caged tiger"(126) であり、「咆哮する」(97) "a savage"(100) であった。

　一方、都会の社交界と人工的で華やかなことが好きなジニーにもまた、beast のイメージが用いられている。彼女は "the beast of the forest"(126) であり "a little animal"(137) である。"like a little dog" とも描かれている。彼女は、生の "here and now" を限りなく享受しようとする。彼女は、若さの凋落を恐れつつも死については考えずに、現在この瞬間を楽しもうとする。それ故、彼女は、動物の生息する大自然とは、程遠い環境にありながらも、確かにヴァージニア・ウルフの描く beast のイメージにふさわしいと言える。

　スーザンは、自然が好きで、農夫の妻の道を選び、夫や子供たちと共に自然に囲まれて暮らすことに充足している。"a stylized image of grainland

and rural sky at dawn through which she is typified." (4) と評されるスーザンもまた、beast のイメージで語られる。彼女は "a wild beast"(86) であり "like an animal"(94) であり "a cat or a fox"(71) である。彼女は強い感情の持ち主であり、"the only sayings I understand are cries of love, hate, rage, and pain." (94) と自ら言っている。彼女はまさに生に充足し、生の現実しか見ず、死を意識することはない。愛も憎しみも怒りも苦悩も全て、生の現実内の感情であることは、ルイスの劣等感やジニーの享楽を求める姿勢と同じである。そんなスーザンは母性愛に関しても、"I shall be debased and hide-bound by the bestial and beautiful passion of maternity."(94) と宣言しているが、ここにも "bestial" という beast を連想する言葉が用いられている。

小説家志望のバーナードは、最後に死と直面する為に総体としての beast のイメージは用いられない。しかし結婚して子供もいる唯一の男性である彼は、ごく普通の固有の動物のイメージで描かれている。例えば、彼は "toad"(55) のように座るし "I [i.e. Bernard] see myself buzzing round flowers"(61) といったりする。もっとも、動物のイメージで語られる側面と共に、果敢に死と対峙していく姿勢が小説の結末部分において "moth" のイメージで描かれているので、前記の三人のように単純に生の現実しか見えない訳ではない。

生を恐れ、最後に自殺するローダは、動物のイメージとしては、鳥の嘴に突きさされる "snail"(143) や虎に飛びかかられるイメージ (47,75,93,etc.) という終始生を脅かされるイメージで描かれている。彼女は陸の動物たりえず、死の側面を表わす水の連想で語られることが多い。まさに、彼女は "the nymph of the fountain always wet"(84) そのものであるが、鳥の嘴や水のイメージについては後述する。

上記の様に、動物のイメージと登場人物の生の側面を重ね合わせることは、当然すぎて直接的短絡的な感じも否めないが、空、陸、海のイメージの相関性を考察するにあたっては、欠かせないイメージでもある (5)。

『波』においては、太陽が昇るにつれて、陸は次第にその輪郭を明確にし、動物たちはその行動によって自分の存在を主張し始めるが、この自己の存在主張と深く関わるのが部屋のイメージである。ヴァージニア・ウルフ特有のイメージとしての部屋と、その付属物である扉、窓、壁等につい

ては、既に別の機会に考察しているので、ここでは要約にとどめたい[6]。

ヴァージニア・ウルフの部屋は基本的には、個我 (self) を表わす。部屋は壁によって、他者からまた、悠久の時間から区切られた1ライフサイクルの個我である。区切られているが故に生じる葛藤と、生を維持する一単位としての壁の否定し難さを、『船出』のレイチェルは "I hate these divisions .... why should one be shut up all by oneself in a room."(369-370) と嘆じている。このような状況の部屋にあって、扉から入ってくるのは、苛酷な時計の時間に支配された苛酷な現実である。そして、窓の外に見えるのは窓ガラスのフィルターがかかって美しくみえるヴィジョンなのである。

『波』において、ルイスのとらわれている "attic" とネヴィルの閉じこもる書斎は、孤立からの解放を夢見る部屋である。ジニーは人々の出入りする社交の部屋を享楽するが、スーザンは扉を閉めきり窓からしか外を見ようとせずに充足している。反対にローダは、扉とそこから侵入するものへの怯えのみで描かれ、"The door opens. The tiger leaps."(26,43,75,77,93,etc.) と繰り返し語られる。また、個我の枠である壁を鋭く意識するバーナードは、最終セクションで個我の仕切り壁が喪失し六人の合体した "the world seen without a self"(204) を体験するのである。

さらに、植物もヴァージニア・ウルフにとって重要なイメージと言える。苛酷な役割を果たす空の支配下にあって否応なく動物として描かれ部屋にとらわれている人間の苛酷な状況を示すこれまでの相当厳しいイメージとは異なり、植物のイメージは、ヴァージニア・ウルフが生の範囲内で到達した最も素晴らしい状態としての「瞬間」を表わしている。ヴァージニア・ウルフは「瞬間」を、他の小説においても "a match burning in a crocus"(Mrs. Dalloway,36) や "buds on the tree of life, flowers of darkness"(Ibid.,33) という風に植物と関連させて美しく描いている。『波』においても、二度のパーティで二度達成される「瞬間」は赤いカーネーションのイメージと共に描かれている。

第一のパーティであるパーシヴァルの送別会で、六人の苛立ちや孤立感はパーシヴァルの到着と共に消え去り、パーシヴァルを中心にした一体感が生まれる。この場面は、赤いカーネーションのイメージと共に "There is a red carnation in that vase. A single flower as we sat here waiting, but now a seven-sided flower."(91) と語られる。さらに、パーシヴァルの死後、今一度六人が会食する二度目のパーティで、六人が一体感を持つ素晴らしい「瞬間」、パーシヴァルの送別会の「瞬間」の再現が赤いカーネーションと共に語られる。

> the flower ... the red carnation that stood in the vase on the table of the restaurant when we dined together with Percival, is become a six-sided flower, made of six lives. (162)

このように、植物のイメージは、「瞬間」の素晴らしさを表わすイメージとして用いられているのである。

　以上、陸を構成する主要なイメージを跡づける事で、ヴァージニア・ウルフが陸を様々な人間の生の場として設定していることを明らかにしてきた。空と陸の両方を考察し終えたここで、空と陸を繋ぐイメージに触れておきたい。それは、鳥と蛾のイメージである。これらは、陸上の生物でありながら、飛ぶことで他の生物よりも空に近い存在でもある。

　鳥は陸上の生物でありながら飛ぶことで空の力を帯びて描かれている。しかも、鳥は永遠に飛び続ける訳にはいかない。鳥は陸上の生物として、陸の属性を切り捨てることは出来ない。この二つの相反する状態が鳥を特徴づけている。飛んでいる間、鳥はある意味で太陽の力即ち苛酷な時計の時間の攻撃性を帯びて描かれている。この側面は特に鳥の嘴 (beak) のイメージで描かれる。太陽が昇るにつれて、空高く舞い上がる鳥は、"gazing straight at sun their [i.e. birds'] eyes became gold beads"(53) と太陽の金色を目に帯びるや否や、攻撃性を発揮して "The gold-eyed birds.... plunged the tips of their beaks savagely into the sticky mixture"(54) と "snail shell"(53) に嘴を突っ込んで破壊する。それはまさに先述のローダの体験したイメージであった。太陽が天頂に昇りつめるまで、鳥は "they descended, dry-beaked, ruthless, abrupt""they tapped furiously"(78) と描かれて、太陽の即ち苛酷な時計の時間さながらに、人間を脅かし残忍に飛びかかってくる攻撃性を持つ。さらに、鳥の囀りは、太陽の輝きの部分を反映している。太陽が沈み始めると、鳥は囀りを止めて木にとまり ("perch"148)、日没と共に姿を消

す。その最後の場面で鳥は "a bird, perched on an ash-colored twig, sipped a beakfull of cold water"(148) と、死を連想する「水」を飲む様子で描かれている。鳥は、空へ舞い上がる時、太陽の輝きと攻撃性を帯びながら、日が沈み始めると木にとまって陸の生物の属性に戻らざるをえない。しかも、一旦太陽の属性を帯びたが故に、陸の生物に戻りきれない孤独な様子は、以下のように描かれている。

> We [i.e. characters] who have sung like eager birds each his own song and tapped with the remorseless and savage egotism of the young our own snail-shell till it cracked... or perched solitary outside. (88)

空に舞い上がる時、その囀りと容赦なく攻撃する嘴に太陽の力を帯びていた鳥は、陸の属性を捨て切れない故に、枝にとまる孤独な姿を合わせ持って空と陸の要素を繋ぐ役割を果たしているのである。

さらに、もう一つの陸に属しつつ飛ぶ生き物のイメージとして、蛾 (moth) がある。ヴァージニア・ウルフは蛾に特別な意味を持たせ、表題にも蛾を入れた "The Death of the Moth" という自らのエッセイの中で、蛾を "a tiny bead of pure life" [7] であり "vigorously" [8] に死に向かって突進していく存在として描いている。死が圧倒的な威力をもって避けがたければ避けがたい程、"a tiny bead of pure life" としての蛾の存在は美しく価値あるものとなる。蛾はまさしく生の煌めきであり、避けがたい死の連想を伴うが故に一層煌めいて、生の中に瞬間的に散りばめられた "the moment of illumination" と重なり合う。硬いガラスに果敢に突進していく蛾は、生をこよなく愛しつつ "Death is the enemy" と叫んで果敢に死に向かって突進していくバーナードでもある。ネヴィルもバーナードを評して、"A moth-like impetuosity dashing itself against hard glass"(62) と言っている。この "moth" のイメージは、バーナードの summing up section にも、再度登場する。"this shadow ... has power ... to send me [i.e. Bernard] dashing like a moth from candle to candle."(208) とバーナードは語る。ヴァージニア・ウルフの描く蛾は、死すべき側面の強調故に一層、可能な限り生を生きる人間の果敢さと煌めきと重ねあわされている。*The Waves* の原題は *The Moths* であっ

た。蛾のイメージを持つバーナードが、小説の最終部分で、果敢に死に向かって突進していく "Against you, I fling myself, unvanquished and unyielding. O Death !"(211) は *The Moths* という原題にふさわしい。しかし、作品がそこで終わらずに、「最終部分には、……波の介入が必要」[9] と考えた作者が "The waves broke on the shore"(211) という一文を小説のしめくくりに用いた為に、*The Moths* よりも The Waves の方がふさわしい表題となったのである。このことは、次の海のイメージのところで明らかにしていきたい。

3. 海

それでは、海は何を意味するのか。ヴァージニア・ウルフについて考える時、水と海のイメージなくしては語れない。彼女は、自らの作品の中でしばしばこのイメージを用いている。処女作の表題は『船出』で、実際にも船旅が描かれている。その後も、彼女は海のイメージにこだわり続け、『灯台へ』、『波』と代表作の表題にも用いている。海のイメージの意味するところについては、これまでも多く論じられてきたが、ここでは、ジェイムズ・ネアモアの以下の定義をあげておきたい。

> this seaworld, a retreat from active contact with life which implies a kind of death Virginia Woolf recognizes the dangers implicit in abandoning oneself to such a world, but at the same time it represents for her an intense vision of reality, and much of her fiction reflects her desire to be unified with it.[10]

"active contact with life" としての陸に対して、海はそこからの一種の撤退として死の様相を帯びているとは重要な指摘であろう。そしてヴァージニア・ウルフは常に死を、表裏をなす二面性で認識しているのである。まず死は、これまで繰り返し述べてきたように、時計の時間に支配された個我の終点としての死という側面をもつ。老いと衰退を伴いつつ、時計の時間が不可逆的に追い込んでゆく死であり、生の「瞬間」を享受したい人間が恐れ嫌悪した死である。それはまさしく『波』の最終場面でバーナードが "Death is the enemy." と叫んだ死であり、"the sea eating the ground we stand on"[11] と、生の陸を侵食し脅かす存在である。死のこのような側面が避けがたいとはいえ、ヴァージニア・ウルフは死のもう一つの側面に魅せられてもいた。それは、時計の時間からの解放を意味する "embrace" としての死の側面である。『ダロウェイ夫人』のクラリサは自分の分身であるセプティマスの自殺を知って以下のように、死について感じている。

> A thing there was that mattered;.... This he had preserved. Death was defiance. Death was an attempt to communicate,.... There was an embrace in death. (202)

これは、前述した "Fear no more the heat o'the sun" の世界であり、時計の時間の脅威からの解放でもあり、まさに "the caress of the sea"[12] の世界である。この死は、生のもたらす様々な試練や恐怖や衰退から究極的に逃れる手段でもあった。しかも、死は常に相反するこの二面性の共存の上に成り立っているというのが、Virginia Woolf の死に対する考え方であった。

　死をこえずには体験出来ない海は、しかし、死だけを意味するのではない。海は、個の死を通してしか見えないヴィジョンの世界、ネアモアのいわゆる "an intense vision of reality" と言えよう。生きている限り、個我と他を仕切っている隔壁が存在し、それ故におこる孤独と傷つけ合いから人は逃れることは出来ない。生の中に momentary vision として「瞬間」を追い求めて遂にその「瞬間」の脆さしか見えなくなったウルフが『波』の最終段階において求めていくのは、個我の壁の喪失であり、これには当然のこととして死がともなってくる。波のイメージと共に個我の壁の喪失の可能性を語った箇所をあげる。

> I could not collect myself; I could not distinguish myself;.... I could not recover myself from that endless throwing away ... over the roughened water to become waves in the sea .... Was this then, this streaming away mixed with Susan, Jinny, Neville, Rhoda, Louis, a sort of death? A new assemble of elements? (198)

第10章　空、陸、海：ヴァージニア・ウルフのイメジャリ　　　153

六人の登場人物が、個我を仕切る隔壁から解放されて眺める世界は "the world seen without a self"(204) と語られる。死に立ち向かっていく直前に、"He is dead, the man I called 'Bernard'."(206) と一種の擬似死体験をしたバーナードが見たヴィジョンの世界は以下の通りである。

> And now I ask, 'Who am I? 'I have been talking of Bernard, Neville, Jinny, Susan, Rhoda, and Louis. Am I all of them? .... now Percival is dead, ... we are divided; we are not here. Yet .... There is no division between me and them. As I talked I felt 'I am you.' This difference we made so much of, this identity we so feverishly cherish, was overcome. (205)

ここでバーナードは、個我を隔てていた壁の喪失を体験し、他の五人と融合する。この世界がバーナードによって先に "the world seen without a self" と呼ばれたヴィジョンの世界なのである。しかし、生存を続ける限り、この状態は続かず崩壊せざるをえない。小説の最終場面でバーナードは "O Death !" と死に向かって直進していくことでこのヴィジョンの世界を最終的に手に入れようとするのである。彼は、その世界を "this is the eternal renewal, the incessant rise and fall and rise again," "And in me too the wave rises." (210-11) という風に波と重ねあわせて感じている。波は悠久の時空の海を構成する。波の一つ一つは個々の一ライフサイクルから成り、その一つ一つは個の肉体の死によって終るが、また、「不断に再生」され無限に生の波動を繰り返していく。個の死をこえて一ライフサイクルの彼方に垣間見られたこの波の世界[13]が、作者のいわゆるヴィジョンの世界であり、作者の分身とも言えるバーナードは、そこに身を投じることで死を選びつつ最終的にヴィジョンをつかむことになるのである。

　さらに海と陸を繋ぐイメージについて考えていく。海と陸を区切っているのは死であるから両者は容易に繋がれないように見えるが、二面的な死の意識をもつヴァージニア・ウルフは、好んで陸の住人である人間を描きつつ海のイメージをちりばめている。このイメージには、二通りの意味がある。一つは momentary vision の達成として、瞬間的にではあるが海を自由に泳ぎまわるイメージで、『ダロウェイ夫人』のクラリサのイメージと

しての "diver"[14] と "mermaid"[15] があげられる。一方、死の色濃い海のイメージは、クラリサの分身セプティマスを描く "drowned sailor"[16] にも明らかであるが、『波』においても、陸の住人でありながら現実の生に順応出来ず、鳥の嘴に突き刺される蝸牛のイメージで描かれるローダが、水のイメージと共に語られている。水の入った basin を揺らし、白い花びらを浮かべて舟に見立て (30,76,etc.)、"the nymph of the fountain always wet"(84) と描かれるローダは、水のイメージのもつ死の側面を色濃く体現していると言えよう。

さらに、空と海を繋ぐイメージであるが、descriptive section の日の出前と日没後の描写が示唆的である。ここには人間は存在せず、ただ海と空の境界線が不分明になりうることが指摘されている。ここに、空と陸と海の相関性への鍵の一つがある。『波』の descriptive section において最初と最後つまり六人の登場人物の誕生と死に重なる部分において、"The sun had not yet risen. The sea was indistinguishable from the sky"(1)"Now the sun had sunk. Sky and sea were indistinguishable."(167) という風に海と空は "indistinguishable" と描かれている。登場人物が生きている間、生を impersonal に支配する空と、死の彼方のヴィジョンである海という、空と海の境界線は明確であるが、死はこの二つの要素を溶け合わせ分別出来なくしているのである。日の出から日没という一人の人間の一ライフサイクルの生の境界線をこえたところで空と海は合体する。一ライフサイクルの生を通してみれば、空は人を死へ引きずり込む苛酷な太陽に代表される存在であった。しかし、先にもふれたが、雲に流動体 (liquid,148) のイメージを重ねるのが可能なように、個の一ライフサイクルをこえて見る時、時計の時間は悠久の時を刻んで、死の彼方に拡がる悠久の時空の海と重なり合って、空、陸、海の表わす意味と相関性が完成するのである。

以上、ヴァージニア・ウルフの用いるイメージを、空、陸、海という三要素に分類し、さらにその相関性を考察してきた。このように体系化することによって、時計の時間とそれに支配された人間、死を通して見るヴィジョンの世界というヴァージニア・ウルフの作品世界の根本問題が、空、陸、海にイメージ化されていることがわかる。

> I am right to seek the station whence I can set my people against time and the sea. [17]

このように日記に記したヴァージニア・ウルフは、この空、陸、海のイメジャリを、彼女の作品世界の頂点とも限界ともいえる『波』という小説の中に見事に集約したといえるのである。

4. ダロウェイ夫人とラムゼイ夫人

さらに、この「空、陸、海」に体系化されたヴァージニア・ウルフのイメジャリに、『ダロウェイ夫人』の女主人公クラリサ・ダロウェイと『灯台へ』の女主人公ラムゼイ夫人を重ね合わせていくことで、二人の共通性と異質性の本質をイメジャリの側面から裏付けていきたい。

『ダロウェイ夫人』(1925) と『灯台へ』(1927) は、作者の中期円熟期に相次いで書かれ、いずれも彼女の代表作であるのみならず、パーティをひらく女主人公をとりあげるという共通の主題を担っている。しかも、この二人の女主人公は、一方は、孤独と死に魅せられつつも生の中に踏みとどまり、他方は、人間同士の結びつきに情熱を燃やしつつその死までが描かれているのである。ここでは、彼女たちを表すイメージを、「空、陸、海」に分類して考察していくことによって、この二人の女主人公の本質を明らかにしていく。

クラリサ・ダロウェイとラムゼイ夫人は外面的には非常によく似た状況にある。中年から初老にかけてのまだ若さと美しさをとどめた女性で、共に社会的地位のある夫に愛され、子供もあり、パーティをよくひらいては人々を集める社交的な女性でもある。このような二人の女性は、現実の生を表す「陸」に属するさまざまなイメージによって特徴づけられている。華やかな社交的な女性であるクラリサは、随所にその冷ややかで硬い側面が「槍」や「鉄」「火打ち石」「ナイフ」「氷柱」のイメージで語られている。

> She was straight as a dart, a little rigid in fact (85)
> That was her self —pointed; dartlike (42)
> She was like iron, like flint, rigid up the backbone (72)

> She sliced like a knife through everything (10)
> Clarissa was as cold as an icicle (90)

これらのイメージの多くは、若い頃のクラリサに失恋し、今尚、彼女を忘れかねて訪ねてくるピーター・ウォルシュを通して主観的に語られることが多いとはいえ、それにとどまらない彼女の本質をついていると言えよう。彼女の「冷たさ」(coldness) についての記述は他にも多い。

> But she is too cold (49)
> This coldness, this woodenness, something very profound in her (68)
> Cold, heartless, a prude, he called her (10)

彼女のこの「冷たさ」はどのような質ものであるのかをさらに考えていくと、"some contraction of this cold spirit"(36) から夫を拒んだことがあると彼女自ら告白しているように、彼女の cold spirit には、結婚生活が深くかかわっている(18)。帰宅の遅い国会議員の夫は妻の大病以来寝室を別にしている。深夜、孤独感を読書で紛らわせようとする彼女は自らを、女性としての温かく成熟した魅力に欠け、夫を冷たく拒み、夫との肉体的充足感も心の繋がりももちにくい女性であると痛切に感じている。そのような彼女を表す典型的イメージとして、彼女は、結婚生活が長いにもかかわらず「処女」「修道女」のイメージで語られるのである。

> She could not dispel a virginity (36)
> She made to hide her dress, like a virgin protecting chastity, respecting privacy (45)
> Virginity ... which clung to her like a sheet (36)
> She felt like a nun who has left the world and feels fold round her the familiar veils and response to old devotions (33)
> Like a nun withdrawing (35)

「処女性」も「修道女」もいずれも結婚生活とは相容れないイメージであ

第10章　空、陸、海：ヴァージニア・ウルフのイメジャリ

る。結婚しながらこのようなイメージで語られる彼女は、夫とだけでなく、一人娘のエリザベス (Elizabeth) ともうまくいっていない。また、再会したピーター・ウォルシュの想いを感じつつ結局は傍観者的な立場をくずせない。このように、自分が最も愛しているはずの人々との心の繋がりが感じられないクラリサはまさに "I am alone for ever"(53) と嘆じざるをえない状況にあり、その原因は、"what she lacked .... was ... something warm which broke surfaces and rippled the cold contact of man and woman, or of women together"(36) と語られている。人々が感じ、また、クラリサ自身の感じている一連のイメージはまさに、coldness を連想させるものである。しかも、クラリサは自らの coldness を自覚しつつも、それを嫌悪し、成熟した女性のもつ温かさにあこがれている。そして、孤独を自覚しつつもそれに耐えられないクラリサは、人間的繋がりを求めてパーティをひらくという点において、ラムゼイ夫人と繋がっていくのである。

　クラリサの coldness に対し、ラムゼイ夫人が人々に与える印象は温かく豊かなものである。たえず、人々に "O Mrs. Ramsay ! dear Mrs. Ramsay ... Mrs. Ramsay, of course !"(68) と呼び掛けられる彼女は次のように語られている。

> She had been admired. She had been loved .... Men, and women too, letting go the multiplicity of things, had allowed themselves with her the relief of simplicity. (68)

クラリサが、自分の殻に閉じこもる未成熟で硬く冷たい「処女」のイメージとすると、ラムゼイ夫人は、人々から頼りにされる成熟した「女性 (woman)」のイメージで語られている。

> The charm of a woman, not a girl (54)
> They came to her, naturally, since she was a woman, all day long with this and that; one wanting this, another that. (54)

息子のジェイムズ (James) が雨で明日は灯台へ行けないかもしれないと意

気消沈しているのを力づけ、夫が必要とするときにはいつも傍に行き、滞在客の一人が場違いな気分であれば一緒に町に行かないかと誘いの声をかけ、画家のリリー・ブリスコー(Lily Briscoe)のためにモデルになって窓辺にすわり、独身のリリーと同じく独身の別の滞在客との縁結びをしようとする。一人ぼっちの人間を慰め、結びつけ、"They must marry"(96,113,etc.)と口癖のように言いながら縁結びを企てるラムゼイ夫人の姿勢はまさにリリーの言うごとく "Giving, giving, giving"(232) に他ならない。そのように、人々に頼りにされ、人々の悩みを吸い取ってくれるラムゼイ夫人を表す典型的なイメージは "sponge" であり "link""nurse" である。

> She often felt she was nothing but a sponge sopped full of human emotions. (54)
>
> Beyond a shadow of a doubt, by her laugh, her poise, her competence (as a nurse carrying a light across a dark room assures a fractious child) (63)
>
> She [i.e., Lily] had no attachment here,... as if the link that usually bound things together had been cut (227)

以上のイメージはいずれも、人々の悩みを吸い取り、人々を癒し、人々の間を繋ぐイメージであり、個々には孤独に在る人間同士の結び付きを復活させようとの試みがそこには感じられ、それが、人々に温かいイメージを抱かせる理由でもある[19]。

このようなクラリサとラムゼイ夫人のイメージによる相違は、彼女たち二人が共通のイメージで描かれている時でさえ顕著である。その共通のイメージとは、「子供」「眠り」「女王」のイメージである。まず、子供のイメージについて考えてみたい。子供のようなという場合、いずれも大人と比較されて、未だ大人の汚れを知らぬ無垢で純粋なという意味と、大人としての成熟に達しておらず未熟で我儘なという意味であるが、クラリサの場合を考えてみたい。クラリサは子供のイメージで "like ... a child exploring a tower"(35) と語られている。この子供のイメージは、先に述べた彼女の「処女性」や「修道女」のイメージと同じ場面で同じ用いられ方をしている為に、一人前の女性としての成熟をしていないという意味合い

第 10 章　　空、陸、海：ヴァージニア・ウルフのイメジャリ

で描かれており、彼女の coldness を描く一連のイメージの一つと考えられる。

　"she always felt a little skimpy ... schoolgirlish"(8) も同様である。一方、ラムゼイ夫人にも同じ子供のイメージが次のように用いられている。

> She was childlike (81)
> How childlike, How absurd she was (157)
> She could trust herself to it utterly ... as a child staring up from its pillow (164)
> Instantly, for no reason at all, Mrs. Ramsay became like a girl of twenty, full of gaiety (180)

これらの子供のイメージは決して子供の未成熟な面を描いているのではなくて、子供の持つ無邪気な陽気さが示されて、ラムゼイ夫人の魅力を形づくっていると言える。

　このように、同じイメージが用いられながら、彼女たち二人の異質性を表すものの一つに眠りのイメージがある。クラリサは叫び声をあげる時 "as a sleeper in the night starts and stretches a hand in the dark for help"(53) と描かれている。闇の中で悪夢から目覚め叫ぶ sleeper のイメージは、夫と寝室を別にして、眠れぬ夜を孤独に過ごすクラリサと重なり合って彼女の孤独を浮き彫りにする。これに対し、ラムゼイ夫人の眠りは "like a person in a light sleep.... How satisfying ! How restful !"(186) と、クラリサとは対照的にやすらぎと満足感をもって語られている。この場面は特に彼女が女主人役をつとめて成功した晩餐の後の充足感が描かれている場面であるため、同じ眠りのイメージで語られながらクラリサの孤独感とは無縁である。

　さらに、彼女たちを描く共通のイメージの一つに「女王」がある。外見的には、このイメージは二人にぴったり当てはまる。パーティを開き、人々の中心的存在となる社交夫人である二人はまさに女王のイメージである。しかし、この女王のイメージにも、これまで述べてきた二人の違いが表れている。周囲の人間とのコミュニケーションを欠く孤独な女王クラリサは "like a Queen whose guards have fallen asleep, and left her unprotected"(49)

と孤独ではあるが毅然とした女王のイメージで描かれ、そのような孤独な彼女にとって、人とのコミュニケーションをはかることは "battle"(50) と語られねばならないのである。これに対して、ラムゼイ夫人の女王のイメージに王者の孤独は見られない。彼女は次のような女王のイメージで語られている。

> And, like some queen who, finding her people gathered in the hall, looks down upon them, and descends among them, and acknowledges their tributes silently, and accepts their devotion and their prostration before her ... she went down. (128-129)

sponge や link のイメージで語られてきたラムゼイ夫人はここでも人の中心に在り、人々にかしずかれて充足する幸福な女王と描かれているのである。しかも、孤独であろうが人々に取り囲まれていようが、クラリサもラムゼイ夫人も共に女王のイメージがふさわしいのも確かである。

　女王としての共通性以外にもこの二人の女性には共に情熱的な面が垣間見られ、それは "pampass grass" という共通のイメージで表されている。クラリサは昔の恋人ピーター・ウォルシュと久方ぶりに再会し、ピーターが衝動的な涙をみせた時、突然激しい情熱にとらえられて次のように描かれている。

> And Clarissa had leant forward, taken his hand, drawn him to her, kissed him,—actually had felt his face on hers before she could down the brandishing of silver-flashing plumes like pampass grass in a tropic gale in her breast. (52)

直後にはいつもの coldness がよみがえって、この場面を終ってしまった劇にそして自分を傍観者的な劇の観客になぞらえるクラリサではあるが、たとえ一瞬にしろ pampass grass と共に描かれる情熱は否定出来ない。ラムゼイ夫人の同じ側面もやはり pampass grass と共に描かれている。

第10章　空、陸、海：ヴァージニア・ウルフのイメジャリ

> And he seized her hand and raised it to his lips and kissed it with an intensity that brought the tears to her eyes, and quickly he dropped it,
> 　They turned away from the view and began to walk up the path where the silver-green spear-like plants grew, arm in arm. His arm was almost like a young man's arm, Mrs. Ramsay thought, thin and hard, and she thought with delight how strong he still was ...[20] (110-111)

　夫を慰めようと追ってきたラムゼイ夫人は pampass grass を背景に夫に対して若い頃の情熱をよみがえらせる。この二人の女主人公において、pampass grass は共に、男女の間におこる衝動的で突発的に情熱的感覚を表している。そして、この感覚は日常の彼女たちがめったに知覚しないもので、しかも、瞬間的に消え去っていくものではあるが、紛れもなく彼女たちに共通する激しい一面でもある。

　pampass grass のイメージはむしろ例外的感情ではあるが、彼女たちを典型的に表す植物のイメージについても考えていきたい。娘のエリザベスが溌剌として生命力に溢れ空へ向かって伸びる "poplar trees"(148) と描かれるのに対し、クラリサに生命の木のイメージは用いられていない。

> for the shock of Lady Bruton asking Richard to lunch without her made the moment in which she had stood shiver, as a plant on the river bed feels the shock of a passing oar and shivers: so she rocked: so she shivered. (40)

クラリサが植物のイメージで描かれる時、それは生命の木どころか、現実の生である大地に根ざす植物ですらない。たよりなげに川床で揺れる水草である。それは、孤独で生よりも死に惹かれているクラリサにふさわしいイメージと言えよう。これに反し、sponge や link のイメージで描かれる温かく豊饒なラムゼイ夫人は次のような植物のイメージで描かれている。息子のジェイムズは母を "James ... felt her rise in a rosy-flowered fruit tree laid with leaves and dancing boughs"(63) と感じている。大地にしっかりと根ざす生命の木こそ彼女にふさわしいイメージである。彼女はまた、"like a tree which has been tossing and quivering and now, when the breeze falls, settles, leaf by leaf, into quiet."(182) という風に、木のイメージで描かれている。

　次に、陸の生物としては最も空に近い、鳥のイメージについて考えてみたい。この章の前半で分類したように、太陽は空の中心に在って苛酷な時計の時間を表し、鳥は時としてその攻撃性を発揮して、時計の時間の不可逆性を残酷に提示するが、鳥のこの特質は、クラリサではなく、ラムゼイ夫人を描くイメージに顕著である[21]。これに対し、二人の女主人公を描く鳥のイメージは、むしろ地上の生物としての側面が強い。隣人の目から見たクラリサを描く "a touch of the bird about her, of the jay, blue-green, light vivacious"(6) では、陽気でむしろけたたましいかけすと重ね合わされているのは彼女の外見である。しかし、"her look ... as a bird touches a branch and rises and flutters away"(48) や "then in the morning, flirting up and down like a wagtail in front of the house"(170) では、鳥の地上から羽撃いては舞い降りる軽やかな動作に、先に述べた川床の水草に似てどこか大地に根ざしえないクラリサの不安定な脆さが描かれている[22]。ラムゼイ夫人もまた、鳥のイメージで語られている。

> all had folded itself quietly about her,... as, after a flight through the sunshine the wings of a bird themselves quietly and the blue of its plumage changes from bright steel to soft purple. (48)

ここでは、羽をやすめている鳥の静けさが描かれている。さらに、彼女は次のように鳥のイメージで描かれている。

> Her singleness of mind made her drop plumb like a stone, alight exact as a bird (49)
> She was like a bird for speed (160)
> She hovered like a hawk suspended (162)
> Here, she felt ... was the still space that lies about the heart of things, where one could move or rest ... like a hawk (163)

これらの鳥のイメージは、鳥の速さや軽やかさと共に、静止する瞬間の鳥

の、羽を休めるという陸の住人としての側面を明らかにしている。そして、最もラムゼイ夫人らしい鳥のイメージは "hen"(37) であり、"she was ... forced to vail her crest"(160) と描かれる。鳥でありながら空を飛べない。めんどりはまさに地上の生きものであり、その特質は家族をまもることにあるという意味でまさにラムゼイ夫人にふさわしいと言える[23]。

ここまで述べてきたのは、ヴァージニア・ウルフの陸、空、海のイメジャリの中で地上即ち陸に属するものである。これらのイメジャリは、空や海のそれよりも、より直截的に彼女たちの特質を辿るものである。そして、陸に属するイメージで描かれる彼女たちはそれぞれに孤独を抱きながら、人間同士の結びつきを求めてパーティをひらいていく共通性をもちつつも[24]、クラリサは孤独と coldness という側面から描かれ、他方ラムゼイ夫人の方は人々を結びつける link としての側面が暖かさのイメージとして捉えられている。

このように陸の住人として描かれてきた二人の女主人公に対して、空はどのような影響を与えているのであろうか。空に最も近い鳥のイメージ以上に彼女たち自身が空のイメージで描かれることはない。既に論じたように[25]、空は、太陽と雲によって構成されて、太陽は苛酷な時計の時間を表し、雲はその時計の時間の苛酷さを強調して、生の移ろいやすさを露呈させる役割を果たしている。『ダロウェイ夫人』において、太陽は「日時計」("dial"34) として "the dwinding of life"(34) を露呈しつつ、作中に繰り返して鳴り響く Big Ben の音と呼応する。雲は、老いと死に毅然と立ち向かう老女の頭上を流れて、老女が経てきた苛酷な生の移ろいを示す[26]。『灯台へ』においては、灯台行きを計画する午後から夜への半日と、10 年の歳月とラムゼイ夫人の死を象徴的に描く一夜と、灯台行きを果たす 10 年後の午前中の半日という構成の中に、太陽の運行による逆行しえない時計の時間が露呈されている。これらの空のイメージは、時計の時間にさらされて孤独に在りつつ老いと死が不可避であるという二人の女主人公の置かれた基本的な状況を浮き彫りにする役割を果たしているのである。

空の太陽が苛酷な時計の時間を表し、それにさらされた陸が、現実の生を象徴しているのに対し、海が表すのは、死と、死の彼方に見られるヴィジョンの世界であることも、既に述べた[27]。苛酷な時計の時間にさらさ

れて孤独に在るクラリサとラムゼイ夫人が催すパーティは、そもそも、生の中に在りながら海を視界におさめることで成立する世界である。パーティの目的は、生きている間は決して恒久的には得られない故に束の間 (momentary) でも捉えたいヴィジョンとしてヴァージニア・ウルフが特別の意味をこめる「瞬間」の実現にあると言える。二人の女主人公の眼は、ヴィジョンの恒久的実現の世界である海に、畏れと憧れをこめてそそがれている。しかし、彼女たちの海のイメージは、この momentary vision としての「瞬間」と関連して描かれていることが多い。

　自らの老いと "the dwindling of life" をしきりに感じるクラリサは、苛酷な時計の時間の支配を束の間逃れて素晴らしい「瞬間」を捉えることを夢見て "diver" のイメージで語られている。

> as she stood hesitating one moment on the threshold of her drawing-room [i.e. the place of communication], an exquisite suspense, such as might stay a diver before plunging while the sea darkens and brightens beneath him, and the waves which threaten to break but only gently split their surface, roll and conceal and encrust as they just turn over the weeds with pearl. (34-35)

さらに、クラリサは、今宵パーティで着る海色の夜会服を繕いながら、心の重荷を最終的におろせる安らぎとしての死と、その彼方に垣間見えるヴィジョンの世界に思いを馳せている。

> Quiet descended on her, calm, content, as her needle, drawing the silk smoothly to its gentle pause, collected the green folds together and attached them, very lightly, to the belt. So on a summer's day waves collect, overbalance, and fall; collect and fall; and the whole world seems to be saying "that is all".... Fear no more, says the heart, committing its burden to some sea, which sighs collectively for all sorrows, and renews, begins, collects, lets fall. (54)

そして、クラリサの緑色の夜会服と同じく海を連想させるものとしてラム

第10章　空、陸、海：ヴァージニア・ウルフのイメジャリ

ゼイ夫人の"green shawl"(104)がある。これもまた、夫の求めに応じて彼を包み込もうとする彼女の、人間関係の和の中に「瞬間」を達成しようとする姿勢を表す効果的な小道具といえる。

さらに、この海色の夜会服をまとってパーティに出たクラリサは「人魚」(mermaid)」のイメージで語られている。

> And now Clarissa escorted her Prime Minister down the room, prancing, sparkling, with the stateliness of her grey hair. She wore ear-rings, and a silver-green mermaid's dress. Lolloping on the waves and braiding her tresses she seemed, having that gift still; to be; to exist; to sum it all up in the moment as she passed; turned, caught her scarf in some other woman's dress, unhitched it, laughed, all with the most perfect ease and air of a creature floating in its element. (191)

パーティたけなわの時、首相と腕を組んで人々に挨拶してまわるクラリサの充足の「瞬間」にあらわれる人魚のイメージもまた、"But age had brushed her; even as a mermaid"(191)と描かれて、生きている限りは人は時計の時間の支配からは免れ得ないことが語られる。しかも、たとえ束の間にせよ、ヴィジョンの世界の体験とその充足感は海の人魚というイメージと共に確かに実在したのであった。

ラムゼイ夫人の場合も同じく、ディナーパーティにおける「瞬間」の達成を求めている様子は海のイメージと共に描かれるが、これを辿る前に、彼女の場合はまず"ghost"のイメージをとりあげたい。ラムゼイ夫人は、ディナーパーティのさ中と、彼女の死後の二度"ghost"のイメージで表されている。ディナーパーティでは次のように描かれる。

> gliding like a ghost among the chairs and tales of that drawing-room or the banks of the Thames where she had been so very, very cold twenty years ago; but now she went among them like a ghost;(136-137)

「彼女は変ってしまったのに、ほかならぬあの日が、今では美しく停止し

て、この永い年月の間、そのままそこにあったかのように、すっかり彼女を魅了してしまった」(137)と描かれているこの場面は、現在のパーティでの「瞬間」ではないが、明らかに時間を超えて記憶に甦る過去の美しい「瞬間」であり、時空をこえて彼女がそれを体験出来るのは、時計の時間にもはや拘束される必要のない「幽霊」のイメージ故である。さらに、ラムゼイ夫人は、自らの死後に「幽霊」としてリリーの前に現れている。自分を温かく包み込んでくれたラムゼイ夫人の死による喪失感から立直れず、絵が描けないリリーの前に現れるラムゼイ夫人の幽霊はリリーが求めていた芸術上のヴィジョンの世界へと彼女をいざなう役割を果している。

> Oh Mrs. Ramsay! she [i.e., Lily] called out silently, to that essence which sat by the boat, that abstract one made of her, that, woman in grey, as if to abuse her for having gone, and then having gone, come back again .... Ghost, air, nothingness, a thing you could play with easily and safely (275)

「幽霊」は、現実の生を表す「陸」の住人ではない。この幽霊のイメージは、実在の肉体をもたない幻の存在であるのみならず、時空の束縛を超えて充足の「瞬間」を体験出来、そして当然死の連想をともなうことにより、海のイメージと重なり合う部分がきわめて多いといえる。

次に、ディナーパーティにおけるラムゼイ夫人の海のイメージを考えていくと、「水夫(sailor)」のイメージがまず用いられている。

> as a sailor not without weariness sees the wind fill his sail and yet hardly wants to be off again and thinks how, had the ship sunk, he would have whirled round and round and found rest on the floor of the sea. (131)

さらに、ディナーパーティの成功は海のイメージと共に描かれている。テーブルの蠟燭が灯され、外の闇を閉め出す時、海のイメージと共に「瞬間」が訪れる。

> Now all the candles were lit, and the faces on both sides of the table were

第10章　空、陸、海：ヴァージニア・ウルフのイメジャリ

brought nearer by the candle light,.....

　　Some change at once went through them all ... they were all conscious of making a party together in a hollow, on an island; had their common cause against that fluidity out there. (151-152)

さらに、自らつくりあげた「瞬間」の満足感に酔うラムゼイ夫人はクラリサと同じく diver のイメージで描かれている。

as one passes in diving now a weed, now a straw, now a bubble, she felt again, sinking deeper, as she had felt in the hall when the others were talking. There is something I want—something I have come to get. (183)

これこそラムゼイ夫人が望んでいた状態、まさに「瞬間」の実現であると語られる。この二人の女主人公がパーティにおいて「瞬間」を実現した際のイメージには、死の投影はない。「瞬間」とは束の間にせよ生のただ中に実現するものだからである。それ故、生を望みつつも、大切なものを護るために死を選びとるしかなかったセプティマスが同じ海のイメージでも、"drawned sailor"(96,201) と描かれて、自殺を選ぶのとは対照的である。「瞬間」を実現してヴィジョンの海を漂う彼女たちは、海で死ぬことはなく、海を自由に泳ぎ回る海の住人なのであった。そして、このような形で二人の女主人公は同じように、自ら死を選びとることなく、momentary vision としての「瞬間」を手に入れたのであった。現実の生を表す「陸」のイメージよっては、それぞれ「冷たさ」「温かさ」といった異なる側面が強調されつつ、共に「空」の太陽が表す時計の時間に否応なく拘束されながら momentary vision としての「瞬間」をパーティの中で実現して「海」のイメージで語られるという様に中期代表作の女主人公の特質はイメジャリの世界によっても見事に裏付けられているのである。

第 11 章　『オーランドー』『歳月』における
　　　　　　　　　　　　　　　　　　　昏睡と覚醒

　この章では、『波』以降の後期小説の世界として、『オーランドー』と『歳月』を「昏睡」という視点から取り上げる。「昏睡」については既に第1章で、レイチェルの昏睡を取り上げているが、レイチェルの昏睡が死に至るのに対し、『オーランドー』と『歳月』においては、覚醒をともなっている。それ故、この二作品での昏睡は、死の一時的達成の意味をもち、実際の死にのめりこんでいかないための予防手段、緩和装置と語られているのである。以下、『オーランドー』『歳月』それぞれの「昏睡」について考えていく。

1.『オーランドー』における昏睡
　『灯台へ』と『波』の間に書かれた『オーランドー』は、ヴァージニア・ウルフの作品中でも特異な位置を占めている。親友の女流詩人ヴィクトリア・サックヴィル・ウェスト (Victoria Sackville-West) の伝記に託して、エリザベス朝には16歳であり途中で女性に変身しつつ400年近くを生きて1928年現在36歳である主人公オーランドーを描くという大胆な試みの中で、作者は、その枠組から細部に至るまで多層にわたって、からかいやパロディや既定の枠組の裏返し等を楽しんでいる。事実、彼女は『オーランドー』を "an escapade after serious experimental books"[1] と記述しているが、まさにそれは一連の "serious" な実験小説群のあいまに書かれた "a writer's holiday" であり "a joke"[2] であった。それぞれの時代精神、史実、実在人物、ひいてはいわゆる伝統小説の技法等が、博学な知識を駆使し虚実をとりまぜて俎上に載せられている。だが一方、書き進められるにつれて、単なる joke にのみとどまらぬ面の出てきたことを彼女は日記の中で "too long for a joke, and too frivolous for a serious book"[3] と認め、また

"half laughing, half serious"[(4)] とも書いている。この "serious" な半面を考える時、『オーランドー』と同時期に書かれた 'The New Biography' の記述は興味深い。

> ... the biographer whose art is subtle and bold enough to present that queer amalgamation of dream and reality, that perpetual marriage of granite and rainbow.....[(5)]

ここに述べられた「花崗岩」(granite) と「虹」(rainbow) はヴァージニア・ウルフの作品世界に対置される二つのイメージとしてしばしば用いられて、さまざまな問題の両面を構成するが、時間的側面から見るならば、時計の時間と心理的時間に重ねあわせることが出来よう。そして、その融合 ("amalgamation") の試みは、否応なしに威圧的に存在する時計の時間と点在する心理的時間の葛藤の中に、各々の孤独な人間の内部意識へのみ沈潜して、良くも悪くも『波』へとつきつめられていったいわゆる "serious" な実験小説群が踏み込んだ世界からの転換の手がかりとして、『オーランドー』の世界を示唆するのである。しかもこの二者の融合の試みという "serious" な面は、あくまでも "joke" の枠組と荒唐無稽な設定の中で、いとも楽しげに試みられているのであり、パロディと、後の作品へ展開する serious な試みの共存する "half laughing, half serious" な世界が『オーランドー』の世界といえるのである。細部から枠組にいたるまで多層にわたって joke とパロディにみちたこの作品において、ここでは以下時間の観点から、『波』以後の作品への展開の可能性という面を中心に考察してゆきたい。

『オーランドー』においてそこからの逃避を試みたと述べられている彼女のいわゆる "serious" な実験小説群の中では、二つの時間即ち時計の時間と心理的時間は、それぞれに存在を主張し侵蝕しあいながら二つながらに存在している。『ダロウェイ夫人』の Big Ben の様に、『灯台へ』の第二部で暴威をふるう 10 年という時間の様に、そして『波』の descriptive section における太陽の様に、決して逆行することなく老と死へ等間隔に

第11章　『オーランドー』『歳月』における昏睡と覚醒

運行していく時計の時間と、その中に点在する束の間ではあるが充足した心理的時間としての「瞬間」である。「瞬間」は時計の時間を超越してマルセル・プルースト (Marcel Proust) のいわゆる「見出された時」にはなり得ずに時計の時間の介入により過ぎ去ってしまう。しかもその瞬間は確かに充足感ときらめきを伴って時計の時間を圧してその存在の刻印を押すのである。この様な構造をもつ実験小説群からの逃避、息ぬきの中で試みられたのは、ある特殊な設定によってこの葛藤する二つの時間を融合させる試みであった。彼女は『オーランドー』において、400 年近くの年月を生きてなお 20 年程しか年をとらない主人公を設定し、脅威としてまた安息として彼女の従来の小説に影をおとしていた死の要素を取り去り、かわりに、「昏睡」(trance) を導入し、最終的には二つの時間を緩和へ導こうとしたのであった。そしてその試みは 12 時の鐘と「昏睡」のくり返しの中に段階的になされていくのである。

『オーランドー』で 12 時の鐘は四度鳴り響き、次の日への移行を告げて、不可逆的に運行する時計の時間の役割を果す。一度目の鐘はロシアの姫君サーシャ(Sasha) との駆け落ちの待ち合せ時刻である。氷上での出会いに始まるサーシャとの恋は "Great Frost" と平行して展開する。もの皆氷りつき日常の営みを止めたこの "Great Frost" は、時計の時間を瞬時凍結して現われた心理的時間と二重写しに語られる。サーシャとの出会いの日、1 月 7 日以降日付は影を潜め、出会いから 3 秒もたたぬうちにサーシャのあらゆるイメージがからみあい、一夜にしてオーランドーはおどおどした少年に別れを告げて一人前の貴公子になる。等間隔に運行する時計の時間が消え、心理的時間の領域に入っているのである。この恋愛の ecstasy からなる凍結された心理的時間の中で、駆け落ちの約束がなされる。オーランドーははやくから約束の場所でときめく心を抱いて待っている。まだ心理的時間が持続している。待ちながら彼はサーシャがやってくる幻影を見る。その時、それが幻影であることを、そしてサーシャが約束の時間に来ないという現実を容赦なくあばき、心理的時間を打ち砕いて鳴り響くのが 12 時の鐘である。

...Sasha's coming .... But the phantom vanished. Suddenly, with an awful and ominous voice, a voice full of horror and alarm which raised every hair of anguish in Orlando's soul, St. Paul's struck the first stroke of midnight. Four times more it struck remorselessly. (57)

　それまでの心理的時間が甘美であればある程、その衝撃は激しい。凍結されたecstasyにみちた心理的時間は12時の鐘に打ち砕かれ、それは"Great Frost"が終って氷の溶けゆく描写と二重写しになる。この第一の12時の鐘は苛酷な現実を告げ心理的時間を断ち切る時計の時間として、『ダロウェイ夫人』におけるBig Benと同じ役割を帯びている。まだ二つの時間は融和せずに葛藤しつつ二つながらに存在するのである。
　そして訪れるのが最初の「昏睡」(trance) である。サーシャの裏切りに打ちのめされたオーランドーは自らの館で七日間 "fast asleep... as if a trance"(63) という状態で眠り込む。語り手は「昏睡」(trance) について思い巡らす。

　　But if sleep it was, of what nature, we can scarcely refrain from asking, are such sleeps as these? Are they remedial measures—trances in which the most galling memories, events that seem likely to cripple life for ever, are brushed with a dark wing which rubs their harshness off and gilds them, even the ugliest and basest, with a lustre, an incandescence? Has the finger of death to be laid on the tumult of life from time to time lest it rend us asunder? Are we so made that we have to take death in small doses daily or we could not got on with the business of living? (64)

　12時の鐘によって告げられたサーシャの裏切りという現実に打ちひしがれ、ずたずたに引き裂かれかけていたオーランドーに対して、安息として、死の一時的達成としてこの「昏睡」(trance) は設定されたのである。それは苛酷な現実を告げる物理的時間に打ちのめされ直線的に実際の死へとのめりこんでゆかない為の一種の予防手段、緩和装置である。眠りは毎日一服ずつ服用する一時的死であり、一種の自己喪失の世界でありながら究極としての死と異って目覚めを伴うのである。オーランドーにおいて

第11章 『オーランドー』『歳月』における昏睡と覚醒

「昏睡」(trance) が軽いものも入れると数回、いずれも時計の打つ音と関連して現われ、常に目覚めを伴うのは、オーランドー自身が400年近く生きながら老いもせず死の影も感じられないことと合せて、『波』へ至る、脅威でもありまた安息でもあった死へとのめり込んでいった世界からの出口の模索として興味深い。『オーランドー』における「昏睡」(trance) は、最終的に歴史的時間にからめとられるまで、"serious"な実験小説群に顕著に現れる死の影をはらいながら、時計の時間の威圧の中で二つの時間の葛藤を緩和する役割を果していくのである。

　二度目[6]と三度目[7]の12時の鐘は時の移り行きを告げてその役割を果す以外、とりわけて意味は帯びない。また、二度目の「昏睡」(trance) はオーランドーの男性から女性への変身の行なわれる「昏睡」(trance) として興味深いが、この作品の一つの大きな要素である androgyny の問題にはここでは触れないので、ここでは一つの別の角度からの緩和の試みであると指摘するにとどめる。

　時計の時間である12時の鐘と、その威圧に打ちひしがれてしまわない様に一種の緩和装置ないしは死の代替手段としての「昏睡」(trance) は繰り返されるが、二つの時間は融和へ方向づけられながら、まだ交互に現われるだけであった。そしていよいよ現在、1928年10月11日へと舞台は移る。この一日において午前11時と真夜中の12時の二回時計は対照的に鳴り響く。昼の11時が来た時、オーランドーは過去に思いをはせ、夫シェルマーダインとの出会い、恋、結婚というあわせて3秒半位にしか感じられなかった甘美な心理的時間[8]の余韻をひいて、"The true length of a person's life, whatever the *Dictionary of National Biography* may say, is always a matter of dispute."(275) と思いにふけっている。この時いきなり頭を殴りつけられたかの様に、11時の鐘が彼女に衝撃を与える。

　　　The present again struck her on the head. Eleven times she was violently assaulted.
　　　"Confound it all!"she cried, for it is a great shock to the nervous system, hearing a clock strike. (275)

まさにそれは時計の時間の心理的時間への唐突で衝撃的な介入であり、続いて 1928 年 10 月 11 日木曜日とカレンダーによる日付が提示される。時計の時間の介入でオーランドーは、今まで生きてきた時々刻々それぞれの幾千にもわたる自我を、時を刻む時計のそしてカレンダーの時間によって "scraps of torn paper tumbling from a sack"(276) の様に切り刻まれてしまう。"true self""key self"(279) この幾千もの自我を統合する "sack" をオーランドーは切に求めざるを得ない。

　一連の『波』へと至る作品において、自我は互いに主張し合い、それ故に傷つけ合うか孤独を深めていくものであった。それ故に "Who am I ?"[9] と自我を模索し続けた。『波』におけるバーナード等が到達したのはアイデンティティ喪失の世界であり、アイデンティティ喪失の中に "I am you."[10] という一体感を得たのであった。だがこの様な内への意識の沈潜という方法は、アイデンティティ喪失と死の中にしか求める世界を見出せないという一種の袋小路へと入り込んでいく。『オーランドー』が『波』の前に書かれた作品でありながら、一連の実験小説群からの "escapade" と言いつつ、一つの後の作品への展開の起点となっていることは既に述べたが、ここでもやはり自らのアイデンティティが模索されているのである。そして『オーランドー』においては、別々にバラバラに存在する幾千もの自我は、その各々の自我の境界をこわすこと、つまりアイデンティティ喪失の中にではなく、時々刻々と形をかえる自我を統合するもの、つまり一瞬一瞬の変化の連続としてきれぎれに存在する時を統合するもの、ころがりおちるきれぎれの自我をおさめる "sack" としての歴史的時間にからめとられることにより、"key self" を見出すのである。

　言の如くに時計が 4 時を告げるが、彼女は "real self" を得た故に、その "shock of time"(288) はさほどではなかった。再び彼女は短く不完全だが一種の trance 状態を感じる。[11] しかし、もはや彼女にとって時計の時間は威圧的ではない。いや彼女は実際には 6 時 20 分になっているにもかかわらず、4 時 30 分とまちがえる程完全に時計の時間を忘れている。[12] 時計の音がしても、もはや何時かはわからない。いや何時でもよいのである。ただ望ましく快い夜がきたという意識だけである。結びへ至る部分は次の様に語られる。

第 11 章　『オーランドー』『歳月』における昏睡と覚醒　175

It was not necessary to faint now....

"Ecstasy !"she 〔i.e. Orlando〕cried,"ecstasy !"And then the wind sank, the waters grew calm; and she saw the waves rippling peacefully in the moonlight.

"Marmaduke Bonthrop Shelmerdine! "she cried, standing by the oak tree.
……………

As she spoke, the first stroke of midnight sounded.
……………

And as Shelmerdine, now grown a fine sea captain, hale, fresh-coloured, and alert, leapt to the ground, there sprang up over his head a single wild bird.

"It is the goose! " Orlando cried....

And the twelfth stroke of midnight sounded; the twelfth stroke of midnight, Thursday, the eleventh of October, Nineteen hundred and Twenty Eight. (294-295)

　もはや「昏睡」状態すら必要ない。心理的時間と、物理的時間である時計の打つ音の葛藤を trance の挿入によって緩和しつつ求められてきた融合が遂になったのである。ecstasy が彼女を貫く。夫シェルマーダインが戻って来る。孤独ではなく unity を感じる ecstasy にみちた甘美な心理的時間が到来する。しかも注目すべきは、それは真夜中の 12 時の鐘の音と共に進行し、この作品が「1928 年 10 月 11 日木曜日真夜中 12 時の鐘」という記述で終ることである。充実感ときらめきにあふれる心理的時間と、等間隔に不可逆的に進行する時計の時間は、一方に侵触していく形ではなく、同時に調和的に存在し得たのである。まさに時計の時間と心理的時間の"amalgamation" といえよう。ヴァージニア・ウルフの作品においては、作品をしめくくる最終の文章が深い意味を持つ。その最後が時計の時間で終り、しかもそこで ecstasy にみちた「瞬間」が得られたのである。二つの時間の融合への展望で『オーランドー』は終る。

　この様に、特に 12 時の鐘に代表される時計の時間と「昏睡」の効果によって最終的に融合された二つの時間について、ヴァージニア・ウルフは

どの様に考えていたのか。『オーランドー』の中で彼女は今までしばしば述べてきた二つの時間についてはっきり意識している。

> But Time, unfortunately, though it makes animals and vegetables bloom and fade with amazing punctuality, has no such simple effect upon the mind of man. The mind of man, moreover, works with equal strangeness upon the body of time. An hour, once it lodges in the queer element of the human spirit, may be stretched to fifty or a hundred times its clock length; on the other hand, an hour may be accurately represented on the timepiece of the mind by one second. This extraordinary discrepancy between time on the clock and time in the mind is less known than it should be and deserves fuller investigation. (91)

『オーランドー』が400年近くの間にほとんど年をとらない主人公を描くのに対し、『ダロウェイ夫人』、『灯台へ』、『波』と続く一連の実験小説群では、何らかの意味で一日という時間の中に作品を限定しつつ、その一日に流れこむ登場人物の何十年かの人生を描くという対照的な方法をとっている。これら一連の実験小説において、時計の時間の威圧は心理的時間としての「瞬間」をきれぎれで過ぎ去ってゆくものに変え、一方心理的時間はその瞬間における充足ときらめきで時計の時間に刻印を押してきた。一方、『オーランドー』においては、何百年の間の出来事をほとんど年老いない主人公の人生の一区間としてみることにより、不可逆的に運行する時計の時間の進みゆくままに時々刻々千変万化していくきれぎれの事象は、一つの変らざる営みに組み込まれていくのである。歴史の導入である。ヴァージニア・ウルフはこの作品において history と age を区別して用いている。時代 (age) は時計の時間の運行と共にみるみる過ぎ去り変転していく。ヴィクトリア朝になって時代があまりにも変化した状態は "Now, all that was changed."(218) と述べられる。だがこの様に、カレンダーをめくる様に日々変化していく時代を通して流れている変らざるものがある。オーランドーは思い巡らす。

第11章　『オーランドー』『歳月』における昏睡と覚醒　177

"After all," she thought, getting up and going to the window, "nothing has changed. The house, the garden are precisely as they were....True, Queen Victoria is on the throne and not Queen Elizabeth, but what difference...."
(214)

この様に、時代が変ろうと女王の名が変ろうと、変らざる営みとしての歴史的時間の中に age を組み込むことは、時間が刻々変化していく中で幾千の自我がきれぎれになりそうで一つの sack である real self に組み込まれていくことと二重写しになって融和の世界を形づくる。時々刻々変転してゆくきれぎれの自我がオーランドーの内部で sack としての key self を得た様に、不可逆的に進行する時計の時間とその変転によって移りゆく時代は、その存在を否定されるのではなく、sack におさめられる様に、さらに巨大な変らざる営みとしての歴史的時間の中にからめとられることにより、従来個人の短い生の断面において、侵蝕しあい葛藤しつつ存在した二つの時間が融和し得ることを『オーランドー』の結末は示唆したのであった。この様に歴史的時間を根底におくことによって、時計の時間の中にあって心理的時間は威圧されることなく存在し得た。歴史的時間の中にからめとろうとする意図によって二つの時間の融合への試みはなされた。そして、この変らざる営みとしての歴史を象徴的に表わすものの一つに、オーランドーの住む広大な館がある。

　この広大な館は 365 の寝室と 52 の階段を備えている。この寝室が一年の日数、階段が1年の週の数を表わすことは注目されてきたが、この一年を日割り週割りにした寝室と階段はカレンダーの時間即ち時計の時間を表わしている。だがその様な造作を備えつつ、この館はオーランドーが詩作にふける時には静謐さを与えながら、エリザベス朝以前から存在し、常に変らずに幾つかの時代を経て現代へ至るまで存在し続ける。館の主が留守であろうと、孤独の内に隠遁しようと、豪華に模様変えをして宴会を催そうと、常に変らずそこにたっている。変転していく時計の時間としての 365 の寝室と 52 の階段を内に備えつつ、常に変らずあるこのオーランドーの館は "Nothing has changed. The house, the garden are precisely as they were." (214) と述べられる。それはまさに N.C. Thakur の言う如く "The house...

becomes a symbol of historical time against which Virginia Woolf shows the passage of different ages."[13] なのである。

　そしてさらに、常に変らず存在するものとして注目すべきは oak tree である。oak tree は、オーランドーの広大な敷地内に生える現実の木であると共に、オーランドーが 16 歳の時から書き続けて 36 歳の現在、賞をとった詩の題名でもある。木としての oak tree は、毎年毎年芽をふき葉を茂らせてはまた葉を落していく移りゆきの中で、木自体は何百年も変らずそこに存在して、オーランドーが不安な時にもたれかかってその hardness に身をゆだねてやすらぎを感じる対象であった。そして詩 "The Oak Tree" も、オーランドーのさまざまな環境の変化の中で、棄てられることも失われることもなく書きつがれて、遂に賞を得た後、木 oak tree の根元に埋められる。木と詩は一体化し、以後もあらゆる変転する状況の中で存在し続けるであろうことを示唆して、オーランドーの館と同じ意味で象徴的な小道具となっている。

　さらには、普通に個人が体験できる年数をはるかに越えて、個人の生を中断する死の影すらなく、400 年近く生きてほとんど年をとらないオーランドー自身の存在、時々刻々変転するさまざまなその時その時の経験を身に受けて、それをからめとっておさめる sack としての key self を見出し、最後には 12 時の鐘を聞きながら ecstasy あふれる心理的時間を体験するオーランドーの存在こそ、融和の原動力として、歴史的時間を具現する象徴的な存在である。

　以上、歴史的時間の導入により、それぞれ侵触しあいながら別々に存在する時計の時間と心理的時間の融合に至る過程の中に、『オーランドー』における、一連の実験小説群の踏み込んだ世界からの転換の試みを見てきた。ヴァージニア・ウルフは『オーランドー』の後に、一連の実験小説の最もつきつめられた形の『波』を書いているので、『オーランドー』執筆の時点に『波』以後の世界への展開をみるのは早いといえるかもしれない。だが一連の実験小説が息ぬきを必要としたという記述は、それらの実験小説で追求されていく世界のきわめられるが故の一つの限界の示唆と、息ぬきをきっかけとしての新たな視点への方向性がみられると思われる。もっとも『オーランドー』に提示されたこの試みは、現実には不可能な、

第 11 章　『オーランドー』『歳月』における昏睡と覚醒　　　179

400 年生きてほとんど年をとらない主人公設定の中にはじめて可能になった試みであり、荒唐無稽な joke としての枠組をはずして、通常の短い個人の生と、その中に影を落とす死の要素をふまえた中で今一度追求され直すべき一つの試みであった。そして事実、"first cousin to *Orlando*"[14] と作者自らが呼ぶ『歳月』が、一日の中に何十年かを流れこませるのでなく日付を挿入して編年体をとりつつ "The sun had risen..."(469) で結ばれることに、また彼女の最後の小説『幕間』(*Between the Acts*) で、イギリスの歴史を描く pageant が導入されることに、再びあらわれてくるのである。多層にわたる joke を主とした "a writer's holiday" である『オーランドー』の世界の中で、多分に荒唐無稽な設定に負いながらも、"half laughing, half serious" と作者に言わしめた "serious" な半面には、息ぬきの形をとりながら『波』以後の作品展開への模索が、既にはじまっていたのである。

2. 『歳月』における昏睡と覚醒

　『歳月』(*The Years*) はヴァージニア・ウルフの七番目の、そして作者の生前に発表された最後の小説である。『ダロウェイ夫人』から『波』に至る小説世界は、決して逆行することなく等間隔に運行する時計の時間にさらされながら、点在する心理的時間としての「瞬間」を求めて、個が自らの内部意識へと沈潜してゆく世界であった。そこでは最初、時計の時間と相克しながら点在する現実の「瞬間」が切に求められたが、次第に「瞬間」のきらめきよりもはかなさへと向かいながら個の内部意識へ沈潜して、遂にはアイデンティティ喪失と死への身の委ねへと傾いて『波』へと至っている。『波』では、その結末において確かに「夜明け」「再生」が暗示されつつも、個人の内部意識を通している故に、夜明けの予感よりもアイデンティティ喪失と死への身の委ねの世界の方を圧倒的迫力をもって描ききったのであった。

　『波』において、個の内部意識への沈潜の行き着く果てを描いて、その頂点と限界とも言える世界をあらわしたヴァージニア・ウルフは次作『歳月』においては「『波』の枠をこわす」[15] 必要を感じて "external"[16] な世界へ目を向けていった。だが、それは今まで彼女自ら否定してきた、"materialists"[17] の H・G・ウェルズ (H.G. Wells) やジョン・ゴールズワー

ジー(John Galsworthy)の描く様な伝統的なスタイルによる社会的背景、心理描写、プロットへの回帰ではない。『歳月』は各セクションに年号を付した年代記仕立てで描かれているが、その原題の一つであった *The Pargiters* を変更するに際して、「これで私の追求しているものが何か、明らかになるし『フォーサイト・サーガ』等と張り合わなくてすむ」[18] と日記に記す彼女の意図は明らかであろう。『歳月』ではパージター(Pargiter)家三世代を描いて、その離散、邸宅の売却、戦争、王の死、息子や娘達の仕事、結婚等を扱っている。だが、それらは伝統的な意味での実在感を失って、移りゆく季節の挿入と、風、雨、落葉、雪の、登場人物とその日常生活への重ね合わせの中に、作者特有の一種抽象的な外を形成してゆくのである。

さらに、執筆当初には『波』の反動として外のみに目を向けていた作者は、やがて書き進むにつれて "I; and the not I; and the outer and the inner" [19] "…facts as well as the vision. And to combine them both" [20] と日記に記す様になる。彼女にとって個の「内」をぬきにした「外」はあり得なかった。ただ、個の内部意識を頂点と限界まで描ききった後に、『歳月』においては、個をパースペクティヴに置き直す形で外へ組み込もうとする試みがなされている。それは遺作『幕間』(*Between the Acts*)と共に彼女の後期小説の一つの課題であった。ここではこの試みを、既に『オーランドー』に用いられ、『歳月』においても特有の役割を果す「昏睡」(trance)を通して考察してゆきたい。

(1)

『歳月』には、登場人物が「昏睡」におちる状態が幾度か描かれている。ここでは「昏睡」を、眠り、意識の朦朧状態、blank 等の総称として用いるが、この様な「昏睡」状態は殊更『歳月』において目新しいものではない。既に処女作『船出』の中で、病篤いレイチェルの一種の昏睡状態として重要な意味を帯びていることは、既に述べた。[21] そして、時計の時間に刻印を押す至福の心理的時間として中期小説において鮮やかにとらえられている「瞬間」もまた、一種の「昏睡」状態と言えよう。だが、『歳月』において以下指摘していく「昏睡」は、それら初期中期小説の

第11章　『オーランドー』『歳月』における昏睡と覚醒

「昏睡」状態と重なる部分をもちつつも、明らかに『波』以後に独特の性格を帯びている。それについては、既に『オーランドー』に興味深い指摘がなされている。

> But if sleep it was, of what nature, we can scarcely refrain from asking, are such sleeps as these? Are they remedial measures—trances in which the most galling memories, events that seem likely to cripple life for ever, are brushed with a dark wing which rubs their harshness off and gilds them, even the ugliest and basest, with a lustre, an incandescence? Has the finger of death to be laid on the tumult of life from time to time lest it rend us asunder? Are we so made that we have to take death in small doses daily or we could not go on with the business of living? [22]

ヴァージニア・ウルフの小説においては、決して逆行することなく容赦なく老いと死へと等間隔に運行する時計の時間にさらされつつ、それぞれに自我をもち孤立し互いに communication を欠き個々に gulf を抱いて時としては傷つけあい時としては孤独に在るという苛酷な現実認識が常に基本にあった。そして、その苛酷な現実は、圧倒的威力を帯びて個の一ライフサイクルの終点にひかえる死によって裏打ちされたものであった。死は、一方では闇から現われて生を奪いとる『波』のバーナードが "Death is the enemy." [23] と叫んだ脅威として、また一方では苛酷な生の現実からの恒久的解放として『ダロウェイ夫人』のクラリサが "There was an embrace in death." [24] と叫ぶあこがれとしての両面を擁しつつ、いずれにせよ両極端の激しい感情的色彩を帯びてとらえられてきた。その様な中で、「昏睡」は "remedial measures" として苛酷な現実や死の脅威との相克のさ中に訪れて、個の一ライフサイクルへのとらわれを浮き彫りにしながら、その呵責の輪郭を喪失させ、安息としての死の一時的達成を行なうのである。さらに、その目覚めの過程においては、現実への回帰でありながら、苛酷な現実へのそのままの逆行ではなく、あこがれにしろ脅威にしろそれまで死にまつわっていた感情の色彩をそぎおとすことによって、死の終点としての性格を緩和して、個を内部意識へのとらわれからパースペクティヴへ置き

直す広がりを示唆してゆくのである。死の一時的達成でありながら、必ず目覚めを伴う故にそれは『船出』で現実の死の先取りとして描かれるレイチェルの「昏睡」にはまだ明確に描かれていなかった。また「瞬間」は時計の時間との相互侵食状態において成立している為、「瞬間」からの覚醒は苛酷な現実への逆戻りでしかなく、そのきらめきがまばゆかっただけその反動も大きいと言える。だが「昏睡」は、一時的な現実の輪郭喪失と忘却という「瞬間」と重なりあう部分をもちながら、"remedial measures" の機能を発揮して目覚めた後の現実の呵責を緩和する解毒剤の役割を果して、『波』へと至った世界からの出口を開く鍵として用いられている。

『歳月』の中で主な「昏睡」は大概 "Where am I going ?" という問を伴っている。『波』において自己のアイデンティティを求めつつ繰り返された "Who am I ?" にかわるこの問いかけも、両作品の死への対処の仕方を端的に物語るものとした「昏睡」とあわせて考察してゆきたい。

めまぐるしく変わる登場人物と場面、煩瑣なまでの人々の邂逅と日常会話の繰り返しの中にくり広げられる『歳月』において、作者自身が "the turn of the book" [25] と語る1911年のセクションでは、エリナー(Eleanor)に焦点があてられ彼女の意識がたどられて、55歳になったエリナーが列車で弟夫婦の家を訪れてその夜自宅にひきとって眠りという「昏睡」状態におちるまでが描かれている。常に穏やかで人々の "soother" [26] であり、80歳になっても「彼女は全く変らない」[27] と甥に思われるエリナーであるが、このセクションでは「老嬢」と「人生の盛り」の意識をゆれ動き、いつもの静かな態度を保持しつつも、その老いてきたという意識はおおうべくもない。ベッドに横たわると、昼間の列車のゆれの感覚のよみがえりと共に、やがて様々な景色を窓外に見せつつ目的地へと疾走する列車はエリナーの中で、個人の人生を規則正しく死へと運びゆく疾走する時計の時間と二重写しになってくる。

> Perhaps because she had been travelling, it seemed…as if the train were still swinging from side to side as it rattled across France. She felt as if things were moving past her as she lay stretched on the bed under the single sheet. But it's not the landscape any longer, she thought; it's people's lives, their

第 11 章　『オーランドー』『歳月』における昏睡と覚醒　　　　183

changing lives. (227)

　エリナーにとっては "a very short time for her"(220) と感じられる 20 年余りの歳月が、まだ十代の姪にとっては "ages ago" と感じられるそのギャップが、時計の時間の支配する現実を知らしめるのである。自室で列車のゆれを通して変転しつつ通り過ぎてゆく人生と、自らの短い生にはあまりに速く疾走する時計の時間に直面させられたエリナーは思わず "Where are we going ?" と自問する。

　　　Again the sense came to her...of a train swinging from side to side down a railway-line. Things can't go on for ever, she thought. Things pass, things change, she thought, looking up at the ceiling. And where are we going? Where? Where?...The moths were dashing round the ceiling; the book slipped on to the floor. (229)

　終点としての死は直接には語られない。だが、エリナーの部屋を飛びかうのはヴァージニア・ウルフが好んで用いる蛾である。彼女のエッセイ "The Death of the Moth" においてとらえられている、一日の生しかもたず迫り来る死に果敢に挑む生のビーズ玉として、死の圧倒的支配へ向けて突進してゆく蛾のイメージである。[28] 疾走する時計の時間に否応なく運ばれながら "Where are we going ?" と叫ぶエリナーに蛾のイメージが重なる時、行く手に控えているのは圧倒的脅威としての死である。だが "Where ?" の答に終点の死を連想させると同時に、エリナーは持っていた本を床にとりおとす。眠りが彼女をとらえたのである。死の代替、"remedial measures" としての「昏睡」の導入である。終点としての死の脅威、そこへ否応なく引きずり込んでゆく疾走する時計の時間、終点としての死に区切られて余りに短い個の一ライフサイクル、変転し過ぎ去ってゆく人生、これらへの直面とそこに生じる葛藤は「昏睡」によって緩和される。「昏睡」による意識のぼやけによって現実は厳しい輪郭を喪失し、その呵責は緩和されてゆくのである。

　この様に 1911 年のエリナーの場合には、時計の時間に否応なく運び込

まれる個人の生の終点として脅威的存在である死は、眠りにおちることでその威嚇的な輪郭を喪失してゆくが、現代のセクションではノース (North) が酒の酔いによる「昏睡」状態の内に "embrace" としての死を体験するのである。

アフリカから久方ぶりに帰国したばかりのエリナーの甥ノースは、パージター一族の集う宴会に、人々の社交の中にとけこむことが出来ない。しかも一群の人々とのうんざりするおしゃべりの輪から束の間離れてほっとしながら、ノースは "North was glad to go; but where was he to go now ?"(435) と自問しているのに気づく。杯の中で泡立つ液体を眺めつつ、その答を見出そうとするノースにまだ酔いは訪れて来ない。人の輪を離れて周囲を見廻す時、言葉の羽根つき遊び[29] に終始して、自己をさらけだすことも他者にふれることもしない人々の中にあって彼は "solitude in a crowd"(435) を感じる。そうしたいと望みながらも自己の存在の隔壁をとりはらいきれないノースにとって、多くの人々に取り囲まれているだけに一層、他者との隔壁の意識は増幅されて呵責となってゆく。

> We're all afraid of each other, he thought; afraid of what? Of criticism; of laughter; of people who think differently.... That's what separates us; fear, he thought. (447)

だが酔いがまわるにつれて、彼がどうしてもとけこめなかった言葉の羽根つき遊びであるおしゃべりは、ほんやりとして脈絡を失い、周囲で社交にあけくれる人々は急速に輪郭を喪失する。酔いのまどろみの中で彼は個としての隔壁すらも失って、広大静謐な世界に身を委ねてゆく。脈絡を失った周囲の会話の一片である "Died, did she—died."(457) をひきがねに、その世界はひらけていく。

> He was dazed.... He would detach himself, generalise himself, imagine that he was lying in a great space on a blue plain with hills on the rim of the horizon.... Through his half-open eyes he saw hands holding flowers—thin hands, fine hands; but hands that belonged to no one. And were they flowers

第 11 章 『オーランドー』『歳月』における昏睡と覚醒　　185

> the hands held? Or mountains? Blue mountains with violet shadows? Then petals fell.... There they lay, violet and yellow, little shallops, boats on a river. And he was floating, and drifting, in a shallop, in petal, down a river into silence, into solitude. (457-458)

それは『波』の情景を連想させる世界である。誰とも心の交歓が出来ずに現実の苛酷な生の中に自らの寄って立つべき位置を失って自殺してゆく『波』のローダが、水盤に花びらを浮かべて眺めるイメージ[30]と、ノースが「昏睡」状態で垣間見た世界が重なっている。また、その静寂と広がりは『波』の終り近くで描かれる日蝕前後の世界を思いおこさせる。『波』は自己喪失の果てに、苛酷な現実からの解放としての死へ身を委ねてゆく世界であった。そして、それと重なり合うノースがここで「昏睡」を通して体験した死の世界は、威圧的存在ではなく、"embrace" として現実の呵責からの全く解放として身を委ねたい誘惑をたたえた世界であった。"Where?" と問うたノースもまたエリナーとは別の面で死へ行き着いたのである。だが、『波』の人々の様に遂には現実の死に身を委ねてゆくのとは異なり、ノースの体験はあくまでも「昏睡」であり必ず目覚めを伴う。"Wake up North"(458) という声に、ノースは身を委ねたい誘惑的な世界から現実へと目覚めてゆく。だが、まどろみの中で見た水に浮かぶ花びらが、そのまま現実に花を水の中に落としているマギー(Maggie)の姿につながってゆく時、引き戻された現実は彼にとって、もはや先刻の呵責を欠いている。死の一時的達成、"remedial measures" としての「昏睡」は現実の呵責も死の誘惑をもそぎ落とした。ノースは先刻は自らを批判し笑う自らとは異質な存在として、とけこめなかった他者と共に笑いさざめくことの出来る自分を見出すのである。

　この様に、「昏睡」と共に発せられる "Where am I going?" の問いにつれてあらわになったのは死の世界であった。エリナーの場合には圧倒的脅威として個を脅かす死の世界が連想された。ノースの場合には、その様な死に時々刻々と引きずり込まれてゆく苛酷な現実からの解放として抱擁力にみち誘惑をたたえた死の世界が体験される。それはヴァージニア・ウルフにおける相反する二つの感情に支配された二つの死の世界であった。しか

も、エリナーやノースの体験は、いずれも現実の死そのものではなく、死の一時的達成としての「昏睡」であった。「昏睡」の "remedial measures" としての役割が果されている。エリナーの場合には「昏睡」におちることで死の脅威が緩和され、ノースの場合には苛酷な現実への逆戻りという反動を伴わない静かな目覚めの中に、死への誘惑は遠ざけられている。"Where am I going ?" の答として死が想定されつつ、「昏睡」の挿入によりその受け取め方に変化のおこってくる『歳月』特有の世界がそこには見られるのである。

(2)
　『歳月』における唯一の現実の死、"...is dead." という一行以上の描かれ方をする唯一の現実の死は "Where am I ?" という問を伴って、この作品の冒頭で扱われている。パージター夫人 (Mrs. Pargiter) の死である。娘ディリア (Delia) の目を通して見つめられるこの部分で、生と死の borderland という意識が提示されるのである。

> Mrs Pargiter was asleep.... But she did not look as if she were dying; she looked as if she might go on existing in this borderland between life and death for ever.
> ………………………
> Mrs Pargiter had raised herself on her pillows.
> 　"Where am I ?" she cried.
> ………………………
> 　The door opened, and the nurse came in. Delia rose and went out. Where am I? she asked herself, staring at a white jug stained pink by the setting sun. For a moment she seemed to be in some borderland between life and death. Where am I? she repeated. (21-25)

無惨にやつれ、死が間近に迫りつつもまだ生き続けまどろむ母を、生と死の borderland に永遠に居すわる存在として眺めているしかすべのないディリアに、目覚めた母は夢と現実のギャップにまごついて "Where am I ?" と

第11章　『オーランドー』『歳月』における昏睡と覚醒

尋ね、母の部屋を辞した後、ディリアはその問を自らに重ねて、若く健康な自分もまた、現実を生きながら生と死のborderlandを共有しているという意識をもつようになる。自分自身は現実の死に無関係と思える程、年若い少女ディリアは、感情に支配されることなく対象を見つめる観察者の目をもってこの意識に至るのである。

　この生と死のborderlandの意識は、今一度、パージター夫人の葬式の際によみがえってくる。家族に取り囲まれた柩は「永遠に葬られるにはあまりに新しすぎ」(31)その対比にディリアは "a sense of something everlasting; of life mixing with death, of death becoming life"(92)という感覚におそわれ、柩に土がかけられるのを眺めつつ雀の鳴く声や車輪の音がはっきり聞こえる自分を見出す。死を目の当たりに見ながら、日常の営みが回復してくる中でディリアは一つの了解を得る。(32)観察者としての、感情に支配されない目を通して見た生と死のborderland、死とまじりあう生、生における死の内在である。生における死の内在はもちろんヴァージニア・ウルフの全作品を貫いて流れる主調である。(33)だが、『波』へ至る、個の内部意識への沈潜の中で、死は一方では生に内在しつつも闇から現われて生を奪いとる『波』のバーナードが "enemy" と叫んだ死でありながら、また一方では孤立し互いにコミュニケーションを欠いて、疾走する時計の時間にさらされた苛酷な生の現実を生きる者の、そこからの解放として『ダロウェイ夫人』のクラリサが "embrace" としてあこがれた死であるという対照的な様相を帯びていた。しかも、そのどちらの様相においても、死は生とは二律背反の相を帯びて生を侵食する形で生に内在していたのである。だが、死から、生を侵食するもの、自らの生にとらわれた個の内から見た行き着く果てという個人としての感情の色彩をそぎ落とした『歳月』における、生と死のborderlandの意識は、生と死がまじりあって永遠に続くさま "something everlasting" の意識として、個の一ライフサイクルをこえた世界への連なりを可能にする。以後この小説において現実の死は "Death punctuates the novel."(34)と言われる様に、個の行き着く果てとしての "enemy" とか "embrace" といった感情の色彩を帯びることなく、生と死のborderlandの句読点として、"The king's dead."(205)"Her father was dead."(209)といった一言で人々の口の端に上るのみになり、"It would make no difference, Parnel's death."(124) という風に処理されてゆくのである。

しかし、『歳月』の登場人物達は、不老不死に近いファンタジーの主人公オーランドーとはちがい、普通の人間であるので、個の一ライフサイクルと、その終点としての死にとらわれざるを得ず、それに対する恐れとあこがれの感情を免れることは出来ない。『オーランドー』の様に、結末において、もはや「昏睡」という死の代替、緩和装置すら必要なしに個を組み込む歴史的時間に融和出来る訳ではない。絶えざる現実の呵責は「昏睡」による緩和を必要とする。そして、「昏睡」から目覚めた束の間に、呵責のひきおこす激情をそぎ落とした状態で、個の一ライフサイクルのパースペクティヴへの組み込みが可能になるのである。"Where am I going ?"の答はそれ故に、死でありながら、死にまつわる激情をそぎ落とした時、個の見つめる一ライフサイクルの彼方を示唆するのである。この世界は「昏睡」の後の目覚めの状態で、1914年のキティ(Kitty)の場合にヴィジョンとして体験され、さらにその「瞬間」的幸福感をもそぎおとして、『歳月』の結末に定着されてゆくのである。

(3)

1914年におけるキティの場合の、彼女が実際に乗り込んだ列車の疾走の感覚が人生と重なり合い、その呵責の露呈から「昏睡」へおちこむ過程は、先に述べたエリナーの場合と同様の設定である。自らの主催するパーティを終えてきたキティにとって列車による旅立ちは煩わしさからの解放の筈であった。かつて、『ダロウェイ夫人』のクラリサや『灯台へ』のラムゼイ夫人があの様に追い求め体験した恍惚の瞬間を、もはやキティはパーティに見出すことが出来ない。「瞬間」ではなく「昏睡」が、不吉に鳴り響くBig Benではなく穏やかに柔らかに鳴る時計の音[35]が、現実との勝ち目のない戦いの激しさではなく可能な限り感情をそぎ落として現実を凝視することにより自らの位置を見つめようとする試みが『歳月』の主調である時、パーティもまた変質せざるを得ない。自己をひたすら隠蔽し、言葉の羽根つき遊びと他者へのレッテル貼りに終始するパーティからの物理的逃避としての列車による出発はキティに解放感を与える。だがパーティのさ中に一人になったノースが現実の呵責に直面した様に、一人

第 11 章　『オーランドー』『歳月』における昏睡と覚醒　　　189

になったキティもまた、煩いを積み重ねる個の生の現実に直面させられるのである。

> The years changed things; destroyed things; heaped things up—worries and bothers; here they were again.
> …………………………
> 　　The train rushed her on. The sound had deepened; it had become a continuous roar. How could she sleep? How could she prevent herself from thinking? She turned away from the light. Now where are we? she said to herself.... A blank intervened.... This is sleep, she said to herself, half opening her eyes; thank goodness, she said to herself, shutting them again, this is sleep. And she resigned herself to the charge of the train, whose roar now became dulled and distant. (292-293)

"Where are we ?" と叫びつつ眠りにおちるまでは、先に述べたエリナーの場合と同じ過程をとっている。しかし、エリナーと違ってキティの場合は、「昏睡」から目覚めた後が描かれている。翌朝、列車から降りて田舎の別邸に帰った彼女は、散策中、"All passes, all changes."(299-300) という思いにとらわれる。再び列車の中で感じた呵責が戻ってくるかに見える。だが「昏睡」の後の目覚めには remedial な効果が現われていて、彼女は苛酷な現実との相克ではなく、幸福感にみたされたヴィジョンを経験する。

> Suddenly she saw the sky between two striped tree trunks extraordinarily blue. She came out on the top. The wind ceased; the country spread wide all round her. Her body seemed to shrink; her eyes to widen. She threw herself on the ground, and looked over the billowing land.... Uncultivated, uninhabited, existing by itself, for itself.... A deep murmur sang in her ears—the land itself, singing to itself, a chorus, alone. She lay there listening. She was happy, completely. Time had ceased. (300)

時計の時間が疾走をやめる時、キティを取り巻く景色は "extraordinarily"

に青い空と広大な大地のつくる空間である。ノースの見た死の世界のイメージはここには見られない。むしろこの景色は、パージター家の人々の日常の営みを描く各セクションの冒頭に序として付されている風景描写と重なり合う。この、各セクションに風景描写を付す形式は『波』にも見られるが、一見同じ形式をとりながらもその相違は、それぞれの小説の特質を端的に物語っているのである。

『ダロウェイ夫人』、『灯台へ』、『波』は一日を描いてその中に個の一生を流れ込ませている。特に『波』では、風景描写の部分における日の出から日没は完全に登場人物の子供時代から死までを反映して、死の彼方と夜明け、再生を暗示しつつも、死にとらわれた個の一ライフサイクルを描いている。風景は、時としては威圧的に重苦しく、また、時としては誘惑的にやさしく登場人物の生の営みにかかわってゆく。一方『歳月』の風景描写は統一をもたないそれぞれバラバラな季節で描かれている。それは日の出から日没という個人の一生を単位とした一日を描くのではなく、"inscrutable"で"eternal"で"indifferent"[36]な風景として描かれている。それは諸々の個をそして無数の現在この瞬間を組み込んで繰り返されてゆく時間として、"The long reel of days that turned as the years passed."(172)としてそれぞれの年号に空間化された風景である。それが、後期小説に共通して見られる。疾走する時計の時間と変転しゆく各々の時代を組み込む、変らざる営みとしての歴史的時間であることは『オーランドー』に既に示唆されている。もっとも、『歳月』においては、同じく歴史的時間が描かれながらも、それは年代記仕立ての煩雑なまでの細部の中に解消して、必ずしも明確に定着しているとは言い難いと言えよう。

この様にキティの垣間見た風景は、一見脈絡を欠いた各セクション冒頭の風景描写と重なって、個の一ライフサイクルをこえた外への広がりを示唆していると思われる。だが、ここではその風景はキティのヴィジョンの中の世界として喜びと共にとらえられている。「昏睡」により現実はそのan agonistとしての厳しい輪郭をぼやけさせたにしても、キティの感じる幸福感は、『歳月』以前の、恍惚ときらめきの「瞬間」の色合いを残しているのである。「昏睡」の後の目覚め特有の、感情をそぎおとした凝視の明るさに至るには、『歳月』の結末部分まで待たねばならない。

第 11 章　『オーランドー』『歳月』における昏睡と覚醒　　191

　1914 年にキティが「昏睡」から目覚めた後、ヴィジョンとして経験した世界は、「現代」おいてエリナーの意識を通して垣間見られ、さらにディリアの宴会自体をパージター家の人々共通の「昏睡」体験として、目覚めと夜明けの結末部分へと展開してゆく。

　ディリアの宴会へと自動車で運ばれてゆく 80 歳になるエリナーは、車に人生を重ねて自分の老齢を果てしなく広がる暗闇ととらえてゆく。同乗の姪ペギー (Peggy) の、我々は "two sparks of life enclosed in two separate bodies"(360) であるという意識を経て、エリナーは突然すべてが以前おこったことの繰り返しだと思い至る。さらに彼女は、いささかの相違をもちつつもあらゆることが繰り返されているならば、そこには個人の一ライフサイクルにおいてはほんの瞬間的にしか認められない "gigantic pattern" が存在するという確信に至る。

> And suddenly it seemed to Eleanor that it had all happened before.... Does everything then come over again a little differently? she thought. If so, is there a pattern; a theme, recurring, like music; half remembered, half foreseen?....a gigantic pattern, momentarily perceptible ? (398)

"gigantic pattern" に思い至ったエリナーは、その後何度か居眠りを繰り返した後、啓示を得てゆく。

> There must be another life, here and now, she repeated. This is too short, too broken.... She felt that she wanted to enclose the present moment; to make it stay, to fill it fuller and fuller, with the past, the present and the future, until it shone, whole, bright, deep with understanding. (461-462)

だがヴィジョンは束の間のものであり、こぼれおちてゆく。

> It must drop. It must fall. And then? she thought. For her too there would be the endless night ; the endless dark. She looked ahead of her as though she saw opening in front of her a very long dark tunnel. But, thinking of the dark,

something baffled her; in fact it was growing light. The blinds were white (462)

　この、ヴィジョンによる個をこえた彼方の垣間見、死に対する恐れと委ねの惑情、個の内の死を通しての再生の予感はまさに『波』の結末を思いおこさせるものである。だが『歳月』はそこで終らずに、現実の夜明けを描いて、諸々のものが眠りから目覚めて白日の下で日常の営みを始める様を描く。夜を徹して続いたディリアの宴会で、それぞれにヴィジョンを見たパージター家の人々は、その "field of vision"(466) から目覚めて帰り仕度を始める。このヴィジョンがいわゆる中期小説の「瞬間」でないことは、目覚めた後の人々が苛酷な現実に逆戻りしてたじろぐことなく、また感傷的にヴィジョンへの未練を残すことなく、きわめてあたりまえな様子で帰り仕度をする様からも察せられる。個々の「昏睡」経験を含むディリアの宴会は「瞬間」を形成する場ではなく、人々の共通の「昏睡」の場であったと考えられるのである。しかもディリアの宴会は、『波』の結末部分と重なりながらそこで終らずに、さらに「昏睡」からさめた人々の、喜びや恐れといった激情をそぎおとした行為が語られてゆくのである。老嬢エリナーと新世代の見知らぬ男女の重ね合わせは、よく例にひかれるがむしろ説明的で画一化していると言えよう。それよりも結びの一文が、かわいた明るさを定着して効果的である。夜が明けて帰宅をはじめる、寂しさも感傷もない人々に "indifferent" で "inscrutable" で "eternal" な風景が介入して、『歳月』は次の様に結ばれる。

　　The sun had risen and the sky above the houses wore an air of extraordinary beauty, simplicity and peace. (469)

『歳月』は『波』の迫力を欠いた焼き直しと言われることがある。確かに個の一ライフサイクルとその彼方の世界への展望は既に『波』においてある程度描かれている。また、各セクションの風景描写を日の出から日没への一日に限り、個の内部意識を描いて死の脅威とあこがれの両様に揺れる激情を見事に描きつつ、死への身の委ねに終る『波』の圧倒的迫力は、

第 11 章 『オーランドー』『歳月』における昏睡と覚醒

『歳月』にはみられない。むしろ死にまつわるこの両様の感情の色彩を幾度かの「昏睡」によってそぎおとすことにより、個の一ライフサイクルを"gigantic pattern"の中にパースペクティヴに置き直す異様に明るくかわいた世界に『歳月』の特質があると言えよう。また、最終部分のこの明るさと穏やかさの中に『歳月』の affirmative な結末が指摘されることもある。しかし、個をとりまく苛酷な現実が基本にあるかぎり、オーランドーの様に「もはや「昏睡」さえ必要ない」と言うことは不可能である。個をパースペクティヴに置き直す形で外へ組み込もうとする試みは、絶えざる『昏睡』の必要性の中に、激情をそぎおとしたかわいた明るさを伴うようになる。しかし明るいが故にかえって鮮やかに、現実の呵責を忘れて恒久的に酔うことの決してなかったヴァージニア・ウルフの基本的姿勢が浮き彫りにされるのも事実である。確かに『歳月』には、煩雑で余計な細部が多すぎて、小説としてはしぼり込み不足といえよう。だが、「昏睡」の頻月の内に結末へと展開するかわいた明るさの主調は鮮やかである。もはやそれは中期小説に見られる恍惚と不安に彩られた「瞬間」の世界ではない。「昏睡」のつみかさねによって、個の一ライフサイクルの終点としての死にまつわる感情をそぎ落とし、無表情に穏やかな風景を重ねた結末は異様なまでに明るくかわいた『歳月』の世界を形成する。希望の色彩を色濃く帯びる Dawn という題を一度この小説につけながら感傷的にすぎるとした[37]作者の "No tears and exaltation at the end; but peace and breadth, I hope." [38]と望んだ世界がここに見事に定着しているのである。

第12章 『幕間』における固有性喪失の儀式

　『幕間』(*Between the Acts*)はヴァージニア・ウルフの自殺の一カ月前に完成し、作者の最終校正を経ることのなかった遺作である。前作『歳月』では、各セクションに年号を付した年代記仕立ての中に「内と外の結合」[1]を試みた作者は、『幕間』においては同様の試みを、pageant の催される一日とその一日の中に流れ込んで来る広範な時間を描く彼女の以前の手法にもどってなしているのである。だが以前と同じく一日に盛り込まれながら、『幕間』の作品世界は『波』以後の後期小説特有の世界である。処女作『船出』以来、後に展開する世界の興味深い萌芽を含む幾つかの習作小説群を経て、最も小説としての完成度が高いといわれている中期円熟期の作品である『ダロウェイ夫人』、『灯台へ』、『波』において描かれているのは個の内部意識への沈潜の世界であった。そこでは個は自らの一ライフサイクル性とその終点としての死に支配され、過酷で加害的な外との葛藤に否応なく追い込まれて、時計の時間と「瞬間」の間を恍惚と不安の内にゆれ動きつつ、『波』に至って遂にアイデンティティ喪失と死への身の委ねに行き着いて、その内部意識へのとらわれと深化の頂点と限界までが描き尽されている。そして次作『歳月』においては個の外へ目が向けられ、個を内部意識へのとらわれから外のパースペクティヴの中へ置き直す形で内と外の結合が試みられた。しかし、『歳月』は「昏睡」による個の外への組み込みに見るべき点があるとは言え、年代記仕立ての中で煩雑な細部を切りすてきれずに全体として小説の完成度が高いとは言い難い。『幕間』においては、pageant という枠組みを用いることによって、作者本来の手法である "to distil life into essence" に立ち戻って、個の外への組み込みを試みているのである。

　『オーランドー』や『歳月』における個の外への組み込みの過程には、

個の内部意識へのとらわれという『波』以前の小説と共通の部分が未だ残されて、個と外は "I and the not I; and the outer and the inner"⁽²⁾ という形でとらえられていた。そして、個の内部意識へのとらわれが生む外との葛藤が頂点に達した時点で「昏睡」を死の代替手段として導入することによって葛藤から生じる激情をそぎ落して、個の外への組み込みをみつめ得るかわいた凝視の目を得ていくのである。だが『幕間』においては、個の内部意識へのとらわれという生の基本的事実は pageant の枠組みの中で周到に回避されている。一方では現実直視の回避という代償を払いつつも、この従ﾖの「昏睡」においては切りすてきれなかった個の内部意識への沈潜の最初からの回避の意図は、『幕間』執筆当時の作者の日記に明らかである。

> But "I" rejected: "We" substituted: to whom at the end there shall be an invocation? "We"... the composed of many different things... we all life, all art, all waifs and strays—a rambling capricious but somehow unified whole—the present state of my mind ?⁽³⁾

『歳月』における "not I" という曖昧な形ではなく、個の内部意識にとらわれた "I" を最初から回避して "we" へ段階的に置き換えていく過程の中に『幕間』特有の内と外の結合を見てゆきたい。

　『幕間』には厳密な意味での主人公がいない。核となる人物の意識に焦点をあてて掘り下げていくことがないのである。それぞれの登場人物はヴァージニア・ウルフの他の作品と同様にそれぞれの人生における葛藤に至る状況を有している。だがそれは彼等の内部意識の中でつきつめられて呵責にまでなることがない。内部意識の中で掘り下げられる前にそれは他の方向へ回避されてしまうのである。例えばアイサ (Isa) の場合、彼女の感じる夫との間のかすかな溝は『ダロウェイ夫人』のクラリサの場合とちがって、孤独の中に深化していく代りに近隣の紳士への空想的恋愛の中に回避されている。また、館の当主老オリバー (Oliver) 氏は、自らの老いを意識しつつ、老いと死へ否応なくひきずりこんでいく過酷な物理的時間に直面していくのではなく、若き日のインドでの栄光の日々の回想へ浸り込んで解消させてしまうのである。他の登場人物も同様に扱われるか、或い

は他者による噂や現実の行動の範囲に限定されて、各々の内部意識に深く立ち入られることがない。

　それ故に、従来"pointlessness"[4]であり「単なる印象の寄せ集め[5]」にすぎず意識の流れの小説としては失敗作[6]であるという指摘も多い。だが『幕間』において作者の意図が個の内部意識を描くことにあるのでないことは既に述べた。そう考える時、"There is no depth of characterization.... They do not live for us as individuals."[7]という批判は逆に『幕間』特有の手法の指摘として暗示的である。個の外への組み込みを試みた『オーランドー』や『歳月』の中でさえ切りすてきれなかった個の一ライフサイクル性へのとらわれ、内部意識を覗き込む時必然的に生じる外との葛藤、アイデンティティを有するが故の現実の呵責という生の基本的事実を、最初から回避することによって個をパースペクティヴの中に置き直す出発点としたのである。後期小説共通の課題である個の外への組み込みの過程を見ていくにあたっては、個の内へのとらわれとそこから否応なく生じる外との葛藤それに伴う激情のそぎ落しがどのみち不可避であるなら、個の内部意識への沈潜のこの最初からの回避は、うまくいけばかえって効果的であると言える。他方でこの最初からの回避によって払われた現実直視の欠落という代償がこの小説の結末部分を暗くしているとしてもである。『幕間』において個を組み込みつつ存在する総体(wholeness)としての外への凝視が完全になればなる程、現実への回帰不能という限界性が露呈されてくるのは、神や恒久的救いに遂に至ることのなかったヴァージニア・ウルフの小説の宿命という他ないからである。

　ともあれ、個の内部意識への沈潜の最初からの回避は pageant 開催の一日の中で登場人物が観客の役を担う中で持続されていく。

> There was nothing for the audience to do. Mrs. Manresa suppressed a yawn. They were silent. They stared at the view, as if something might happen in one of those fields to relieve them of the intolerable burden of sitting silent, doing nothing, in company. Their minds and bodies were too close, yet not close enough. We aren't free, each one of them felt separately to feel or think separately, nor yet to fall asleep. We're too close; but not close enough. So

they fidgeted. (81)

pageant の中で人々が "Our part is to be the audience."(73) と意識する時、各人は個の内部意識へ沈潜することも眠って全てを忘れることも出来ない宙づり状態を経験する。

> Yet somehow they felt—how could one put it—a little not quite here or there. As if the play had jerked the ball out of the cup; as if what I call myself was still floating unattached, and didn't settle. Not quite themselves, they felt. (175)

けん玉のボールは個である。受け台は個の―ライフサイクル性への限定という器である。個の内部意識への沈潜を描く時にはボールはしっかりと受け台の中に納まっている。"I" の状態である。受け台からはずされた宙づり状態は "I" から "we" への移行過程である。個の内部意識の中断から固有性喪失の持続を促して "we" が最終的に外へのパースペクティヴを得た "ourselves" になるまでの過程である。この受け台からはずれた宙づり状態は、最終的に総体を形成する無名の個々である "ourselves" に至るまで、様々な段階を経る "we" の変形の一つである voice を用いて固有性喪失の持続として描かれていく。

voice の初期の段階は pageant 当日の初めて客が来訪するところに見られる。

> Across the hall a door opened. One voice, another voice, a third voice came wimpling and warbling: gruff—Bart's voice; quavering—Lucy's voice; middle-toned—Isa's voice. Their voices impetuously, impatiently, protestingly came across the hall saying: "The train's late"; saying: "Keep it hot"; saying: "We won't, no Candish, we won't wait." (47)

家人の声はまず nameless な形で voice としてとらえられている。この voice はまた聞き分け可能な誰彼の声と記されながら会話部分に至って再

第12章　『幕間』における固有性喪失の儀式　　199

び nameless な voice のやりとりになっていくのである。『波』の大部分が独白形式で描かれて、各自の独白の前には必ず "Bernard said" "Rhoda said" と発信者としての個の提示が行なわれていたのと対照的である。自らのアイデンティティを求めて『波』の中で繰り返されるのは "Who am I ?" の自問であり、問題の中心は "I" とその内部意識にあった。だが個の内部意識へのとらわれと、そこから生じる加害的で過酷な外の認識は、個を外へ組み込む過程の中でこえていかねばならない状況である。『幕間』において登場人物の内部意識の回避に始まった "I" から "we" への移行の過程は、個の名前を避けて voice を用いることにより引き継がれて、無名化と固有性喪失の状態を継続していく。

　この様に voice は、"I" から "ourselves" への移行の過程において、様々な段階をもつ "we" の一変形として、個の内部意識の中断と固有性喪失を効果的に描いていく。さらに voice は、『幕間』において頻用される省略符号である dots と合せて用いられる時、相乗効果を帯びてくる。(8)

> 　　　Over the tops of the bushes came stray voices, voices without bodies, symbolical voice they seemed to her, half hearing, seeing nothing, but still, over the bushes, feeling invisible threads connecting the bodiless voices.
> 　"It all looks very black."
> 　"No one wants it—save those damned Germans."
> 　There was a pause.
> 　"I'd cut down those trees…"
> 　"How they get their roses to grow!"
> 　"They say there's been a garden here for five hundred years…"
> 　"Why even old Gladstone, to do him justice…"
> 　Then there was silence. The voices passed the bushes. (177-178)

ここで voice は、もはや先の引用の voice の様に具体的な誰彼と類推出来るものではない。観客の中の無名の誰かが、pageant の幕間に偶然聞き手であるミス・ラ・トローブ (Miss La Trobe) の近くを通りすぎる幾人かの観客の voice なのである。さらにその会話は省略符号の挿入によって、個の

主張の伝達としての意味を失なっている。だがこの様に無名の固有性を喪失した voice は意味不明なだけにかえって個々の人間ではなく無名のvoice の集合体として一本の見えない糸に結ばれて象徴性を帯びてくる。この様に voice で描かれて固有性喪失を持続したまま宙づり状態に置かれた観客は納まるべき新たな受け台を求めている。本来なら観客は舞台との一体化の中に受け台を見出す筈だが、pageant の舞台は宙づり状態にある観客の新たな受け台を提供し得るであろうか。

　この場合、いわゆる劇場演劇とはいささか異った pageant としての特質を考えてみる必要があるといえる。当時の pageant は大概屋外で、職業俳優ではなく観客と衆知の間柄であるそこの地域住民の有志によって演じられる一種の素人芝居であり、ある一時代の個人の心理を題材としてとりあげるのではなく、次々と繰り広げられるエピソードの連続によって長期間の歴史を描く形をとっている。それ故、劇場演劇より演技や台詞ははるかに単純化され、音楽や踊りと混合したその形態は、外部の音を遮断して台詞をひびかせ個の内部心理を描き出す劇場演劇とは異っている。[9] 英国の発生時から現代までの壮大な歴史的時間を半日の内に描く pageant の中で、俳優は様々な役を演じている。だが本職の俳優ではなく村の有志によって演じられる時、俳優が演技と台詞の力によって観客を個々の劇中人物へ同化させていく作業はしばしば中断されていく。

　　England am I....
　"She's England," they whispered."It's begun.""The prologue,"they added, looking down at the programme.
　"*England am I*," she piped again; and stopped.
　She had forgotten her lines. (94)

そもそも劇のはじまりから台詞を忘れた少女は省略符号の中に劇の進行を中断させ、少女の演じるべき役である England ではなく、実際の彼女自身、本名のフィリス・ジョーンズ (Phyllis Jones) に戻ってしまうのである。エリザベス女王が顔なじみのタバコ屋のおかみさんであり、ヴィクトリア朝の巡査が実は居酒屋の主人である素人芝居で、しかも台詞がしばし

第12章　『幕間』における固有性喪失の儀式

ば忘れられて省略符号に変る時、劇中人物としての固有性喪失が、劇中人物の台詞としての意味欠落がしばしばおこり、観客が舞台と劇中人物の中に自らを一体化していくのは容易ではなくなる。ただでさえ歴史劇pageantは舞台上の個々の人物を個性的に浮び上らせるというよりも、アレゴリーやシンボルに頼りがちな上に、素人俳優の素顔が個々の劇中人物の背後に透けて見えてしまう時、劇中人物の固有性は希薄になり、膨大な歴史的時間の中にnamelessな存在として断片化していく。一方でもpageantは個より全体を、より象徴的に描いて個の一ライフサイクルの彼方への広がりを凝視する儀式の形態として効果的な役割を担っていくのだが、その機能はここではまだ十分明確にあらわれていない。それ故、素人俳優がひきおこしたこの舞台上の状態は、新たな受け台を提供せずに劇中人物への感情移入による一体化を阻まれた観客の宙づり状態を助長して、不安といらだちの中に別の新たな受け台への切なる求めの状態を持続させていくのである。

さらに、舞台で進行していく劇とは一見無関係の如くに舞台の背後で繰り返し聞こえる村人達のコーラスがある。舞台がわりのテラスの丁度背景をなす様にそびえたつ木々の間を、列になって歩きながら彼等は繰り返し歌い続ける。従来20世紀英国で演じられるpageantでは、コーラスはnarrative chorusとしてギリシャ劇コロスとある程度共通性を持ち、エピソード間の空間を埋めて時の変化を示唆しつつ前の場で何がおこり次の場はどうなるかを語る役割を果すといわれる。[10]しかし『歳月』においては、これから演じられていく劇を暗示するプロローグは別に存在する為、意味伝達の役割の希薄になったコーラスは『幕間』独特の役割を帯びる。このコーラスは劇の始めから終りまで同じ様な調子で繰り返されるが、大概「風に吹き消された。」という断り書きを伴っている。舞台奥にあってただでさえ"inaudible"[11]であるコーラスは観客にわずかに伝わってくる言葉さえも省略符号によって断片化されていく。

 Digging and delving (they sang), *hedging and ditching, we pass.... Summer and winter, autumn and spring return... All passes but we all changes... but we remain forever the same...* (the breeze blew gaps between their words.) (164)

舞台の説明という点で意味伝達を欠き、省略符号によって断片化されたこのコーラスによって繰り返し歌われるのは、時の移りゆきの中に変らぬ大地であり、その大地が耕されゆく中にめぐってくる四季である。

> *Digging and delving*, the villagers sang passing in single file in and out between the trees, *for the earth it always the same, summer and winter and spring; and spring and winter again; ploughing and sowing, eating and growing; time passes....*
> The wind blew the words away. (148)

その絶えざる繰り返しは、内部意識を中断され固有性を喪失した個の組み込まれるべき外を浮び上らせる。その外とは歴史劇 pageant の中に扱われる巨大な歴史的時間である。ローマの遺跡や中世の聖堂を彷彿させつつ、『オーランドー』の Knole 館と同じく、個々の時代の推移の中に変らざる存在としてそびえるポインツホール (Pointz Hall) の建物である。巨大な歴史的時間の変らざる営みは、さらにマンモスの去来する太古から悠久の未来へと続く自然史的時間と重なり合う。この巨大な時間は、微視的に見ると時々刻々千変万化するきれぎれの各時代や各々の個を、その変らざる営みの中にからめとっていく wholeness としての外である。『歳月』では、それは一ライフサイクルにおいてはほんの瞬間的にしか認められない "gigantic pattern"[12] として感知されていく。『幕間』においては内と外の結合は、"I" と "not I" として二元的にとらえられていく代りに、"we" の中に内と外の結合状態を見ていく形をとるため、総体としての外は、断片的でしかない個々をからめとる "sack"[13] であると同時に、sack の中に組み込まれた無数の個々の集まりとしての状態をも浮び上らせる。この様に個の一ライフサイクルの彼方に悠久に繰りかえされていく生の波動の総体としての外は、その中にからめとられた無名の個々の集りという状態を加えて、村人のコーラスに重ね合されている。だが今までのところ、このコーラスは観客や役者とは無縁に背景を行き来しつつ個の組み込まれるべき受

け台の用意を整えているのみである。

　この様に、組み込まれるべき新たな受け台は用意されている。個の内部意識を遮断されて舞台にも感情移入出来ずに宙づり状態を持続する観客と、劇中人物にも現実の地域住民としての自己にもなりきれない舞台上の素人俳優達と舞台奥で巨大な自然史的時間の繰り返しのリズムを奏でる村人達のコーラスとは、一体化を待ち設けつつ未だ三者三様別個に存在しているのである。この未だ三者別個に存在するという現実へのとらわれから一体化へ向けてのきっかけは、野外劇 pageant ならではの効果である突然のにわか雨としての自然の参画であった。"indifferent" で "inscrutable" で "eternal" な [14] wholeness としての自然の垣間見は、宙づり状態の中になすべきすべもなく個の内部意識へ逆もどりし現実の中に解消していく寸前の人々を急速に一体化の儀式である最終幕 "The present time. Ourselves" へとひきこんでいく。

　個の総体への組み込みは観客、役者、コーラス隊の、それぞれとの一体化の中に行なわれていく。まず観客と舞台の一体化である。

　　　Look! Out they come, from the bushes—the riff-raff, Children？ Imps—elves—demons. Holding what? Tin cans? Bedroom candlesticks? .... And the mirror—that I lent her. My mother's. Cracked. What's the notion? Anything that's bright enough to reflect, presumably, ourselves?
　　　Ourselves! Ourselves! (214)

それぞれに鏡を持った役者が観客を映し出す時、本来見る役割の観客が見られる側にまわり、観客と役者の立場が逆転する。観客は、今まで見ていた役者のかわりに自らをみつめて、"We act different parts; but are the same." [15] であることに気づき、役者としての彼等そして観客としての我々は一様に "ourselves" として一体であることに思い至る。さらに、役者もコーラス隊も全員が舞台に出て来て、それぞれの台詞を断片的に述べる。

　　　They all appeared. What's more, each declaimed some phrase or fragment from their parts...*I am not* (said one) *in my perfect mind*...Another, *Reason*

am I...And I? I'm the old top hat... Home is the hunter, home from the hill...
(215-216)

　個々の区別を持たない "one" "another" で語られ、個々の台詞が省略符号により固有性を喪失した言葉の断片になる時、役者もコーラス隊も舞台や観客も無名化し総体としての "ourselves" に組み込まれる。
　作者自らが日記の中で述べた "I" の "we" への置き換えの意図は、内部意識と一ライフサイクル性にとらわれた個としての "I" を、総体を形成する無名の個々としての "ourselves" に置き換えて、個を外のパースペクティヴに組み込む事で果されたのである。この後期小説共通の試みの鍵となるのは、現実の死以外には本来最終的には切りすてきれない個としてのアイデンティティ、個の一ライフサイクル性と内部意識へのとらわれ、その中で不可避に生じる加害的で過酷な外との葛藤を、いかにして解消しいかにして激情にとらわれぬ凝視の目で個を組み込んで広がる総体をみつめ得るかであった。『オーランドー』と『歳月』において、ヴァージニア・ウルフは外との葛藤が頂点に達した時点に、「昏睡」という特殊な治療手段を導入して外のパースペクティヴに個を置き直すかわいた目を得ていった。『幕間』においては「個」対「外」という二元的なとらえ方をするのでなく、個の内部意識の中断と固有性喪失によって "I" を "we" に置き換える中で、個でもあり総体でもある "we" の中に内と外の結合状態を浮び上らせたのである。一ライフサイクルにとらわれた個である "I" から、外のパースペクティヴに置き直された個の集りとしての "we" への移行過程は、"we" の変形として中間的に様々な段階を帯びる無名の voice と、その特徴を助長していく省略符合によって端的にとらえられていく。そして最終的には、総体に組み込まれて定着した "we" は "ourselves" として、"We act different parts; but are the same." "We are members one of another. Each is part of the whole." [16] の認識へと至る。それは個の外に組み込まれた状態を、個であり総体でもある "ourselves" という状態の中に見たのであった。それ故、"ourselves" は、一ライフサイクル性にとらわれた "different" な存在としての個々の集まりでありながら総体として見ると "same" な存在であり、"fragment" [17] の集まりとして wholeness を構成し、"unity" を得たかと思う

と "dispersity"[18] の中へ解消していく特質を持つのである。この "ourselves" の特質は、個の外への組み込みを効果的に描く『幕間』特有の手法として、pageant のクライマックスにおいて個の外への組み込みを「昏睡」的忘却状態を経ずに現在その場で pageant の枠組みの中に見事に成功させていく。[19]

しかし、最初から個の内部意識へのとらわれを遮断し、現実との葛藤を回避するという代償を払って得た "I" の "we" への置き換えは、個が再び生の基本的形態、内部意識を持ち現実と葛藤関係にある "I" へ回帰していくことの不可能性を暗示する。pageant が終り人々が解散して各々の個へ戻って行った後、ジャイルズ (Giles)、アイサ夫婦の中断されていた愛憎葛藤劇が再び始まる筈であった。だが幕あきを告げる "Then the curtain rose. They spoke." でこの小説が終る時、作者の意図とはうらはらに、幕は決して上らないだろうという予感と共に、"I" の "we" への置き換えによる個の外への組み込みの成功の内に潜む限界性が露呈しているのである。

結語

　本論では、ヴァージニア・ウルフの小説世界を、初期小説（『船出』『夜と昼』『ジェイコブの部屋』）中期小説（『ダロウェイ夫人』『灯台へ』『波』）後期小説（『オーランドー』も含めて『歳月』『幕間』）の三期にわけて、最もウルフらしいと考える「パーティ空間」と「瞬間」という主題が、いかに初期小説において芽ばえ、中期小説で頂点と限界まで描かれ、後期小説ではさらなる世界が模索されていったかを論じてきた。

　まず第1章から第3章では、ヴァージニア・ウルフの初期の三小説『船出』『夜と昼』『ジェイコブの部屋』を取り上げ、それぞれが、昏睡、パーティ、イメージとパーティといった、その後の小説に展開していく主題と形式の萌芽を考察した。

　第1章「『船出』における昏睡」では、ヴァージニア・ウルフの処女小説『船出』が、伝統小説の枠組みで描かれながら、その中に孤独に在って communion を求めるというウルフの主題が描かれていることを考察した。さらに、communion を求めた女主人公レイチェルが、昏睡の中に孤独の解消手段を見出し、熱病の昏睡で死に至る結末は、『波』以後の後期小説で用いられる昏睡の萌芽といえる。

　ヴァージニア・ウルフの中期円熟期の小説ではパーティが重要な役割を担っているが、第2章「『夜と昼』のアフタヌーンティーパーティ」では、彼女の第二長編『夜と昼』で、アフタヌーンティーがパーティとして重要な役割を果たしていることに着目した。アフタヌーンティーの名のもとに、中、上流階級のステイタスシンボルであり、イングリッシュネスとも関わっている、このアフタヌーンティーの視点で、『夜と昼』のキャサリンとレイフの関係を考えた。

　第3章「『ジェイコブの部屋』の闇と光のイメージ」では、ヴァージニ

ア・ウルフの初めての実験小説と言われる長編第三作『ジェイコブの部屋』を取り上げ、闇と光という視覚的な視点から考察する。彼女の長編第二作『夜と昼』の夜と昼のイメージ、つまり夜は瞑想、昼は社交を敷衍したと言える『ジェイコブの部屋』の闇と光のイメージを検証し、彼のあこがれる闇のギリシャに表現される、時計の時間の介入してこない闇の中の真珠色の輝きを持つ理想の集いに中期小説のパーティにつながる要素をみる。

第4章から第10章までは、ウルフの中期三小説を取り上げ、「瞬間」と、「瞬間」を捉える儀式としてのパーティ、それを描く視覚表象としてのイメージを考察した。

第4章「「瞬間」の啓示と 'Here it is.' の型の文」では、ヴァージニア・ウルフの代表作『ダロウェイ夫人』『灯台へ』『波』のクライマックス場面に必ず挿入されながら、これまで論じられてこなかった、"Here it is" の型の文に着目、8例をあげて考察した。「ほら」とか「さあ」という従来用いられる軽い意味にとどまらず、"Here it is" の型の文は、老いと死へ向けて疾走する時計の時間が一瞬停止する、心理的昂揚感あふれる「瞬間」を啓示してその実在を確認する重要な役割を作者によって与えられている。さらに、この章の後半では、共に言葉と技法を重視するモダニズムの作家ヘンリー・ジェイムズとヴァージニア・ウルフがほぼ同時期に書いた『使者たち』と『ダロウェイ夫人』を比較し、その一見異なる結末に共に用いられている "Here it is" の型の文が、二つの世界の間を揺れ動いた主人公の最終結論を確認する文として重要な役割を果たしていることを併せて検証した。

ヴァージニア・ウルフが特有の意味をこめて用いる「瞬間」を、積極的に捉えるための儀式として彼女の中期三小説で最も有効に機能したパーティについて考察していくために、第5章「エイムズのパーティ論」では、クリストファー・エイムズ (Christopher Ames 1956-) の『パーティの生』(*The Life of the Party*. 1991) を取り上げて、古代・中世の祭のヴィジョンが、近代の社交・パーティへ、さらに20世紀小説へと継承される系譜を考証した。ヴァージニア・ウルフが中期三小説で効果的に用いたパーティに、パースペクティヴな展望をもたらすためである。

第6章「四つのパーティ」では、ヴァージニア・ウルフの中期円熟期の三小説『ダロウェイ夫人』『灯台へ』『波』を取り上げ、そこに描かれている四つのパーティに着目する。当時彼女は、死ではなく生の「瞬間」にヴィジョンを追い求めており、パーティは、この「瞬間」を捉えるための重要な儀式であった。作者が如何に入念に儀式の諸段階を踏んで、素晴らしい「瞬間」を捉えるに至るかを明らかにしつつ、あわせて「瞬間」の本質について論じる。

　第7章「ヴァージニア・ウルフのパーティ空間」でもパーティをとりあげ、時間を描く作家と言われた、20世紀モダニズム作家ヴァージニア・ウルフの「パーティ空間」を取り上げる。従来、「瞬間」を捉える儀式として時間論的に解釈されてきた彼女の「パーティ」を、本論では空間論的視点から捉えなおしていく。入念に儀式の過程を踏んでいくことで、如何にして日常空間が、ウルフ特有の「パーティ空間」へと変質し、時間の停止空間としての「瞬間」が体験されるかを、空間的イメージである部屋、扉、窓、壁、窓外の闇と室内の光などの考察を通して明らかにした。

　第8章「『ダロウェイ夫人』の部屋のイメージ」では、前章「パーティ空間」で論じた部屋のイメージを、主として個室と個我を重ね合わせながら論じる。次章「個我と死」では、部屋の放棄と死が最終的に問題になるが、『ダロウェイ夫人』論であるここでは、互いに分身である二人の主人公のそれぞれを部屋のイメージで辿りながら、個我の部屋を、扉、窓、壁といった付属品、また、内と外の問題などを含めて分析し、部屋のイメージのもつ基本的意味を明らかにした。

　第9章「個我と死──『波』の世界」は、作者特有の「部屋」のイメージを通して、有限の生の空間に閉じ込められて孤立する個我の生と死の問題を考察した『波』論である。"Who am I?"を繰り返して、それぞれのアイデンティティを求める六人の登場人物が、個の内部意識に沈潜していく中で遂に死を選択して個我の部屋と生を放棄せざるを得なかった、作者の頂点とも限界とも言える作品として『波』を評価する。

　ヴァージニア・ウルフは作品内に効果的にイメージを多用しているが、第10章「空、陸、海：ヴァージニア・ウルフのイメジャリ」では、中期小説に共通するイメージを体系づける。個々の場面におけるそれぞれのイ

メージの考察は従来からなされてきたが、彼女の作品世界全体の中で繰り返し用いられる重要なイメージを全体的に考察していくと、部屋（個我）を基点として、個室、パーティ空間、ロンドン、地方の村へと広がり、空、陸、海という相関する大自然の三要素にいきつく。時計の時間とそれに支配された人間、死を通してみるヴィジョンの世界というヴァージニア　ウルフの作品世界の根本問題が、空、陸、海にいかにイメージ化されているかを、多くの引用例を用いて検証する。さらに、空、陸、海に集約されたイメージに、彼女の代表作二作品の二人の女主人公、ダロウェイ夫人とラムゼイ夫人を重ねることで、二人の共通性と相違点の本質を、イメジャリの側面から跡づける。

　第 11、12 章では、後期小説を考察する。第 9 章「個我と死」で論じたように、『波』で死に至らざるを得なかったある種の袋小路からの脱出をはかる試みであった。第 11 章「『オーランドー』『歳月』における昏睡と覚醒」では、昏睡に着目する。『船出』ですでに取り上げた昏睡であるが、後期小説世界への真剣な模索がなされている『オーランドー』をまず取り上げ、主人公の陥る「昏睡 (trance)」が、『波』で到達した出口なき「死」への凝視に代る、疑似死としての役割を果していると考え、『波』以後の後期小説世界へ至る鍵になることを論じる。さらに、後期小説『歳月』を取り上げ、作者が、個我の内部意識への沈潜の果てに出口なき死の選択に至る『波』の世界からの出口を模索して、目覚めなき死ではなく死の代替としての「昏睡」とそこからの「覚醒」に至ることで、その可能性を見出したと考える。個我の内部意識へのとらわれから目覚めることで、ウルフ的外界に目が向けられ、そこに個我を位置付けようと作者が試みている点で『歳月』を評価する。

　第 12 章「『幕間』における固有性喪失の儀式」では、遺作『幕間』を『波』以降の後期小説の一つの到達点として評価する。祝祭への方向性も指摘されている、野外劇ページェントを作者特有の儀式と解釈し、役者と観客という役割設定により個人の内的葛藤が周到に回避され、固有性が喪失していく過程を辿った。さらに、野外の自然の中で上演される歴史劇という設定により、歴史的時間をも組み込んで提示される悠久の自然史的時間の中で、個はその一部であるとの位置付けがなされて、『波』で陥っ

た行き止まりの世界からの出口の可能性を示唆した。

　ウルフは、決して逆行することなく、容赦なく老いと死へと等間隔に運行する「時計の時間 (clock time)」にさらされつつ、それぞれに自我をもち、孤立し、互いにコミュニケーションを欠き、個々に「深淵 (gulf)」を抱いて、時としては傷つけ合い、また、時としては孤独に在るという厳しい現実認識を基本に持っており、それ故にこそ常にその対極を求め続けていた。これの瞬間的達成が「瞬間」である。老いと死へと疾走する時計の時間が一瞬停止する「一瞬のリアリティ (momentary reality)」である。この至福の瞬間は、偶然捉えることも可能だが、ウルフは中期三小説では特にパーティを通して積極的に「瞬間」を捉えようとした。「瞬間」は、その名の通り束の間という性質を否応なしに帯びている。だが、たとえもろいものであろうとも、彼女の認識する厳しい現実の中に生きてある限りは、「瞬間」は彼女の求めるものの最高の捕捉であり、そのもろさが露呈された時には、momentaryでなくeternalな、現実からの解放として死の選択に至る。「瞬間」の内包する、求めても求めても得たと思うと過ぎ去っていくという本質的なもろさが一つの限界か、死へのめりこむことが限界であるかは簡単には論じられないが、いずれにせよ、束の間のものでも、生の中にきらめく瞬間としての「瞬間」を捕捉しようとした中期におけるウルフの試みの鮮やかな定着とその展開が、パーティを通して見事に描かれている。彼女は自らの認識する厳しい現実を凝視しながらも生の中に踏みとどまり、もろさを内包しつつも、むしろそれ故にこそ充実したきらめく瞬間、不完全ながら生の中に得られる最高のものとして、パーティにおける「瞬間」を描ききったのである。

　従来、ウルフを取り上げる場合、自己と「瞬間」の問題が考察され、意識の流れや「瞬間」に関する研究は多い。しかし、「瞬間」の実現がなされていく、総体的な場とか空間に関しては十分考察がなされてこなかったように思う。本論は、「瞬間」を捉えるウルフ特有の儀式としてのパーティを考え、パーティ空間を主題に論じてきた。一つにはパーティを中心とする社交、それと深く関連する近代のパーティ、さらに祭、祝祭、儀式などの歴史的視点を背景に、パーティ空間を中心とするより広い個我と社会の関わりに注目した。他方、「瞬間」における個我の意識、さまざまな

人々や社会との関わりは具体的には場、空間で行われることから、個室からパーティ空間、ロンドン、地方の村、さらには、空、陸、海のイメージといった大自然、宇宙的、先史的なものにまで拡大する空間性も、ウルフの個我の探求との関連において注目した。時間を描く作家といわれるウルフを空間的に捉え、パーティという社交の行為と、行為の行われる空間的な場、社交意識と空間性を明らかにした。

注

ヴァージニア・ウルフの作品の引用は、特に表記のない場合は、Hogarth Press の Uniform Edition による。

序

(1) Virginia Woolf, "Mr. Bennett and Mrs. Brown", *The Essays of Virginia Woolf Vol.3*(London: The Hogarth Press,1988)(202-)
(2) Virginia Woolf, *Mrs. Dalloway* (134)
(3) G・ジンメル、『社会学の根本問題（個人と社会）』世界思想社、2004
(4) 山崎正和、『社交する人間　ホモ・ソシアビリス』中央公論社、2006
(5) ノルベルト・エリアス『文明化の過程―ヨーロッパ上流階級の風俗の変遷』法政大学出版局、2004
　　川田靖子『17世紀フランスのサロン』大修館書店、1990
(6) Virginia Woolf, *The Years* (398)

第1章　『船出』における昏睡

(1) Lytton Strachey, *Virginia Woolf & Lytton Strachey: Letters* (London: The Hogarth Press,1956)(73)
(2) Susan Dick, "The Tunnelling Process: Some Aspects of Virginia Woolf's Use of Memory and the Past" In Patricia Clements and Isobel Grundy, eds. *Virginia Woolf: New Critical Essays* (Totowa: Barnes & Noble,1983)(179).
(3) Roger Pool, *The Unknown Virginia Woolf* (Atlantic Highlands :Humanities Press International,1990)(45)
(4) James Naremore, *The World Without a Self: Virginia Woolf and the Novel* (New Haven: Yale U P, 1973)(55)、Louis DeSalvo, *Virginia Woolf's First Voyage: A Novel in the Making* (Totowa: Rowman & Littlefield, 1980)(159) DeSalvo は "trance" ではなく "delirium"（譫妄状態）という言葉を用いている。起きていても幻覚が現れる譫妄状態よりも、より眠りに近い昏睡 (trance) を本論では用いた。
(5) 拙稿「後期小説への模索――*Orlando*　一考察」*Osaka Literary Review*

(6) 拙稿「昏睡と覚醒――*The Years* の世界」待兼山論叢第 11 号文学篇第 15 号
(7) 『船出』においては、レイチェルの見る悪夢がよく言及されている。途中乗船のダロウェイ氏に、いきなり抱きしめられてキスをされたレイチェルは、そのショックで悪夢に悩まされる。この悪夢が示唆するレイチェルの「性愛に対する嫌悪と性的抑圧」はヴァージニア・ウルフの作品世界全体に流れる基調の一つとして重要だが、本論では取り上げない。

第 2 章 『夜と昼』のアフタヌーンティーパーティ

(1) 井野瀬久美恵「イギリス的なるもの (Englishness) の捏造-「政策としての文化」再考 (1880-1920)」田村 克己編『文化の生産』(ドメス出版、1999)
(2) 1870 年代後半から第一次大戦が勃発する 1914 年まで
(3) *cf., Night and Day*

"You must be very proud of your family, Miss Hilbery."

"Yes, I am," Katharine answered, and she added, "Do you think there's anything wrong in that ?"

"Wrong? How should it be wrong? It must be a bore, though, showing your things to visitors," he added reflectively.

"Not if the visitors like them."(10)

……

"But aren't you proud of your family? "Katharine demanded.

"No,"said Denham, "We've never done anything to be proud of-unless you count paying one's bills a matter for pride."

"That sounds rather dull, "Katharine remarked.

"You would think us horribly dull,"Denham agreed.

"Yes, I might find you dull, but I don't think I should find you ridiculous, " Katharine added, as if Denham had actually brought that charge against her family.

"No—because we're not in the least ridiculous. We're respectable middle-

class family, living at Highgate."
　　"We don't live at Highgate, but we're middle class too, I suppose."(10-11)
(4) cf., 拙稿「ヴァージニア・ウルフのパーティ空間」藤井治彦編『空間と英米文学』（英宝社、1987）
(5) cf., 拙稿「Ralph と riding hero—*Night and Day* 一考察」『大手前大学人文科学部論集第 2 号』(2002)

第 3 章　『ジェイコブの部屋』の闇と光のイメージ

(1) 吉田安雄『ヴァージニア・ウルフ論集——主題と主体』（荒竹出版 1977) (35-)
(2) 同上、(143)
(3) 亀井規子『ヴィクトリア朝の小説』（研究社、1991)(219)
(4) ヴァージニア・ウルフにとって「現実」とは、いわゆる自然主義やリアリズムの作家のいう現実、即ち社会の悪や矛盾、人間同士の愛憎の生々しい葛藤とは無縁の、そういった生々しさを作家の意識のフィルターで濾過した、エッセンスとしての彼女特有の現実である。
(5) Mrs. Flanders は "She was unreasonably irritated by Jacob's clumsiness"(70) といらだち、"tiresome"(5)"handful"(9) と Jacob をもてあましている。
(6) 夫を亡くした女盛りの未亡人として隣人のゴシップ種となり、また実際に病弱な妻のいる Captain Barfoot の愛人として描写されている女性である。『灯台へ』のラムゼイ夫人が、子供達からも滞在客からも夫からさえも、包み込み安らぎを与えてくれる母親的役割を求められ、また、その求めを充たしてやれる女性であるのとは対照的である。
(7) Bernard Blackstone, *Virginia Woolf: A Commentary* (London: The Hogarth Press. 1972), (63-64)
(8) No doubt we should be, on the whole, much worse off than we are without our astonishing gift for illusion. At the age of twelve or so, having given up dolls and broken our steam engines, France, but much more probably Italy, and India almost for a certainty, draws the superfluous imagination....But it is the governesses who start the Greek myth. Look at that for a head (they say) —nose, you see, straight as a dart, curls, eyebrows—everything appropriate

to manly beauty; while his legs and arms have lines on them which indicate a perfect degree of development—the Greeks caring for the body as much as for the face. And the Greeks could paint fruit so that birds pecked at it. First you read Xenophon ; then Euripides. One day—that was an occasion, by God—what people have said appears to have sense in it; "the Greek spirit" ;the Greek this, that, and the other; though it is absurd, by the way, to say that any Greek comes near Shakespeare. The point is, however, that we have been brought up in an illusion. (136-137)

(9) N.C. Thakur, *The Symbolism of Virginia Woolf* (London: Oxford University Press, 1965)(49)
(10) *Jacob's Room,* (34)
(11) *Jacob's Room,* (40)
(12) 吉田安雄『ヴァージニア・ウルフ論集──主題と主体』(99-144)

第4章 「瞬間」の啓示と "Here it is." の型の文

The Ambassadors の引用は Norton Critical Edition による。
(1) 下線筆者、以下同じ。
(2) "There she was / alone with Sally." の文は、文法的には "alone with Sally" が補語となるが、本稿では、"moment" を呈示する特別の文脈の中で、"There she was / alone with Sally" と読んで、存在の be 動詞に重きをおき、"alone with Sally" が付け加えられたと考える。
(3) *cf., To the Lighthouse,* (245)
(4) *The Waves,* (88)
(5) "moment" を求めていく一連の小説として、*Mrs. Dalloway*、*To the Lighthouse*、*The Waves* を本稿では中期三小説と呼ぶが、"moment" が崩壊し死へ目が向けられていく *The Waves* の結末部分は中期小説の世界に含めない。
(6) *cf.,* "deprivation of life", Bewley, Marius:"Henry James and Life", *The Eccentric Design* (London: Chatto & Windus, 1959), (237)
(7) *The Ambassadors,* (315)
(8) "Septimus, who later is intended to be her double, had no existence; and that

注　217

　　Mrs. Dalloway was originally to kill herself, or perhaps merely to die at the end of the party."(Woolf, Virginia:"Author's Introduction").
(9)　*The Waves* (211)
(10)　Henry James, "Preface to the New York Edition".
(11)　拙稿,「"Here it is."―Virginia Woolf における『瞬間の啓示』」(『ヴァージニア・ウルフ研究』第三号　(日本ヴァージニア・ウルフ協会、1986)

第5章　クリストファー・エイムズのパーティ論
(1)　Christopher Ames, *The Life of the Party: Festive Vision in Modern Fiction*. (The University of Georgia Press: 1991)
(2)　Bede, *The History of the English Church and People* (Penguin Classics)
(3)　Virginia Woolf, *The Diary of Virginia Woolf. vol 3*,. Anne Olivier Bell and Andrew McNeillie, eds. (London: The Hogarth Press, 1977-1984)
(4)　Virginia Woolf, *The Diary of Virginia Woolf. Vol 2*, "What I call my tunnelling process" (272)
(5)　*Mrs.Dalloway,* (16-23)
(6)　*Mrs.Dalloway,* (23-33)
(7)　*Mrs.Dalloway,* (187)
(8)　*Mrs.Dalloway,* (201)
(9)　*Mrs.Dalloway,* (204)
(10)　*Mrs.Dalloway,* (204-205)

第6章　四つの「パーティ」:『ダロウェイ夫人』『灯台へ』『波』
(1)　*A Writer's Diary* (London: The Hogarth Press, 1969), (132)
(2)　*Mrs. Dalloway,* (53)
(3)　*Mrs. Dalloway,* (66)
(4)　*Mrs. Dalloway,* (40)
(5)　*Mrs. Dalloway,* (36)

第7章　ヴァージニア・ウルフのパーティ空間

(1) "A Letter to a Young Poet", in *Collected Essays*: II (London: Chatto & Windus, 1963), (189)
(2) Jean Guiguet, *Virginia Woolf and Her Works,* trans. by Jean Stewart (London: Hogarth Press, 1965), (414)
　　Harvena Richter, *Virginia Woolf: The Inward Voyage* (Princeton: Princeton University Press, 1970),(205)
　　James Naremore, *The World Without a Self* (New Haven and London: Yale University Press, 1973), (243)
(3) オットー・フリードリッヒ・ボルノウ『人間と空間』、大塚恵一、池川健司、中村浩平訳（せりか書房、1978）第三章。
(4) *The Voyage Out*, (369-370)
(5) *The Waves*, (49)
(6) *Mrs. Dalloway*, (134)
(7) *To the Lighthouse*, (138)
(8) *To the Lighthouse*, (157)
(9) *The Waves*, (89)
(10) *The Waves*, (97)
(11) *Mrs. Dalloway,* (236)
(12) *The Waves*, (40)
(13) 吉田安雄『ヴァージニア・ウルフ論集──主題と文体』（荒竹出版、1977）(143)
(14) 亀井規子「『夜と昼』解説」亀井規子訳『夜と昼』（みすず書房、1977) (577)
(15) "The Death of the Moth", in *Collected Essays: I* (London: Chatto & Windus, 1963), (360)
(16) *The Years*, (398)

第3章『ダロウェイ夫人』の部屋のイメージ
(1) "A Letter to Young Poet", in *Collected Essays: II* (London: Chatto & Windus, 1963) (189)
(2) *Mrs. Dalloway*, (73)

(3) James Naremore, *The World Without a Self*, (243)
(4) *cf.*, オットー・フリードリッヒ・ボルノウ『人間と空間』（大塚恵一、池川健司、中村浩平訳、せりか書房、1978）第三章。
(5) *cf.*, "Author's Introduction", in *Mrs. Dalloway*, p. xlvi "Septimus, who later is intended to be her double, had no existence; and that Mrs. Dalloway was originally to kill herself, or perhaps merely to die at the end of the party."
(6) 愛情を押し付けるピーターや狂信的なミス・キルマンは "love and religion"、また、後述するセプティマスを強制隔離しようとするホームズ医師やサー・ウィリアム・ブラッドショーは "Human Nature" と呼ばれて、クラリサやセプティマスの魂の自由を脅かすべく、「扉」から一方的に侵入してくる苛酷な現実を代表している。
(7) *Mrs. Dalloway*, (18)
(8) *cf., The Waves*, (48)
(9) *Mrs. Dalloway*, (207)
(10) *cf., The Years*, (398)
(11) *Mrs. Dalloway*, (96, 201)
(12) *Mrs. Dalloway*, (120)
(13) 拙稿「四つの "party" ——Virginia Woolf の中期三小説における "moment"」*Osaka Literary Review* (1975)
(14) *To the Lighthouse*, (152)
(15) *The Voyage Out*, (69-70)
(16) *Mrs. Dalloway*, (266) "find it 〔*i.e.* herself〕."

第9章　個我と死：『波』の世界

(1) "Modern Fiction", in *The Common Reader, First Series* (London: The Hogarth Press, 1968), (189)
(2) F. R. Leavis, "After *To The Lighthouse*", in *Twentieth Century Interpretation of To the Lighthouse*, ed. Thomas A. Vogler (New Jersey: Prentice-Hall, Inc., 1970), (99)
(3) "How It Strikes a Contemporary", in *The Common Reader, First Series*, (293)
(4) *cf. Mrs. Dalloway*, (90) *Between the Acts* (13, 254)

(5) *The Voyage Out*, (418)
(6) *A Writer's Diary*, (132)
(7) *The Waves*, (204)
(8) "A Letter to a Young Poet", in *Collected Essays: II* (London: Chatto & Windus, 1963), (189)
(9) *To the Lighthouse*, (47, etc.)
(10) *Mrs. Dalloway*, (35)
(11) cf., *The Waves*, (48)
(12) *The Waves,* (156)
(13) John Graham, "Time in the Novels of Virginia Woolf", in *Critics on Virginia Woolf,* ed. Jacqueline E. M. Latham（Florida: University of Miami Press, 1970), (33)
(14) *The Waves*, (24) cf., (30, 93, 158, etc.)
(15) cf., *The Waves,* (26, 43, 75, 77, 93, etc.)
(16) *To the Lighthouse*, (163)
(17) *The Waves*, (102)
(18) Virginia Woolf, *The Waves: The Two Holograph Drafts* (Toronto: University of Toronto Press, 1976), (757)
(19) *The Waves*, (202)
(20) *A Writer's Diary*, (162)
(21) *The Years*, (398)
(22) *Mrs. Dalloway,* (202)
(23) cf., *Mrs. Dalloway*, (164)

第10章　空、陸、海：ヴァージニア・ウルフのイメジャリ
(1) ヴァージニア・ウルフには、イメージとシンボルの区別の意識は薄く、両者をほぼ同義に用いている。
(2) *A Writer's Diary*, (80)
(3) *Mrs. Dalloway*, (34)
(4) Ralph Freedmann, *The Lyrical Novel: Studies in Hermann Hesse, André Gide and Virginia Woolf* (Princeton: Princeton University Press, 1970), (248)

(5) 詩人ネヴィルは、パーシヴァルへの憧れと愛以外は切り捨てる姿勢が強調されている為に、ごく普通に生きる固有の動物のイメージは用いられず、"knife"(128,etc.) や、"dart"(64) や "rapier"(65) といった刃物のイメージで語られている。

(6) cf. 拙稿、「個我と死——The Waves の世界」『山川鴻三教授退官記念論文集』、(英宝社、1981)、「Mrs. Dalloway の部屋」『大手前女子大学論集第 20 号』、(1986)、「ヴァージニア・ウルフのパーティ空間」『空間と英文学』、(英宝社、1987)

(7) Virginia Woolf, "The Death of the Moth", *Collected Essays I* (London: Chatto & Windus, 1968) (360)

(8) Woolf, "The Death of the Moth" (359)

(9) cf., *A Writer's Diary*, (162) "the proportions may need the intervention of the waves finally so as to make a conclusion"

(10) James Naremore, *The World Without a Self: Virginia Woolf and the Novel* (58)

(11) *To the Lighthouse*, (73)

(12) *To the Lighthouse*, (103)

(13) この波の世界は『歳月』における "gigantic pattern"(398) と重なり合う。

(14) *Mrs. Dalloway*, (34)

(15) *Mrs. Dalloway*, (191)

(16) *Mrs. Dalloway*, (96, 201)

(17) *A Writer's Diary*, (149)　下線筆者

(18) クラリサと夫との現在の関係は次のように語られている。
Narrower and narrower would her bed be. The candle was half burnt down and she had read deep in Baron Marbot's Memoirs.... For the House sat so long that Richard insisted, after her illness, that she must sleep undisturbed. And really she preferred to read of the retreat from Moscow. He knew it. So the room was an attic; the bed narrow; (35)

(19) ラムゼイ夫人の、人々を結びつけようとする試みが切であるほど、その根底には生の苛酷さと人間の孤独に対する彼女の認識があるこ

(20) いうことも見逃してはならない。(cf.,*To the Lighthouse*,66,95-96,124)
この引用文に直接 pampass grass という言葉はないが、"the silver-green spear-like plants" が pampass grass を指すことは、その形状の類似と共に、35,108,111 の記述からも明らかである。
(21) ラムゼイ夫人は "the beak of brass"(63) という風に、鳥のこの攻撃的側面から描かれている。
(22) クラリサの生に対する terror については次のように語られている。
Then... there was the terror; the overwhelming incapacity, one's parents giving it into one's hands, this life, to be lived to the end, to be walked with serenly; there was in the depth of her heart an awful fear. Even now, quite often if Richard had not been there reading the Times, so that she could crouch like a bird and gradually revive, send roaring up that immeasurable delight, rubbing stick to stick, one thing with another, she must have perished. (203)
(23) このめんどりのイメージについては、N.C. Thakur が次のように説明している。
Mr. Ramsay's saying "Pretty pretty" not only gave Mr. Bankes an odd illumination about Ramsay's being simple and sympathetic to humble beings, but also gave him an insight into his unconscious desire to have a wife and children. (N.C. Thakur, The Symbolism of Virginia Woolf , London, Oxford University Press, 1965) (86)
(24) cf., 拙稿「四つの "party" ——Virginia Woolf の中期三小説における "moment"」(Osaka Literary Review 第 14 号、1975)
(25) 「空、陸、海——ヴァージニア・ウルフのイメジャリ研究」(大手前女子大学論集　第 27 号　1993)
(26) Mrs. Dalloway, (204)
(27) 「空、陸、海——ヴァージニア・ウルフのイメジャリ研究」

第 11 章　『オーランドー』『歳月』における昏睡と覚醒
(1) *A Writer's Diary,* (London: the Hogarth Press, 1969), (105)
(2) *A Writer's Diary,* (124)

(3) *A Writer's Diary*, (124)
(4) A Writer's Diary, (120)
(5) "The New Biography", *Collected Essays: IV* (London: Chatto & Windus Paperback, 1968), (234-235)
(6) *cf., Orlando*, (119)
(7) *cf., Orlando*, (203)
(8) *Orlando*, (237)
(9) *The Waves*, (205)
(10) *The Waves*, (205)
(11) *Orlando*, (288)
(12) *Orlando*, (291)
(13) N.C. Thakur, *The Symbolism of Virginia Woolf* (London: Oxford University Press, 1965), (94)
(14) *A Writer's Diary*, (190)
(15) *cf., A Writer's Diary*, (220)
(16) *A Writer's Diary*, (190)
(17) *cf.*, "Modern Fiction", *The Common Reader, First Series*, (London: The Hogarth Press, 1968), (185 *etc.*)
(18) *cf., A Writer's Diary*, (211)
(19) *A Writer's Diary*, (259)
(20) *A Writer's Diary*, (197)
(21) *cf.*, James Naremore, *The World Without a Self* (New Haven and London: Yale University Press, 1973), (33-55)
(22) *Orlando* (London: The Hogarth Press, 1964), (64)
(23) *The Waves* (London: The Hogarth Press, 1963), (211)
(24) *Mrs. Dalloway* (London: The Hogarth Press, 1963), (202)
(25) *A Writer's Diary*, (196)
(26) *The Years*, (13)
(27) *The Years*, (331)
(28) "The Death of the Moth", *Collected Essays: I* (London: Chatto & Windus Paperback, 1963), (359-361)

(29) *The Years*, (279)
(30) *cf., The Waves,* (30, 76, etc)
(31) *The Years,* (92)
(32) *The Years,* (92)
(33) *cf., A Writer's Diary,* (184)"life: of being capable of dying"
(34) Josephine O'brien Schaefer,"The Vision Falters: *The Years,* 1937." *Virginia Woolf,* edited by Claire Sprague, (New Jersey: Prentice-Hall, Inc., 1971), (137)
(35) *cf., The Years,* (153,266,etc)
(36) *The Years,* (388)
(37) *A Writer's Diary,* (223)
(38) *A Writer's Diary,* (225)

第 12 章　『幕間』における固有性喪失の儀式

(1) *A Wrirer's Diary,* (197)
(2) *A Wrirer's Diary,* (259)
(3) *A Wrirer's Diary,* (289-290)
(4) *cf.,* F. R .Leavis, "After *To the Lighthouse,*" *Scrutiny 10* (January 1924): (295-297)
(5) *cf.,* James Naremore, *The World Without a Self,* (220)
(6) *cf.,* Melvin Friedman, *Stream of Consciousness: A Study in Literary Method* (New Haven: Yale University Press, 1955), (208)
(7) Bernard Blackstone, *Virginia Woolf: Commentary,* (241)
(8) 本書の引用文における「....」「...」は筆者の用いた省略記号であるが、本書 199 ページ～202 ページ、203 ページ 2 番目の引用文の省略記号は原文のままである。
(9) *cf.,* Robert Withington, *English Pageantry: An Historical Outline Vol.II* (New York: Benjamin Blom, Inc., 1963), (194-233)
(10) Withington, *English Pageantry: An Historical Outline Vol.II* (211)
(11) *Between the Acts,* (191)
　　"The voices of the pilgrims singing, as they wound in and out between the

trees, could be heard; but the words were inaudible."
- (12) *The Years,* (398)
    "And suddenly it seemed to Eleanor that it had all happened before... Does everything then come over again a little differently? she thought. If so, is there a pattern; a theme, recurring, like music; half remembered, half foreseen? ... a gigantic pattern, momentarily perceptible ?"
- (13) *Orlando,* (276)
- (14) *The Years,* (388)
- (15) *Between the Acts,* (224)
- (16) *Between the Acts,* (224)
- (17) *cf., Between the Acts,* (220,221,225,etc)
- (18) *cf., Between the Acts,* (235)
- (19) Christopher Ames, *The Life of the Party.* (109-124)

　エイムズは、『ダロウェイ夫人』との関連で『幕間』とカーニバルについても述べ、主にバフチンの言う「カーニバル文学」（あるいはカーニバル精神）と「ポリフォニー」形式という二つのキーワードでもってウルフの『幕間』をも考察している。「カーニバル文学」そのものが本質的に「ポリフォニー」形式を担っているものだと考えるなら、エイムズが言うように、『幕間』では、カーニバル（野外劇）が小説の中心的主題を形作っているだけでなく、また作品のスタイルや構造をも形成しているということが出来よう。

　『ダロウェイ夫人』では、ロンドンに住むダロウェイ夫人の家でのパーティが中心であったが、『幕間』ではロンドンを離れた地方の荘園のポインツホールでの野外劇と社交的集まり・トークが中心である。エイムズは、『幕間』はルネサンス以降、まれにしか見出されない「カーニバル文学」の一つとして捉える。したがって『ダロウェイ夫人』と『幕間』との違いは、「パーティ」と「カーニバル」の違いであるとも言える。この違いは二つの小説の主題の重心の違いに大きな理由があるように思われる。両小説とも作者ウルフが真の自己の探求を主題としているといえるが、『ダロウェイ夫人』ではあくまで個人一人に方向付けられた自己の存在に重心がおかれていた。

これに対し『幕間』では村の共同体と共に、「われわれ」という集団的存在に重心がおかれて自己が問われているといえる。『ダロウェイ夫人』では登場人物への注目は一人だけであるが、『幕間』では野外劇に関係する村のさまざまな人が、いわば共同体的な遠近法で描かれ、その過程で自己が問われる。『ダロウェイ夫人』ではクラリサの想い出や意識の流れによって一日が彼女の 52 年の生涯へと広がる。『幕間』では一日が、野外劇でイギリスの歴史をたどり、さらにスウィズィン夫人によって太古から未来へと拡大する。

あとがき

　大学2年の時に、講読の授業で『ダロウェイ夫人』と出会った。今もなお、一番心惹かれる作品である。

　本書は、ウルフを研究対象にして、折に触れて書き続けてきた論文から、彼女の全小説と『オーランドー』を取り上げて、その小説世界において描かれるさまざまな「パーティ」の表象のありようを分析し、時間を描く作家ウルフをパーティという空間に位置づけ、さらに、ヨーロッパ近代の社交の枠組みで捉え直し、大阪大学に提出した博士論文である。

　ここに至るまでには、本当に多くの方々にお世話になった。ウルフの小説の精読と分析の楽しさを教えていただいた大阪大学の吉田安雄先生、いつか先生の読みに少しでも近づきたいと、常にそして今も思っている。論文を書くということを教えて下さったのは大阪大学の藤井治彦先生であった。お二人とも既に亡くなられて、本書を読んでご批評をいただけないのがとても残念である。

　大阪大学在任時の玉井暲先生は、学位論文を提出するようにと私の背中を押して下さり、社交というキーワードを示唆していただいた。

　女性が研究者になることが今よりも少なかった時代に、研究を続けることを応援してくれた亡き両親、そして夫、喬夫と息子、耕介は、大学の学務と研究と家事に明け暮れる私を受け入れサポートしてくれた。本書のカバーは息子のデザインである。

　支えて下さった多くの皆さまに心より感謝申し上げたい。

　大手前大学交流文化研究所からは、出版の助成をしていただいた。所長の小林宣之教授のご高配に、御礼申し上げたい。出版を引き受けていただいた英宝社と編集の下村幸一氏にはひとかたならず、お世話になった。厚く感謝申し上げたい。

　　2019年2月

　　　　　　　　　　　　　　　　　　　　　　　　　　太田素子

初出一覧

第1章　『船出』における「昏睡」
　　　　『玉井暲教授退官記念論文集』（英宝社、2009）

第2章　アフタヌーンティーの役割——Ｖ．ウルフ『夜と昼』一考察
　　　　大手前大学論集第 8 号（大手前大学、2008）

第3章　『ジェイコブの部屋』の闇と光
　　　　『大手前女子大学論集第 25 号』（大手前大学、1991）

第4章　Here it is.——Virginia Woolf における「瞬間」の啓示
　　　　『ヴァージニア・ウルフ研究　第 3 号』（日本ヴァージニア・ウルフ協会、1986）
　　　　『使者たち』と『ダロウェイ夫人』——"There we are." の型の文による共通の結末
　　　　『藤井治彦先生退官記念論文集』（英宝社、2000）

第 6 章　四つの "party"——Virginia Woolf の中期三小説における "moment"
　　　　Osaka Literary Review　第 14 号（OLR 同人会、1975）

第7章　ヴァージニア・ウルフのパーティ空間
　　　　『空間と英米文学』（英宝社、1987）

第8章　Mrs. Dalloway の部屋
　　　　『大手前女子大学論集第 20 号』（大手前女子大学、1986）

第9章　個我と死——The Waves の世界
　　　　『山川鴻三教授退官記念論文集』（英宝社、1981）

第10章　空・陸・海—ヴァージニア・ウルフのイメジャリ研究
　　　　『大手前女子大学論集第 27 号』（大手前女子大学、1993）
　　　　ダロウェイ夫人とラムゼイ夫人 - ヴァージニア・ウルフのイメジャリ研究 II
　　　　『大手前女子大学論集 29 号』（大手前女子大学、1995）

第11章　後期小説への模索——Orlando 一考察
　　　　Osaka Literary Review　第 15 号（OLR 同人会、1976）

第12章　固有性喪失の儀式——Between the Acts の世界
　　　　『大手前女子大学論集第 12 号』（大手前女子大学、1978）

参考文献

Ⅰ. Primary Sources

Woolf, Virginia.　　*The Voyage Out* (1915). London: The Hogarth Press
—————　　*Night and Day* (1919). London: The Hogarth Press
—————　　*A Haunted House and Other Stories* (1921). London: The Hogarth Press
—————　　*Jacob's Room* (1922) London: The Hogarth Press
—————　　*Mr.Bennett and Mrs. Brown* (1924) London: The Hogarth Press
—————　　*The Common Reader: First Series* (1925) London: The Hogarth Press
—————　　*Mrs. Dalloway* (1925) London: The Hogarth Press
—————　　*To the Lighthouse*(1927) London: The Hogarth Press
—————　　*Orlando* (1927). London: The Hogarth Press
—————　　*A Room of One's Own* (1929). London: The Hogarth Press
—————　　*The Waves* (1931). London: The Hogarth Press
—————　　*The Common Reader: Second Series* (1932). London: The Hogarth Press
—————　　*Flush* (1933). London: The Hogarth Press
—————　　*The Years* (1937) London: The Hogarth Press
—————　　*Three Guineas* (1938). London: The Hogarth Press
—————　　*Roger Fry* (1940). London: The Hogarth Press
—————　　*Between the Acts*(1940) London: The Hogarth Press
—————　　*Virginia Woolf & Lytton Strachey: Letters*. London: The Hogarth Press, 1956
—————　　*A Writer's Diary* (1969) London: The Hogarth Press
—————　　*The Letters of Virginia Woolf. 6 vols.* Nigel Nicolson and Joanne Trautmann, eds. London: The Hogarth Press, 1975-80
—————　　*Freshwater.* (1976) London: The Hogarth Press

―――――――――― *The Waves: The Two Holograph Drafts* (1976) Toronto: University of Toronto Press,
―――――――――― *The Diary of Virginia Woolf. 5 vols*. Anne Olivier Bell and Andrew McNeillie, eds. London: The Hogarth Press, 1977-84
―――――――――― *The Pargiters*. Mitchell A. Leaska, ed. London: The Hogarth Press, 1978
―――――――――― *Melynbrosia: An Early Version of The Voyage Out*. Louise DeSalvo, ed. The New York Public Library, 1982
―――――――――― *To the Lighthouse: The Original Holograph Draft*. Susan Dick, ed. University of Toronto Press, 1982
―――――――――― *Pointz Hall: The Earlier and Later Typescripts of Between the Acts*. Mitchell A. Leaska, ed. New York: University Publications, 1983
―――――――――― *The Essays of Virginia Woolf. 4 vols*. Andrew McNeillie, ed. London: The Hogarth Press, 1986-94
―――――――――― *Women & Fiction: The Manuscript Versions of A Room of One's Own*. S. P. Rosenbaum, ed. Blackwell Publishers, 1992
―――――――――― "*The Hours*": *The British Museum Manuscript of Mrs. Dalloway*. Helen M. Wussow, ed. Pace University Press, 1996

Ⅱ. Secondary Sources

Abel, Elizabeth. *Virginia Woolf and the Fictions of Psychoanalysis*. Chicago: Universeity of Chicago Press, 1989.
Alexander, Jean. *The Venture of Form in the Novels of Virginia Woolf*. Kennikat Press, 1974.
Ames, Christopher. *The Life of the Party : Festive Vision in Modern Ficton*. The University of Georgia Press: 1991
Auerbach, Erich. *Mimesis: The Representation of Reality in Western Literature*. 1946. trans. Willard R. Trask. Princeton University Press, 1953.

Beer, Gillian. *Virginia Woolf: The Commnon Ground*. University of Michigan Press, 1996.

Beja, Morris. *Epiphany in the Modern Novel: Revelation as Art*. London, Peter Owen, 1971.

Bell, Quentin. *Virginia Woolf*. London: The Hogarth Press, 1972.

Bennet, Joan. *Virginia Woolf: Her Art as a Novelist*. Cambridge: Cambridge University Press, 1945.

Bewley, Marius. "Henry James and Life", *The Eccentric Design*. London: Chatto & Windus, 1959.

Blackstone, Bernard. *Virginia Woolf: A Commentary*. London: The Hogarth Press. 1949.

Bloom, Harold, ed. *Virginia Woolf*. Chelsea House Publishers, 1986.

Bowlby, Rachel. *Virginia Woolf: Feminist Destinations*. New York: Basil Blackwell, 1988.

Brewster, Dorothy. *Virginia Woolf*. New York: New York University Press, 1962.

Caughie, Pamela L., ed. *Virginia Woolf in the Age of Mechanical Reproduction*. New York: Garland, 2000.

Chambers, R. L. *The Novels of Virginia Woolf*. New York: Russell &Russell. 1947.

Cornwell, Ethel F. *The "Still Point"*. Rutgers University Press: 1962.

Daiches, David. *Virginia Woolf*. New Direction Books, 1942

DeSalvo, Louis. *Virginia Woolf's First Voyage: A Novel in the Making*. Totowa: Rowman & Littlefield, 1980.

Dick, Susan. "The Tunnelling Process: Some Aspects of Virginia Woolf's Use of Memory and the Past" *Virginia Woolf: New Critical Essays*. Patricia Clements and Isobel Grundy, eds. Totowa: Barnes & Noble, 1983.

Fleishman, Avrom. *The English Historical Novel*. The Johns Hopkins University Press, 1971.

Forster, E. M. "The Early Novels of Virginia Woolf", *Abinger Harvest*. London: Edward Arnold, 1936.

Fox, Alice. *Virginia Woolf and the Literature of the English Renaissance*. Oxford:

Clarendon Press, 1990.
Freedmann, Ralph. *The Lyrical Novel: Studies in Hermann Hesse, André Gide and Virginia Woolf*. Princeton: Princeton University Press, 1970.
Freedmann, Ralph, ed. *Virhinia Woolf : Revaluation and Continuity*. University of California Press, 1980.
Friedman, Melvin. *Stream of Consciousness: A Study in Literary Method*. New Haven: Yale University Press, 1955.
Gordon, Lyndall. *Virginia Woolf: A Writer's Life*. W. W. Norton & Company, 1984.
Graham, John . "Time in the Novels of Virginia Woolf", *Critics on Virginia Woolf*, Jacqueline E. M. Latham, ed. Florida: University of Miami Press, 1970.
Guiguet, Jean. *Virginia Woolf and her Work*. London: The Hogarth Press, 1965.
Hafley, Fames. *The Glass Roof: Virginia Woolf as Novelist*. Berkeley: University of California Press, 1954.
Hall, James M., Smith, Philip H., *A Concordance to the Novels of Virginia Woolf*. New York: Garland Pub., 1991
Heilbrun, Carolyn. *Towards a Recognition of Androgyny*. New York: Knopf, 1973.
Holtby, Winifred. *Virginia Woolf*, London: Wusgart & Co., 1932.
Hussey, Mark. *Virginia Woolf A to Z*. New York: Facts On File, Inc., 1995.
Hussey, Mark, ed. *Virginia Woolf and War*. Syracuse University Press, 1991.
James, Henry. *The Ambassadors*. W. W. Norton & Company, 1994
Kelley, Alice van Buren. *The Novels of Virginia Woolf: Fact and Vision*. The University of Chicago Press, 1971
Kettle, Arnold. *An Introduction to the English Novel*. Hutchinson & Co., 1951
Kirkpatrick, B. J. *A Bibliography of Virginia Woolf*. Oxford: Clarendon Press, 1980.
Laurence, Patricia Ondek. *The Reading of Silence: Virginia Woolf in the English Tradition*. Stanford University Press, 1991.
Leaska, Mitchell A. *Virginia Woolf''s Lighthouse: A Study in Critical Method*. London: The Hogarth Press, 1970

Leavis, F. R. "After *To The Lighthouse*", *Twentieth Century Interpretation of To the Lighthouse,* Thomas A. Vogler, . ed. New Jersey: Prentice -Hall, Inc., 1970.

Lee, Hermione. *The Novels of Virginia Woolf*. London: Methuen, 1977.

Lehmann, John. *Virginia Woolf and her World*. Harcourt Brace Jovanovich, 1975.

Levenback, Karen L. *Virginia Woolf and the Great War*. Syracuse University Press, 1999

Love, Jean O., *Worlds in Consciousness*. University of California Press, 1970.

Marcus, Jane. *Virginia Woolf and the Languages of Patriarchy*. Bloomington: Indiana University Press, 1987.

Marcus, Jane, ed. *Virginia Woolf and Bloomsbury: A Centenary Celebration*. Macmillan, 1987.

May, Keith M. *Out of the Maelstrom: Psychology and the Novel in the Twentieth Century*. London, Paul Elek, 1977.

McLaurin, Allen. *Virginia Woolf: The Echoes Enslaved*. Cambridge University Press, 1973

Miller, J. Hillis. *Fiction and Repetition: Seven English Novels*. Cambridge: Harvard University Press, 1982.

Moi, Toril. *Sexural/Textual Politics: Feminist Literary Theory*. London: Methuen, 1985.

Moore, Madeline. *The Short Season between Two Seasons: The Mystical and the Political in the Novels of Virginia Woolf*. Boston: George Allen & Unwin,1984.

Morita, Yuriko. *'Invisible Presences': Virginia Woolf and Life-Writing* Eihosha, 2003.

Naremore, James. *The World Without a Self: Virginia Woolf and the Novel.*. New Haven: Yale University Press, 1973

Noble, Joan Russell, ed. *Recollections of Virginia Woolf*. London: Peter Owen, 1972.

Novak, Jane. *The Razor Edge of Blance: A Study of Virginia Woolf*. University of Miami Press, 1975.

O'brien Schaefer, Josephine. "The Vision Falters: *The Years,* 1937." *Virginia Woolf,* Claire Sprague, *ed.* New Jersey: Prentice-Hall, Inc., 1971

Pawlowski, Merry, ed. *Virginia Woolf and Fascism: Resisting the Dictators' Seduction.* New York: Palgrave, 2001.

Phillips, Kathy J. *Virginia Woolf against Empire.* The University of Tenessee Press,1994.

Pinkney, Makiko Minow. *Virginia Woolf & the Problem of the Subject.* Rutgers University Press, 1987.

Poole, Roger. *The Unknown Virginia Woolf.* Atlantic Highlands: Humanities Press International, 1990

Richter, Harvena. *Virginia Woolf: The Inward Voyage.* Princeton: Princeton U P, 1970.

Sugiyama, Yoko. *Rainbow and Granite—A Study of Virginia Woolf* 北星堂、1973.

Thakur, N.C. *The Symbolism of Virginia Woolf.* London: Oxford University Press, 1965

Torgovnick, Marianna. *The Visual Arts, Pictorialism, and the Novel.* Princeton University Press, 1985.

Trombley, Stephen. *All That Summer She Was Mad: Virginia Woolf, Female Victim of Male Medicin.* New York: Contiuuum, 1982.

Watt, Ian. *The Rise of the Novel: Studies in Defoe, Richardson and Fielding.* Berkeley: University of California Press, 1957.

Webb, Ruth. *Virginia Woolf.* London: The British Library, 2000.

Wilson, Jean Moorcroft. *Virginia Woolf, Life & London: A Biography of Place.* London: Cecil Woolf, 1987.

Withington, Robert. *English Pageantry: An Historical Outline* Vol. II. New York: Benjamin Blom, Inc., 1963

Zoob, Caroline. *Virginia Woolf's Garden: The Story of the Garden at Monk's House.* London: Jacqui Small, 2016.

Zwerdling, Alex. *Virginia Woolf and the Real World.* Berkeley: University of California Press, 1986.

邦語文献

石井康一『ヴァージニア・ウルフの世界』南雲堂、1976.
井野瀬久美恵「イギリス的なるもの (Englishness) の捏造 –「政策としての文化」再考 (1880-1920)」田村克己編『文化の生産』ドメス出版、1999
ノルベルト・エリアス『文明化の過程—ヨーロッパ上流階級の風俗の変遷』赤井慧爾他訳法政大学出版局、1969
遠藤不比人他編『転回するモダン――イギリス戦間期の文化と文学』研究社、2008
大沢実『時間と死の芸術—ヴァージニア・ウルフ論』（南雲堂不死鳥選書）南雲堂、1956.
大沢実編『20世紀英米文学案内10　ヴァージニア・ウルフ』研究社、1966
御輿哲也『自己の遠さ――コンラッド・ジョイス・ウルフ』近代文芸社、1997.
要真理子『ロジャー・フライの批評理論――知性と感受性の間で』三信堂、2005.
神谷美恵子『ヴァージニア・ウルフ研究』（神谷美恵子著作集4）みすず書房、1981.
亀井規子『ヴィクトリア朝の小説』研究社、1991
川田靖子『17世紀フランスのサロン』大修館書店、1990
窪田憲子編著『ダロウェイ夫人』ミネルヴァ書房、2006
坂本公延『とざされた対話』桜楓社、1969.
坂本公延『ヴァージニア・ウルフ—小説の秘密』研究社、1978.
柴田徹士『小説のデザイン—ヴァージニア・ウルフ研究』研究社、1991.
G・ジンメル、『社会学の根本問題（個人と社会）』居安正訳、世界思想社、2004
丹治愛『モダニズムの詩学――解体と創造』みすず書房、1994.
土井悠子『ヴァージニア・ウルフ――変貌する意識と部屋』渓水社、2008.

中島恵子『ヴァージニア・ウルフとマーガレット・アトウッドの創造空間』英光社、2015.

日本ヴァージニア・ウルフ協会、河野真太郎他編『終わらないフェミニズム──「働く」女たちの言葉と欲望』研究社、2016.

野島秀勝『美神と宿命―ヴァージニア・ウルフ論』（南雲堂不死鳥選書）南雲堂、1962.

ミハイル・バフチン『ドストエフスキーの詩学』望月哲男、鈴木淳一訳、筑摩書房、1995

廣田園子『ミセス・ダロウェイの永遠の一日──モダニズム・アイコンの転生の系譜』京都女子大学研究叢刊 54、京都女子大学、2016.

深沢俊『ヴァージニア・ウルフ入門』北星堂、1982.

オットー・フリードリッヒ・ボルノウ『人間と空間』大塚恵一、池川健司、中村浩平訳、せりか書房、1978

宮田恭子『ウルフの部屋』みすず書房、1992.

村田進『創作と癒し：ヴァージニア・ウルフの体験過程心理療法的アプローチ』コスモス・ライブラリー、2014.

山根木加名子『現代批評でよむ英国女性小説──ウルフ、オースティン、ブロンテ、エリオット、ボウエン、リース』鷹書房弓プレス、2005.

山崎正和、『社交する人間　ホモ・ソシアビリス』中央公論社、2006

吉田安雄『ヴァージニア・ウルフ論集──主題と文体』荒竹出版、1982.

吉田安雄『イギリス小説研究──テキストの註釈と主題の解明』研究社、1994.

吉田良夫『ヴァージニア・ウルフ論──ヴィジョンと表現』葦書房、1991.

【著者紹介】
太田 素子（おおた　もとこ）

大阪大学大学院文学研究科博士課程（英文学専攻）単位取得退学（1978 年）
博士（文学、大阪大学）（2010 年）
大手前大学総合文化学部教授
日本ヴァージニア・ウルフ協会会長（2015 年～ 2018 年）
主要業績：
『空間と英米文学』（共著、英宝社）、『大いなる遺産――読みと解釈』（共著、英宝社）
『ヴィクトリア朝――文学・文化・歴史』（共著、英宝社）『病と身体の英米文学』（共著、英宝社）
『田園日記』『マンデヴィルの旅』（共訳、英宝社）

ヴァージニア・ウルフの「パーティ空間」

2019 年 3 月 15 日　印　刷　　　　　　2019 年 3 月 29 日　発　行

著　者 ⓒ 太　田　素　子

発行者　佐 々 木　元

制作・発行所　株式会社　英　宝　社

〒 101-0032 東京都千代田区岩本町 2-7-7
Tel［03］(5833) 5870　Fax［03］(5833) 5872

ISBN978-4-269-72151-7　C3098
［組版・印刷・製本：日本ハイコム株式会社］

本書の一部または全部を、コピー、スキャン、デジタル化等で無断複写・複製する行為は、著作権法上での例外を除き禁じられています。
本書を代行業者等の第三者に依頼してのスキャンやデジタル化は、たとえ個人や家庭内での利用であっても著作権侵害となり、著作権法上一切認められておりません。